U0120421

张宇 著

河南文艺出版社
·郑州·

图书在版编目(CIP)数据

呼吸/张宇著. --郑州:河南文艺出版社,2023.1
(2023.4 重印)

ISBN 978-7-5559-1416-7

Ⅰ.①呼… Ⅱ.①张… Ⅲ.①长篇小说-中国-当代
Ⅳ.①I247.5

中国版本图书馆 CIP 数据核字(2022)第 224785 号

选题策划 马 达
责任编辑 陈 静
装帧设计 书籍/设计/工坊 刘运来工作室 徐胜男
责任校对 殷现堂
责任印制 陈少强

出版发行	河南文艺出版社	印 张	20.25
社 址	郑州市郑东新区祥盛街 27 号 C 座 5 楼	字 数	208 000
承印单位	河南瑞之光印刷股份有限公司	版 次	2023 年 1 月第 1 版
经销单位	新华书店	印 次	2023 年 4 月第 2 次印刷
纸张规格	700 毫米 × 1000 毫米 1/16	定 价	68.00 元

印厂地址 河南省武陟县产业集聚区东区(詹店镇)泰安路
邮政编码 454950 电话 0371-63956290

目 录

引言

文化的存在形式

中国自古至今都是文化输出大国。从河图洛书到《周易》，再到老子和孔子，等等，如同散落在世界各地的中国文物一样，已经传播到世界各个角落。如果比较影响的面积和大小，孔子在海外比较突出。同时，中国也是文化输入和引进的大国。在众多的文化输入和引进的大大小小、形形色色的文化种类中，也有比较突出甚至说达到规模宏大的程度……

就说佛教吧，最初由印度传入，很快在中国落地生根，迅速发展壮大。慢慢融入中国文化，经过中国人的继承发展，然后是改造和创造，终于完全变成了中国的佛教，转而再向海外传播。如果总结这一次的文化引进经验，有两点比较突出，那就是佛教与中国人的具体生活经验相结合，佛教与中国的传统经典文化相结合。

我们中国人的胃好！

如果把神权和王权作为主要脉络，来观照和对比全世界各民族的历史文化，又会发现一个有趣的现象：大多数民族在历史发展中都选择了神权至上，或者神权和王权依存的权力结构形式。只有中华民族比较特殊，在历史上从来都是王权至上。这种鲜明的对比，并没有高下之分、优劣之比，只是文化的存在形式不同。

在中国的宗教历史上，几乎有权威、有影响的宗教首领，都由王权认定。只有经过王权批准，你才有合法的生存空间和地位。

如果我们来追踪一下，生活和文化发生的源头呢？也可能是中华民族的先民们，在长期与大自然的相处和斗争中，在自身发展的历史过程和进化中，积累了丰富的生活经验和深刻教训，逐渐由不自觉到自觉，终于养成了团结起来集中力量、生存至上的文化习惯，也可以叫传统的来自传承的原始集体主义意识。这也为后来近现代历史上普遍产生的实用主义哲学的生长和发展种下了胚胎。另外，中华民族除了尊重王权和神权，还尊重自己的祖先。在精神意识层面，其实祖先一直高于王权和神权，这就是文化事实。神权永远服从王权，王权永远尊重祖先。不过，祖先毕竟是死去的人，很像一面面飘扬在空中的旗帜，旗杆和旗手永远还是王权。

回到日常具体生活中，就会轻易发现最为简单的实证。我们中国人烧香磕头，只要一跪下来，必然是有所要求。要么求升官发财，要么求多子多福，要么求婚姻美满，要么求身体安康，实实在在又明明白白。

现世报，这就是中国老百姓对待神仙的普遍态度。

老百姓讲现世报，其实王权阶层更讲现世报。因为手里握着政权，王权阶层的表现更加决绝。历史上，佛教因为一不小心过于兴旺发达，发展到繁荣昌盛的程度，不免威胁到王权的权威了，王权就毫不客气地公开下令灭佛。中国历史上有四次著名的“灭佛”运动，即“三武一宗灭佛”：北魏太武帝、北周武帝、唐武宗、后周世宗。当然，我们后人也不会像小孩一样用简单的对错来评判这种历史行为，因为没有任何意义。对于历史文化状态，只有研究才是科学和客观的正确态度，任何简单粗糙的评判都显得可笑。这也许是中华民族传统的历史的文化习惯，从来没有任何力量可以阻拦。

如果对各种歪门邪道的教会组织忽略不计，单独对佛教进行仔细观照，就会发现由于中华民族历史文化中王权和神权关系的深刻影响，大多数人信佛是被动的。如果一个人有吃有喝，而且万一再拥有荣华富贵，那还信佛干什么呢？平民老百姓信佛，大多是在爱恨情仇中遇到了挫折，感到实在走投无路了，这才把心一横，削发出家，遁入空门。老百姓俗话讲，想不开了，这才看破红尘，出家为僧。当然，历史上偶尔也有皇帝出家当和尚的，那也是由于突然死了爱妃伤心欲绝，又实在厌倦了皇宫中缺少人性关怀的孤独日月，万般无奈才在绝望之下选择了出家为僧。

也就是说，中国人信佛，主动选择的是少数，被动选择的是多数。

直接把信佛作为一种精神追求和信仰，终成正果的人，修成圣贤的人，实在是少之又少。但是，也正是这些少数人，为中国佛教文化的发展做出了卓越的贡献。

印度和我们有所不同。印度虽然和我们相邻，又同是文明古国，但印度基本上一直是神权至上。历史上印度也曾经多次动荡起伏，也曾经沧海有过许多的藩属国，各自为政，比较松散和自由，故统称为古印度。

只是无论再多的小国家，也完全都是神权至上。如果关注一下印度的传统历史和文化，就会发现，这确实是一个容易产生宗教和哲学的民族。这恐怕也是这个文明古国的伟大之处。

印度人信仰宗教，几乎深入每一个人的灵魂深处。他们相信人有来世，人生是有轮回的。所以在印度的信佛之人中，主动选择的多，被动选择的少。

在古印度，平常老百姓信佛，大多和现实生活没有直接关系，无须找理由，说走就走。离家出走就走出了红尘。来到恒河岸边的树林里，或者进入深山之中，就成为沙门。能够随便就放下有吃有喝的家庭生活，自觉自愿成为野外修行的苦行僧。而且，从此以后没有人会耻笑你，反而受到人们普遍的尊重。这就是印度的文化传统。

我虽然阅读有关印度的书籍不算很多，根据仅有的阅读经验来看，书里对于沙门和苦行僧都有着大量细致的描写。要成为沙门，首先放下的是老婆孩子热炕头的幸福生活，在野外开始风餐露宿。这就要首先战胜饥饿，哪怕是饿得头晕眼花，也只是喝几口水吃几粒野果子。好像他们格外喜欢与饥饿作战，专门和自己过不去一样。身体呢，瘦到如同枯树，眼睛却越来越炯炯有神。

于是，我也曾经以小人之心度君子之腹，怀疑这些苦行僧，都有着共同的严重的自虐倾向。

好像经过最初阶段的自我考验和磨炼之后，才选择投奔师门。来到一个宗教团体，或者是宗教流派之中，每天捧着乞钵，排队到附近的村子里去化缘。似乎化缘得来的食物呢，也不能随意马上吃掉，要带回来交上去，然后再统一分配。最后呢，才能吃下分配给自己的化缘之食。

再然后呢，按照师父交代，去完成修行的功课。功课也分许多种，要么去听法师讲经说法，要么阅读经书，要么一起讨论佛理，要么打坐……

特别是出身高贵的上层社会中，同样也有人自愿出家，成为沙门的。他们主动放弃豪华富裕的生活，甚至王室的身份，当然还需要告别父母和妻儿，走出红尘，进入空门，和大家一起进入平等自由的修行岁月。其中最为著名的人物，就是释迦牟尼。

释迦牟尼曾经是古印度一个国家的王子，完全可能继位成为新的国王。据说他从来就没有过具体的生活困难，也没有过感情生活的挫折。他的妻子非常爱他，似乎和爱恨情仇没有一点关系，而且他们还生下了儿子……好像完全是一种精神上的追求，一种主动的信仰使他毅然出家为僧。经过漫长的修行，到最后成为一代佛陀，为的就是普度众生。

继释迦牟尼之后，最为著名的人物，应该就是菩提达摩了。

菩提达摩曾经是古印度香至国的三王子，他像释迦牟尼一样，完全是精神追求和信仰的力量，促使他走出红尘，出家为僧人。经过长期修行，成为印度佛门第二十八代祖师。再后来到中国传教，开创了中国的禅宗，成为中国禅宗的鼻祖。

只是一开始呢，他并不叫菩提达摩。在古印度香至国时，他小时候叫菩提多罗。

第一章
chapter one

菩提多罗

◎

一　信仰的种子

菩提多罗的故乡，位于古印度南部的香至国。其实是一个小小的藩属国。不过，藩属国也是相对独立完整的国家。香至国虽然面积小，并且人少，却气候温润，物产丰富，是一个鲜花遍地的美丽国度。大约在公元五世纪的时候，执掌香至国王权的就是菩提多罗的父亲，一位五十岁左右的国王。

古时候人们平均寿命不长，五十来岁已经是老人了。国王不知不觉间显出了苍老之相。国王的身体看起来还算健康，内心的忧患意识却已经相当强烈。虽然君临天下，王权在手，但同时又小心谨慎。

这是一个相当清醒和睿智的国王。

那时候菩提多罗还在幼年，他是国王的老来子，经常由母后带在身边，很少和父王单独相处。菩提多罗的大王兄月净多罗和二王兄功德多罗已经长大成人，开始陪伴着国王，学习处理朝政事务，颇有些像研究生跟着导师，锻炼并参与经营一个国家的能力。

这一天，国王和两个王子在殿堂里议论天下大事。讨论了一会儿，国王心思有点走神，一时沉默不语。好一阵，他长吁短叹起来：“生活是美好的，但是毕竟人生苦短啊。”

国王这句不着边际的感叹，让两位王子有点一下子摸不着头脑，但又不敢多言。国王其实是看着已经长大成人的两位王子，忽然觉得自己年迈老朽，来日不多了，不由得内心生出一丝悲凉。

国王还有另一层忧虑。香至国毕竟太小了，面对邻国的时常挑衅，他不能不担心国家的安全。香至国并不算强大，今后如何能够长治久安，继续巩固自己王权的绝对权威？如果自己下世以后，这王权还能够世世代代相传吗？生于忧患，死于安乐。这还是一个高瞻远瞩、颇有智慧的国王。

大王子月净多罗悄悄观察着父王的表情，猜测着他的心思，试探性地说道：“父王这是为何？您身体健康，国家正兴旺发达，百姓正安居乐业，父王哪儿来的忧伤呢？”

二王子功德多罗也赶紧补充说：“自从父王掌管国家以来，百姓无不歌颂父王的功德，父王该欣慰才是呀。”

“是吗？是吗？”父王反问着王子，也好像在反问着自己，“也许是吧。”然后喃喃自语，慢悠悠地说道，“其实你们的父王一直如履薄冰——我是如履薄冰啊！”

大王子月净多罗好像听懂了父王的话，一脸郑重地说：“请父王放心，我们虽然出身贵族，天天过着富贵生活，但一时一刻也不敢忘记我们自己的责任。只是我和弟弟毕竟年轻，还没有能力管理国家。不过，我们会继续聆听父王的教诲，努力上进，争取早一日能够为父王分忧。”

国王沉吟着：“是呀，我也应该知足。我的王子们亲密团结，又不花天酒地，我就应该知足呀。只是人上了年纪，有时候就想得很多，一想到将来，就不免替你们担忧。孩子们，你们的责任重啊……”

二王子功德多罗觉得自己也应该表个态，就接上话头说：“请父王放心，我会以兄长为榜样，处处学习和进取，争取早一日为父王分忧。”

闻听此言，国王这时面露笑容：“好呀，好呀！其实我一直都相信你们。”

阳光普照着王宫。王宫内长满高大的榕树，开满灿烂的三角梅。鲜花点亮着绿树，宫房藏在榕树之下，如同仙境一般。正当国王与二位王子议论天下大事的时候，王后则带着年幼的菩提多罗在大榕树下消遣。有忙有闲，有动有静，形成了鲜明的对比。

这位王后特别喜欢户外活动，很少在宫房里待，一有闲余，就带着菩提多罗四处转悠。王后出身贵族，饱读诗书，格外喜欢大自然。她为人聪慧善良，并且常常有许多奇思妙想。

“儿子，这是什么？”王后指着从大榕树上悬空吊下的丝丝缕缕的根条说，似自问自答，“是绳子吗？不是，它是气根。它们向下长呀长呀，等到能够触到地面，就往大地里扎根，再把大地的水分和营养输送给大树的枝叶。”

菩提多罗瞪大眼睛看着这些悬空的气根，不由得把两只手伸向空中。王后把儿子的双手捉回来，笑着说：“你再看看那些三角梅，花儿开得多旺，有水红的，有大红的，有粉红的，还有紫红的。数水红最为名贵，就像最为漂亮的姑娘。”

菩提多罗冷不丁地说：“就像妈妈。”

王后惊喜地搂着儿子忍不住亲了一口。王后还有一个爱好，尤其喜欢给儿子讲民间故事。

“很久很久以前呢，有一个国王。”王后徐徐讲起来，像讲给儿子，也像讲给自己，“他有三个儿子，大王子叫摩诃波罗，二王子叫摩诃提罗，三王子叫摩诃萨陀。”

“我们家也是三个王子。”菩提多罗忍不住插话，“是不是王宫里的王子都是三个？”

“那倒不一定。”王后说，“有一天，三位王子结伴走出王宫，到城外的树林里玩耍。你猜他们突然之间看到了什么？”

“是猴子吗？”菩提多罗又补充说，“也许不对，应该看到外边的百姓。”

“不是猴子，也不是老百姓。”王后说，“是老虎。他们看到一只母老虎刚刚生下小老虎。”

“啊，怎么是老虎呀。妈妈，有没有危险？”

“没有危险。”王后说，“因为母老虎刚刚生下小老虎，身体非常虚弱，又没有吃的东西，正躺在那里有气无力地喘气呢。这时候情况万分危急，如果老虎妈妈找不到吃的东西，就会饿死，老虎妈妈饿死了，小老虎自然也就饿死了。”

菩提多罗着急地说：“那就赶快给老虎妈妈喂东西吃呀。这个我懂，老虎妈妈吃了东西，就可以给老虎儿子喂奶了。”

“是这样的道理。”王后说，“可是，三个王子出来游玩，没有带吃的东西。再说，老虎饿了是要吃肉的，他们去哪儿找肉呀？”

“妈妈，”菩提多罗的心情变得沉重起来，“看起来问题严重哟。”

王后接着说：“看着就要饿死的老虎，大王子、二王子叹着气走开了，三王子却一动不动地留了下来。他不忍心看着老虎妈妈和老虎儿子饿死在眼前，可又没有其他办法。这时他心里生出大慈大悲之情，做出了一个大胆的决定。他一步步走向老虎。他要把自己当作食物，喂老虎妈妈。”

“以身饲虎，妈妈，我听懂了。”菩提多罗感叹道，“太了不起了！这是一种牺牲精神，真正的大慈大悲。”

王后的眼睛望向天空：“后来呢，人们为了纪念这位王子，就把他的骨头捡回来，盖了一座宝塔，供奉起来。”

菩提多罗眼含热泪，哽咽着说：“我长大了，一定要去看望他，纪念他。”

王后一时感到欣慰。这也许正是她期待的结果。一粒慈悲的种子悄然埋在了菩提多罗的心里。这粒种子为菩提多罗日后信仰佛教，并成为一代宗师达摩，启动了因果关系的机关。

时间不长，王后突然病逝了，又深刻地打击了菩提多罗的情感，使他在少年时就直面了生死，感到人生的无助和无奈。从此，菩提多罗发生了明显的变化。国王发现三王子变得沉默寡言，没有了活泼和朝气，整天钻进藏书阁看书。他姿态沉静，步伐从容，越来越不像个少年人。对于三王子，国王心里开始感到不安和欣慰。不安的是看着三王子少年老成，就觉得儿子少了许多快乐；欣慰的是他从三王子身上看出了不凡的精神气质。国王预感到他们王室可能会出一位智者。

三王子在阅读生活中逐渐长大成人了。

国王看着三个王子呈现出三种迥异的精神面貌。大王子月净多罗做事果敢，思考问题周全，颇有些大将风度，越来越像国王自己。二王子功德多罗追随着大王子，精明、殷勤并且细心。他们三个王子之间，亲密无间，大王子和二王子非常爱护自己的弟弟。但是，三王子越来越行为异常，国王看在眼里，这一天，他把三个王子叫到跟前，和他们叙话，也是有意识地试探和测试他们的心志。

“你们都是我的王子。我爱你们。”国王开始讲，“我的年纪越来越大，身体也越来越不如从前，这天下早晚是你们的。我现在就想问问，你们对今后生活的理想。可以随便说，放开说，这是在家里，怎么说父王都高兴，我不会批评你们。”

大王子月净多罗说：“我们从小聆听父王的教诲，长大成人之后，自然是追随父王，继承父王的大业，使伟大的香至国继续走向昌盛和富强。”大王子想了想又补充说：“我已经结婚组建了自己的家庭，我想我应该多生儿女，为我们王室开枝散叶，使我们王族人丁兴旺。”

“好好，这个好。”国王点头赞许，然后面向二王子问，“那么，功德多罗你呢?”

二王子功德多罗望着父王，像做一个保证似的说：“父王，我也结婚了，父王为我选了这么美丽的新娘，我也要多生儿女。”

“好呀好呀，父王就喜欢你们生孩子。”国王点头赞许。

“但是，在事业上，我和大王兄想法不同。”二王子功德多罗说，“我将继续聆听父王教诲，在行动上跟随我的大王兄，以他为榜样，做好大王兄的助手，这才是我的本分。”

“不错不错。”国王点点头，“身为二王子，能够摆正自己的位置，不与大王子争权夺利，年纪轻轻有如此自知之明，让父王心安。”国王接着说：“我知道你一向尊重大王兄，说的也都是心里话。但是，你大王兄并不是神仙呀，你身为亲弟弟，对你哥哥可以尊重，但是也要看到他身上的缺点和不足之处，并且有责任指出来。你有这个胆量和勇气吗？”

二王子功德多罗乖巧地说：“父王的教诲我记下了。我跟随大王兄是为了更好地服务国家，只要我看到或者想到了大王兄处事有问题，就是挨骂我也要说出来的。我的看法也不一定正确，但我们可以一起讨论，最后由大王兄来决定。父王，我这么做对吗？”

“这就对了。”国王显然非常满意二王子的回答。“谁和谁亲？亲兄弟最亲。但是亲密团结是一码事，正确判断和处理问题是另一码事。你们可以争论，那是为了探索真理嘛。比如说我自己，我是你们的父王，你们都听我的话，如果我说错了呢？你们也要有胆量指出来。你们要知道，老百姓犯个错误只是一个小错误，顶多影响到家里生活。我们身为王室，王权在手，如果一犯错误就会贻害天下啊！”

国王说得自己兴奋起来，觉得有千言万语需要向三个王子交代：“我的孩子，你们要明白，特别是我们是一个小国家，而面对群雄四起的外部世界，时时处处都要头脑冷静，不能盲目和糊涂，更不能冲动。所以，团结亲密相处固然重要，但在真理面前，你们可以不顾亲情，也可以不择手段。亲情在国家大事面前，又是第二位的。永远是第二位的。甚至在我们王室，只有国家，没有父母，没有兄弟，没有家庭，没有亲情……”

国王如此严肃地和王子们讲话，这还是第一次，三位王子从来没有见过，一时谁也没有吱声，默默地看着父王，觉得有一丝陌生。但是，在他们心里，又非常认同父王的说法，真切感到了父王的伟大之处。

“吓着你们了吧?”国王不禁笑起来，“父王刚才说动情了。因为我所看到的其他国家，有些王子不团结，对于权力，你争我夺，甚至相互陷害。而我们香至国不同，父王不是在这儿夸口，我的王子们亲密团结如一人，没有这些坏毛病，这是父王最引以为自豪的。但是呢，也让我不放心，你们今后为了一团和气就不分是非了? 不过我目前还没有，父王还没有看到。我看到的是大王子月净多罗敢于负责、敢于担当；二王子功德多罗心思周密，并且忠诚和本分。现在，我想听听三子菩提多罗的理想。”

菩提多罗已经长得很健壮，从个头上讲，比两个哥哥还要高大和威猛，却显得有些腼腆和害羞。听到父王点到自己，他的脸霎时红了。但是，他没有胆怯，他的神态沉静如水。他开口说道：“父王，一定要我说吗? 能不能今天先不要说，因为我还没有思考成熟。”

“你想到哪里就说到哪里吧。”国王笑着望向三王子，“这里都是家人，我是你的父亲，他俩是你的哥哥，有什么不好意思吗?”

“没有不好意思。”菩提多罗平静地说，“我知道父王非常疼爱我，特别是母后病逝以后，父王格外疼爱我。我虽然不善于表达，但对于父爱，我时时处处都能感受到。我的两位王兄也特别爱护我，我也知道。正因为如此，我不舍得这种亲情，才一直没有下定决心。既然父王今天特别问起来，那我就鼓起勇气讲出来。我的理想和两位王兄不同，我想出家，我想追随佛陀释迦牟尼，做一个普度众生的人，立志成为我们香至国的圣贤。”

国王并没有思想准备，三王子菩提多罗讲的这番话，让他吃惊，随即陷入沉思。更加吃惊的是二位王兄，弟弟这么一讲，他们竟无言以对。场面一时显得沉寂。菩提多罗的脸因急于表白而涨红："我讲错了吗？我是认真的，并非一时冲动。"

"我们听懂了。"国王终于开口说话了，"菩提多罗没有讲错话，我们听懂了你的伟大志向。我想你也应该体谅我们的心情。作为你的父亲，你的两位兄长，我们知道了你的选择，难免心里有一点点难受。"

"为什么呢？"菩提多罗认真地问，"我这样选择不好吗？你们为什么心里难过？"

"孩子，我知道佛陀了不起。"国王说，"佛陀是全印度人的思想灯塔。他是一个伟大的人，更是一个伟大的灵魂。不仅是你，父王也特别敬仰和崇拜佛陀。只是孩子，你要出家修行，离开父王和兄长，就会从此走上一条特别艰辛的人生路程，你要品尝这人世间所有的疾苦，我们不舍得。孩子，你的选择太苦了。"

说完国王的眼里有些潮湿起来。大王子月净多罗开始劝弟弟："菩提多罗，你能不能再想想？你和两位王兄一起奋斗，为香至国服务，继承父王大业，不是也很好吗？你能不能再想想？"

二王子功德多罗也说："菩提多罗，母后虽然病逝了，但你还有我们。我们都是爱你的呀！"

菩提多罗平静地说："我说过了，正因为你们都爱我，我也深深地爱着你们，我也不舍得你们，我才没有下定决心。但是，这条道路我是一定要走的，希望你们理解我。"

"我们理解你。孩子，你的选择没有错，父王支持你。"国王开始表态，“不仅支持你，父王一想到我的儿子将来会成为圣贤，成为香至国伟大的人物，父王也感到自豪。只是一想到你要面临的艰辛和困难，我们心疼啊。现在不说这些了，我现在以父亲的身份，更以国王的身份，对月净多罗和功德多罗提出要求，你们两人从今往后，不论我在和不在，都要爱护你们的弟弟，支持他走自己的路。你们能做到吗？”

月净多罗和功德多罗纷纷表示，一定记住父王教诲，不论到什么时候，都会爱护弟弟菩提多罗，支持他的理想……

“月净多罗和功德多罗先退下吧。”国王摆摆手说，“既然菩提多罗要出家修行，这是人事，我还有话交代他。”

看着两位王子离去，国王说：“孩子，父王不仅崇拜佛陀，而且也了解佛陀。我先给你讲讲佛陀吧。佛陀也是王子，而且在出家修行之前，还有妻子和儿子，是这样吧？”

菩提多罗点点头：“是这样，父王。”

国王说：“后来佛陀的事业发展壮大，信众无数，佛陀的夫人和儿子也跟随佛陀出家修行，支持佛陀的事业。是这样吧？”

菩提多罗点点头：“是这样。夫人出家修行后还帮助佛陀管理女尼，儿子出家修行后拜舍利弗为师。”

“那么孩子，”国王慢声地说，“我也想让你先娶妻生子，然后再出家修行。就算父王求你了，行不行？”

菩提多罗坚定地说：“父王，不行的。既然我已经选择出家修行，就不要挂碍尘世了。”

“看起来你都思虑周全了。”国王说，“父王依你，父王不难为你，只是你就不要再走弯路了。”

“何为走弯路?”

国王说：“那出家修行，是要先当沙门，磨炼自己，然后再拜名师去修行。这是平常百姓走的路。我们是王室，有方便的出路。我知道山里有一位大师叫跋陀，是远近闻名的法师。你就直接去拜他吧，先拜在他门下修行。”

菩提多罗点点头说：“我也听说过跋陀大师。好吧，我听从父王安排，反正要拜师的，就先拜跋陀大师吧。”

“就这么定了。”国王说，“我回头安排你王兄们，亲自把你送去。现在你要跟着父王去一个地方。”

菩提多罗跟着父王，走出殿堂，来到一间闲屋里。父王坐下来，他要教菩提多罗打草鞋，掌握一门手艺。

父王一边摆弄着风干的草，一边说：“儿子，其实父王是一个笨人，除了做国王，什么也不会。当年微服私访，一个老百姓教给我打草鞋的手艺。我特别珍惜这个缘分。从那以后，这些年在王宫里一旦闲下来，自己想和自己玩了，我就来这里打草鞋。”

菩提多罗看着一缕缕干草在父王手里上下翻飞，如同舞蹈，十分惊讶，指着父王灵动的手说：“父王，你编得真好，都吓到我了。”

听到三王子的赞扬，国王笑了：“这是外边老百姓穿的鞋子，咱王室没有人穿这个。我打这个草鞋没有实际的用处，就是喜欢。不知为什么，特别想教给你。如果你也喜欢，就坐下来，跟着我一起打草鞋。如果不喜欢，就站着看吧。”

菩提多罗坐下来说：“我喜欢，父王，我真的好喜欢。”

就这样，国王亲手教三王子打起草鞋来。一连几天，父子两个约定，来到这里打草鞋。等到菩提多罗亲手打好一双草鞋，国王像了却了一桩心愿，乐呵呵地说：“孩子，爸爸永远爱你。教你打草鞋，主要是想和自己的儿子多待一待，多说说话。”

菩提多罗很感动，说：“爸爸，我也很爱您。跟着您学习打草鞋，也是想和您多说说话。”

国王说：“我知足了，就会这一门手艺，也教给你了。能够亲自送儿子出家修行，这也是咱父子的缘分啊。”

菩提多罗一下子泪流满面，他不禁起身拥抱父王，哽咽无语……

二　小乘的翅膀

在距香至国京郊一百多里的山里，隐居着远近闻名的跋陀法师。其实这座寺院很小，却因为跋陀法师的法名而享有盛誉，男女老少几乎无人不知。按照国王的提议和安排，菩提多罗出家修行，就准备先拜师跋陀。

这天上午，大王子和二王子把弟弟送出王宫。按照他们的意愿，再加上有国王的吩咐，两位王子原准备陪同菩提多罗进山，亲手把弟弟交给跋陀法师。但是，由于菩提多罗的坚持，不让两位王兄远送，他们就只是送出了王宫。菩提多罗向两位王兄辞行，只带了几个随从。他乘坐象车启程了。王室的象车自然豪华排场，引得街头巷尾不少百姓观看。大家猜想，三王子可能是出外巡游。

经过一路的颠簸，第三天正午，三王子一行来到了大山的脚下。再往前走，已经没有了车道。随从们就分成两拨，留下两个人送菩提多罗进山，其他人赶着空车返回。菩提多罗抬眼望去，只见云雾缭绕似仙境，分外宁静和神秘。菩提多罗从小生活在王宫，几乎就没有走出过宫门，长大以后又进入了虚无缥缈的阅读世界，可以说这是他第一次走到外边的世界，看哪儿都觉得新鲜。脚下的路，眼前的山，山上的树，身外的风，都在吸引着他。进山以后，他们七拐八拐走了许久，才看到了寺院的房瓦。他们继续前行，终于来到了寺院的门前。门前有一棵巨大的榕树，和王宫里的大榕树非常近似，菩提多罗感到了几分亲切。

他们走进寺院，看到寺院里有两个小和尚坐在石凳上读经，菩提多罗上前施礼："我是菩提多罗，是来拜跋陀法师为师的，望你们通报。"

"来人可是三王子吗?"没等两个小和尚开口，一个洪亮的声音传来，菩提多罗抬头望去，只见一位老和尚迎面走来，"我就是跋陀，早听说三王子读经信佛，今日终得相见，有缘有缘。"

菩提多罗连连施礼说："我是三王子菩提多罗，遵听父王圣言，弟子今日冒昧前来拜师，恳请跋陀法师成全。"

其实跋陀法师能收三王子为徒，自已也满心欢喜。再看菩提多罗相貌堂堂，心中暗喜："三王子不以王室荣华富贵为念，来到这深山里修行，还真是咱们师徒的缘分。能收三王子为徒，也是老僧的福报。"

菩提多罗跟在跋陀身后走向寺院。菩提多罗看到这座寺院确实不大，却异常幽静，树林间穿过一阵阵风。大殿上供奉着释迦牟尼的塑像。佛陀面带微笑，静静看着菩提多罗走进来，好像在默默接引他……

跋陀的安排有序展开。送走王宫的随从后，菩提多罗献上带来的供礼，又正式行了拜师礼。两个小和尚带着菩提多罗到了住的地方，放下行李，又拐回来带他走进跋陀的禅房。

跋陀法师向菩提多罗介绍："他们两个也刚来不久，一个叫佛大先，一个叫佛大胜多。既然你们都拜在我门下，你们可算是同门师兄弟。进门不论早晚，你们三个通报年龄，可按年龄大小，以师兄弟相称。"

菩提多罗又向两位小和尚施礼，相互通报年龄。菩提多罗因为年长，便被尊为师兄。从此，菩提多罗就算走出了红尘俗世，踏入了出家修行的道路。

寺院里的生活相当简单，吃的是素食，喝的是泉水。菩提多罗在两位师弟的帮助下，开始学习功课。菩提多罗久居王宫，不懂得劳动。他认真跟着师弟开始学习扫地，打扫佛像上的灰尘，整理师父的床铺。菩提多罗处处觉得新鲜，从前在王宫里衣来伸手饭来张口，如今一切都要亲自动手，反而觉得新鲜，这种生活反倒有一种迷人之处。

跋陀法师有一个习惯，他不在寺院里讲经。他经常带着弟子走出寺院，来到山顶上，坐在大石头上才开口说法。这天，跋陀法师要开示说法。跋陀说法时还有一个习惯，在打坐以后闭上眼睛才开口讲话。

"我今天讲佛法的精要。"跋陀法师停顿一下，提醒其重要性，"我一直认为，所有佛法的精要，完全在四圣谛和三法印。这四圣谛也可以叫四真谛，它包括苦谛、集谛、灭谛和道谛。"

弟子们面对师父而坐，神情专注。

跋陀法师睁了一下眼睛，然后又慢慢闭上，继续讲："所谓苦谛，是说人生在世，一切皆苦。这是因为广大的宇宙，这天下地上的生活，一切的一切都是变化不断的无常。由于人生不能自己主宰自己，为莫名和无常所迫，没有快乐，只有痛苦。无常就如同大海，人生就如同一滴海水，无处逃遁。苦，归纳起来基本上有八种苦：生苦、老苦、病苦、死苦、爱别离苦、怨憎恚苦、求不得苦、五阴盛苦。这就是八苦。三界无安，犹如火宅，就是说人类世界如同火宅一样，无处逃遁，是无边无际的苦海。”

跋陀法师讲到这里时把眼睛睁开，看了弟子们一眼，然后又徐徐闭上，接着讲：“所谓集谛，是说这世间一切的存在和存在的一切都是由各种各样的自然条件集合而成的，是无法更改无法修正的。那么探究这些苦的原因，研究这些苦的根源，品尝这些苦的味道，这就是集谛的全部内容。也可以说，这集谛就是集合了这八种苦。于是如何经历这八种苦，品尝这八种苦，受煎熬受折磨于这八种苦，最终穿越这八种苦，以苦为苦，走出苦中苦。但是，集谛又和苦谛不同，苦谛是苦的内容，是客观的存在，集谛是主观的承受和经历。于是，一经承受，为什么承受，怎么样承受，这就出现了因缘。因缘在这里指什么？主要是指生死流转的过程。”

跋陀为了讲明白，开始用手指比画着帮助阐述。这时候手指就成为重要的道具，就如同老师的教鞭一样。跋陀说：“注意，这里要注意，比如人生是无常的，它是终究要死亡而幻灭的。而人活着呢，人为什么活着？一切就是为了追求它有常。为有常而活着，这就是活着的盲目性。因为一切众生从无明而来，又开始追求有明，于是依次有了行缘识、识缘名色、名色缘六入、六入缘触、触缘受、受缘爱、爱缘取、取缘有、有缘生、生缘老死。最后追着这有明转了一圈儿，又因为老死，回到了无明。注意，这就是果。这是由十二因缘形成的果。于是，人这一生按照十二因缘顺序排列，组成了因和果的链条，我们众生走这么一趟，就形成了轮回。注意，你们要注意，我现在要讲要点了。这样看来，我们众生如何能够正确认识到人生的实相呢？认识了这十二因缘的实相，也就揭开了人生的帷幔，看到了真相。真相就是实相。也就知道了，原来人生的生死轮回也就那么回事儿。注意注意，我们认识了真相，也就认识了无明，也就灭尽了无明。灭尽了无明，也就再也没有生再也没有死，一切的痛苦和痛苦的一切，也就自然而然地止息了。”

跋陀讲到这里，有意停顿下来，睁开眼睛，并不看弟子们，而是望向远处。仔细去看，跋陀的眼睛里并没有光芒，却如黑洞一般。那眼神很深很远，望不到底……

跋陀长长叹一口气，闭上眼睛，接着说：“现在让我们来回味一下，我刚才讲苦谛，主要讲人生之苦的内容，大致也就这八种苦吧。而集谛呢，集谛主要讲我们承受这八种苦的根源，以及如何承受这八种苦的过程。既然我们明白了，人生就是从无明走向无明的一个轮回，那么我们可以想想，还要这个人生干什么呢？”

菩提多罗心里一紧，好像被人从睡梦中叫醒一样，似受到了一种从来没有过的启示。什么样的启示？这启示又启示了什么？好像说不明白，也想不明白。但是，他心里这一紧，就感受到了……

“明白了前边讲的两谛，后边这两谛就好理解了。”跋陀法师开始接着往下讲，“明白了苦谛和集谛，这灭谛好像就不用怎么讲了，灭谛灭谛，就是灭尽人生的贪欲，灭除因果给我们造成的痛苦嘛。因为灭尽了贪欲，也就灭除了众多痛苦的根源。这样通过灭谛也只有灭谛才能离苦得乐，人生才能够真正解脱。而解脱了也就涅槃了。你们说是不是这样?”

跋陀讲到这里，只是停顿了一下，用手示意，并没有睁开眼睛。他继续讲：“最后来讲道谛。什么是道谛？所谓道谛，也就是灭除了我们的痛苦，证得了涅槃的正道。正道是什么？什么叫正道？这个很重要。就是正见呀，正思维呀，正语呀，正业呀，正命呀，正精进呀，正念呀，一直到正定。这就是著名的八正道。记住了吗？从正见开始一直到正定，这就是八正道。修行了这八正道呢，我们众生就会化烦恼为菩提，化无明为自在，证得涅槃而入仙境。到了这个时候，我们修行者不就修成神仙了吗?”

菩提多罗看到跋陀讲到这里再次停顿下来，从闭合的眼睛及脸庞上浮现出一层喜悦，满脸的祥和，看得人感动……

“师父，”佛大先打破了安静，“接下来，您该为我们讲三法印了?”

听到佛大先的提问，跋陀依然没有睁开眼睛。他好像讲累了，需要喘息一下吗？果然，再接着讲时，声音低了许多：“三法印嘛，也就是诸行无常、诸法无我、涅槃寂静。这就是三法印。先讲这诸行无常吧!”跋陀的声音一下子又提高了起来，重新回到先前讲课的激情里：“所谓这诸行无常，是讲世间一切的事物都是由因缘和合而产生的。没有因缘和合，什么也不会产生。又说这世界的事物无一不是迁流变化的，这世间就没有久居不变的东西。这世界上的一切事物和事物的一切都永远在变化之中，永恒不变的是什么？只有变化。”

佛大胜多接话说：“师父，我听明白了。变化是永远的，不变化是没有的，过去没有，现在没有，今后也不会有。”

由于佛大胜多的突然插话，跋陀的眼睛睁开了，他把目光投向佛大胜多。佛大胜多感觉自己说错话一样，连忙低下了头。跋陀轻摇头，表示佛大胜多意会错了。佛大胜多的耳边响起师父的声音："佛大胜多，你说得对。你的根器也不错。"师父是在表扬他。

佛大先提醒佛大胜多："我们还是少说话，听师父讲诸法无我吧。"

"现在，我们接着讲诸法无我。"跋陀调整了一下情绪，接着讲，"这诸法无我嘛，是讲世界上的一切存在和存在的一切，都没有独立不变的实体。这世间没有单一的存在和能够自我决定的永恒的事物。这山是独立存在吗？这树、这石头是独立存在吗？还有我们自身是独立存在吗？都不是。这诸法无我，与前边的诸行无常是一种递进的关系，是一种延续和延伸的关系，是一种持续发生和发展的关系。我讲明白了吗？"

弟子们点头会意，不再开口说话。跋陀的眼睛依然闭着，变化了一下手势，继续说："最后来讲这涅槃寂静。所谓涅槃寂静，是指我们众生不知道不明白这生死流转之痛苦，而动不动就起惑造业，胡作非为。于是，佛陀才为我们众生讲涅槃之法，以脱离这生死轮回之苦。我讲完了。今天的课全部讲完了。"

弟子们起身施礼，谢过师父。跋陀依然盘腿而坐，一动不动，枯坐在石头上开始打坐。那种静止的神态像是入梦了一样，仿佛和这石头融为了一体，和这大山融为了一体，和这大树融为了一体，进入了化境……

一连几天，菩提多罗都在回味和理解跋陀的话。佛大先和佛大胜多也在私下里讨论，菩提多罗没有插话，他没有参加讨论的兴趣。菩提多罗在王宫藏书阁里已读过许许多多的佛经，跋陀讲的内容他并不感到陌生，对四圣谛和三法印还有了解。只是觉得跋陀讲的过程和神态，让他感动。同是经文，经跋陀这么一一讲出来，格外通俗易懂，也格外生动活泼。他在找区别，他自己读的经文只是在字面上，而跋陀讲的经文像是从内心流淌出来的，带着温度。菩提多罗慢慢感到，跋陀法师确实是得道高僧，不由得对跋陀法师产生了敬意。特别是一连几天，他和佛大先、佛大胜多早就回归了平日里的功课，而跋陀法师还打坐在那块大石头上，一打坐就是几天几夜，让他惊叹不止。

“师父经常这样打坐吗?”菩提多罗问佛大先。

“是这样。”佛大先说，“师父有时打坐在山上，有时打坐在树林或竹林里，无论刮风下雨，他都坚如磐石，一动不动。”

“师父交代过，”佛大胜多也说，“他打坐的时候不让我们打扰他，也不要叫醒他。他说这是他的功课。”

“师父还说过，”佛大先补充道，“他这种打坐叫禅定。”

比起跋陀讲的经文，他的禅定让人震撼，彻底征服了菩提多罗。菩提多罗暗自下定决心，一定要跟着跋陀法师好好学习，提高自己修行的境界。

这天跋陀法师走出禅定，回到了寺院。虽然经过几天几夜的不吃不喝，跋陀法师倒显得眼光明亮精神焕发，全身上下没有一点疲倦的样子，像是经过了沐浴和洗礼一样。

“这学佛之人不仅要读佛经，重要的是自身修行。只有又读佛经又加持修行，才能见道。”跋陀法师并不隐瞒自己的行为，详细给弟子们传授经验，“这个见道，就是先了解四谛的道理，然后再修道，这才是修行。而什么是修道呢?”跋陀法师说，“你们也看见了，师父不吃不喝一连打坐几天几夜，不但不疲倦劳累，反而更精神。觉得奇怪吧?这就是修道，佛学里现成的名词叫禅定。只有进入禅定，你才能慢慢清除自身的污垢，再去清除执着和懈怠，根治一切的迷惑和烦恼，成就最后的功德。当年佛陀就是在菩提树下禅定，而证得了无上的正觉。”

佛大先问：“师父，我们能不能学习禅定？”

佛大胜多也问：“我们修行，是不是最后一定学习禅定？”

菩提多罗也问：“师父，修行的最高境界是不是只有禅定？”

跋陀法师摆摆手说：“我先回答菩提多罗。现在我明明白白告诉你，修行最高境界的唯一办法，就是禅定。我再回答你们两个，你们两个对于佛理，虽然初学入门，可以继续学习，同时也可以开始学习禅定。”

三个弟子喜不自禁，无比欢欣。

跋陀法师又说：“不过这禅定，叫坐禅也可以。叫什么不重要，主要是修行。这坐禅并不容易啊，因为坐禅之人要忍之又忍，忍人不能忍。因为坐禅要忍受外界的干扰，摒除内心的妄念，慢慢地徐徐地才能够达到无我的境界。只有进入无我境界，才能够坐地日行千万里，觉照大千世界。我问你们，你们有这种坚忍之心吗？”

三个弟子相互鼓励，纷纷点头答应……

“弟子们，坐禅对于初学之人，是一个相当艰难的过程。”跋陀法师慈祥地看着弟子们，“早晚也要开始，如果你们有意，今天就开始吧，先坐到天黑再回来吃饭。地点由你们自己选，树林、竹林都可以，你们去吧。”

三个弟子走出寺院，分头来选打坐的地方。结果，三个人选了三个地方，各自坐下来，照葫芦画瓢，比画着师父的样子，开始打坐。

菩提多罗选在竹林里，这里极其凉爽，他坐下来，盘起双腿，闭上眼睛，开始聚精会神。他默想着空阔的天空，倾听着山里的风声和竹声，心里渐渐平静下来。他忽然觉得他一直在等着这一刻，已经等了很长时间，打坐让他有一种回归的感觉。

初次打坐，感觉新鲜和兴奋。这个时间段落不长，接着就开始感觉双腿酸困，后来觉得全身僵硬。菩提多罗知道考验一个人意志的时候到来，他坚持着忍耐着，他知道只要坚持下去忍耐下来，就会习惯起来。还好，经过坚持和忍耐之后，他觉得双腿开始麻木，身体有些发硬，但整个身心进入平稳的状态。就在这个时候，一只蚊子落在了他的脸上。它飞来时嗡嗡作响，声音响亮，飞过来飞过去，竟然落在了他的脸上。

蚊子刚一落下来，就伸出长腿稳稳抓住菩提多罗的肌肤，迅速伸出嘴巴，像长长的刺针，一下子就扎进了肉里。这只蚊子可能原准备吸一口鲜血，就迅速飞走的，可是它立马就发现了菩提多罗没有反应，对它没有敌意，蚊子贪婪的胆子瞬间就大起来。毕竟机会难得，在空寂的竹林里突然遇到了美味，吃饱了再说。于是，蚊子拼命地吸起鲜血来，那肚皮很快就饱胀起来。这只蚊子确认自己吃饱了，也吃得很累，再也没有力气吸血。再者，蚊子还要考虑自己的负重，盛满鲜血的肚皮已经肿胀。它喘喘气，终于飞起来。

蚊子终于飞走了。菩提多罗这么想。然而，让他没有想到的是，随着蚊子的离开，真正的考验刚刚开始。蚊子在吸血时，随着蚊子的呼吸，也同时把它的毒液注射进菩提多罗的身体。这时候蚊子带着人体的鲜血虽然飞走了，而它留下的毒液慢慢开始发作起来。菩提多罗开始觉得脸蛋发痒，越来越厉害。他现在明白，他遇到了杀伤力极强的毒蚊子。菩提多罗有过这方面的经验，在王宫里跟着妈妈散步时，有一次被毒蚊子攻击过。挨了毒蚊子的叮咬之后，那是反应非常强烈的……

在奇痒无比又十分难耐的重重折磨之下，菩提多罗再也无法忍受，因为蚊毒已经传遍全身，他中毒了。于是，他果断决定，很快起身，起身时身体已经麻木，差一点歪倒。菩提多罗睁开双眼，发现跋陀法师就站在他身后。

跋陀法师问他："你怎么了？"

菩提多罗突然意识到了什么，慌张地回答："师父，我让毒蚊子咬了……实在是忍耐不了……"

跋陀开始讲："坐禅就是要忍字当头，不仅要忍蚊虫叮咬，还要忍风雨寒热，还要忍饥饿困乏，甚至还要忍野兽袭击，要忍受这内心的一切欲念，要忍受这期间的一切屈辱与苦难。现在，你连蚊虫叮咬都忍耐不了，还谈什么坐禅。"

菩提多罗红着脸说："师父，我知错。"

"知错就好。"跋陀法师说，"重新坐下来，来，让我教你具体的方法。没有方法也不行。"

菩提多罗重新盘起双腿，打坐起来。他发现师父也盘起双腿，就打坐在他的身边。

"先闭上眼睛。关闭看到这世间贪欲的门窗。"

菩提多罗按照师父的提示，认真进入……

"然后呢，"跋陀开始讲，"聚精会神，只关注自己的呼吸。关注呼吸，锻炼呼吸，这就是坐禅唯一的方法。"

由于师父的提示，菩提多罗开始关注自己的呼吸。他一直没有注意过自己的呼吸，虽然它一直存在，自己却从来没有发现。如今经过认真观照，才发现自己的呼吸格外新鲜。

菩提多罗发现，这呼吸的长度稍有不同。原来一直感觉这呼和吸就是出气和进气，长度应该是同样的。现在经过刻意观照，这才发现吸的长度要长于呼的长度。而且吸的长度特别长，把一口气吸进来，慢慢进入，好像又分配到身体的各个部位和方向。而呼的长度要短许多，就这么一下子吐出来就没有了，也不知道吐出来散落在了何方。由于呼和吸的长度不同，速度也明显不同，吸的时候速度非常慢，慢悠悠地吸进来，而呼的时候速度比较快，一下子就吐了出去，有时候甚至和喷出去没有区别。

菩提多罗发现，这呼吸的味道也不同。吸进来时候味道鲜美，里边有竹子的清气，有野草的鲜味，有轻风的吹拂，甚至想象开来有阳光的香味。而呼出去的味道比较单一，如同排泄出来的废气一样，没有任何多余的味道。

从观照自己的呼吸开始，菩提多罗开始忘却外界的干扰，甚至师父什么时候离开他也没有发觉。就这样一直到太阳落山，他发现自己已经僵化了，就试着站起来，身体一歪差点倒下去，他急忙伸手扶着大地，这才慢慢站了起来，走回寺院。

佛大先和佛大胜多比他回来得早，三个人面面相觑，全都伸出手来指向对方。原来他们三个都被咬了，脸上的肿疙瘩非常明显。特别是佛大胜多，还被蜜蜂蜇了一口，半个脸已经肿得变形失真，格外难看。虽然忍着疼痛和瘙痒，但是毕竟他们已经开始了坐禅，并没有沮丧，反而有几分乐观，面面相觑竟然还能笑出来。

跋陀法师鼓励他们，这毕竟是开始，自己当年和他们一样。只要坚持下去，就会迈过这一关。于是他们几个弟子没有退缩，一连几天，他们天天学习打坐。慢慢地，他们开始能够从早到晚坚持下来。但是，最让他们忍受不了的还是又饥又饿又渴。每每天黑回来，弟子几个吃起饭来如狼似虎，跋陀看在眼里，也不说破，继续鼓励他们。

一天天就这么熬下去，菩提多罗开始发现自己的身体在起变化。先是蚊虫不再叮咬自己，好像蚊虫与他已经相熟，对他的鲜血不再感到新奇。原来蚊虫也喜新厌旧？再是觉得不那么渴也不那么饥饿。每天打坐回来，不再特别疲乏，还多少有一点轻松的感觉。这天他单独来找师父，向跋陀汇报自己的感受。他觉得应该向师父诚实，才能够及时得到师父的指点。

跋陀说："你详细说，说说你的真实感受。可以放开说，想到的也可以说出来。师父与你解惑。"

菩提多罗小心地说："我讲不好，主要想讲这呼吸。我严格按照师父的方法进行呼吸，我好像发现了这呼吸的功能。为什么刚开始打坐一整天回来，又渴又饥又饿，前心贴着后心，整个人薄成了一张纸，特别虚弱。我甚至没有力气走回寺院。这一阶段过去，现在不渴不饥不饿了，走出禅定以后，身体有了轻松的感觉。为什么会这样？我感觉是因为呼吸。"

跋陀点点头继续鼓励他："你接着讲，很好，很好。"

菩提多罗讲："我先是发现了这呼和吸的长度、速度不同，后来发现这吸进来的气体有许多的香味。我想问师父，这吸进来的气体里有没有营养？是不是这些气息在供应着身体的需要？"

跋陀笑起来说："菩提多罗，你的根器很好。你说得对，确实是这样。不过，你也只是想到了这竹子的营养、这野花野草的营养、这风雨的营养。”菩提多罗连忙点点头。跋陀又说：“你肯定没有想到还有太阳和月亮的营养，还有天上许多星辰的营养吧。我这就讲给你，我们生活在宇宙里，这宇宙里万物都是紧密相连的，都是相互营养的。你平常的喝水吃饭那只是看得见的物质，真正营养我们生命的还有那些看不到摸不着的无形物质啊。”

菩提多罗瞪大眼睛，他从来没听过这么新奇的理论。他读过那么多佛经，也没有读过这些奇闻异说。但是，他愿意相信这些理论。因为这些理论，解答了他的疑惑。

跋陀笑了：“其实这不是新鲜的理论，虽然佛经上没写出来，佛陀早就给我们做出了榜样。你刚才只讲了吸，并没有讲呼。可能你没有关注。我们吸进来的是这天地万物的精华，我们吐出去的是我们自身的贪欲和污垢。这下你明白了吗？”

和跋陀的这次谈话，对菩提多罗影响深刻。如果说先前打坐时对呼吸的感受是被动的和迷惑的，从现在开始菩提多罗打坐起来就进入了主动和清晰。于是，身体也逐渐发生了更神奇的变化。以前打坐是煎熬和忍耐，现在打坐只要闭上眼睛，就仿佛进入了熟悉的世界。

这天天黑以后，佛大先和佛大胜多打坐回来，迟迟等不到菩提多罗。佛大先不放心，要出寺院去找师兄，被师父拦下来了。跋陀说：“别等了，他今天不会回来了。”

第一天菩提多罗没有返回寺院，第二天也没有回来，一直等到第四天早上，菩提多罗才赶回了寺院。菩提多罗这次打坐，一连三天三夜没有回来。这让佛大先和佛大胜多非常吃惊，他们连忙为师兄打水和弄饭。

但是菩提多罗淡淡地说："吃点喝点也可以，不过我并没有吃喝的欲望。确实不渴、不饥也不饿。"

佛大先说："你知道吗，你这是几天没回来了？"

菩提多罗说："和你们一样啊。"

佛大胜多也说："师兄，你已经三天三夜没有回来了。"

跋陀走进来说："是的，确实已经三天三夜了，快赶上师父的节奏了。"

跋陀好像有点兴奋，就说："咱们今天一起来说说这打坐的感受吧？"

三个弟子纷纷赞成……

跋陀说："佛大先，你先说。"

佛大先说："刚开始是忍耐和坚持，我现在每天打坐，蚊虫还来叮咬，我就说你咬就咬吧，反正你也是要吃要喝的，不吃不喝你怎么活呀？这样想想，也就不那么痒不那么疼了。再者，外界的风呀雨呀也没有那么重要了。我现在打坐一整天，没有问题了。"

佛大胜多接着说："开始打坐老是记着太阳晒呀风吹雨淋呀蚊虫叮咬呀，虽然闭着眼，记得特别牢靠。特别被蜜蜂蜇了以后，只要它飞过来，我就浑身哆嗦。经过这一阶段的坚持，我开始迷迷糊糊起来，只要打坐起来，这些外来的东西都不重要了，开始感觉不到了，好像它们在退去在消失一样。我只关心打坐，我只记得我一定要坚持坐在这里就行了。"

跋陀点点头说："这就是进步啊。说明你们坚持下来了。再坚持下去，你们就会闯过这第一关了。菩提多罗，你也说说，你这次打坐一连三天三夜，都有什么感受？"

"没有三天三夜吧，我觉得时间并不太长。"菩提多罗说，"师父，我的感觉可能不对，我和两位师弟感觉不同。经过了最初的阶段，我现在对外界的干扰越来越清晰了。我虽然坐在那里，虽然闭着眼睛，对于风雨呀太阳呀树木呀竹子呀蚊虫呀时时刻刻都能感觉得到，比刚开始打坐时还要清楚。不同的是，我发现我把打坐忘了，忘得一干二净。我没有了，一点也没有了。打坐在那里的好像不再是我，只是一块石头。”

佛大先和佛大胜多惊讶地看着师兄。跋陀也许久没有说话，没有表扬也没有批评，只说一句：“明天不打坐了，我给你们讲经。”然后就走了。

第二天上午，吃罢早饭，三个徒弟来到跋陀的禅堂，等着师父讲经。跋陀说：“今天我给你们讲禅定的几个境界。因为你们基本上通过了第一阶段，也只是刚刚入门。这往后修行，还有更大的考验，我把禅定的几个层次给你们讲明白。”

“这禅定分为四个境界。”跋陀讲，“它们依次是初禅天、二禅天、三禅天和四禅天。这初禅天嘛，也叫离生喜乐地。此时的众生进入初步的禅定，已经远离欲界的恶魔，慢慢生起喜乐之感受。也就是你们感受到的打坐的习惯和轻松。如果还在为风雨和蚊虫叮咬而困扰，就说明你们还处在欲望的世间生活里。”

迎着师父的目光，三个弟子纷纷点头……

“这二禅天也叫定生喜乐地。”跋陀停顿了一下，打了一下手势，“也就是在入定以后生出脱离身心压力和困惑，抛弃苦恼得到的最初的快乐。这种快乐非一般的言语可以形容，只能是自身的感受。”

跋陀说：“记住了，这个是重点。不是言语外道，是自身感受。这从二禅天再往上修行，就达到了三禅天的境地。这三禅天也叫离喜妙乐地。

就是慢慢离开你的欢喜之地，到达更加微妙的欢乐之地。这里的区别是什么呢？喜悦的意识消失了，没有了主动感受和被动感受到的喜悦，只剩下非常纯净的欢欣。”

三个弟子瞪大眼睛，细细体会师父的教诲。

跋陀有意在这里做了停顿，让弟子们回味和理解，然后才说：“这初禅天、二禅天、三禅天只是递进的关系，只是一种磨炼和准备工作。目标是什么呢？目标就是进入最后的四禅天。”跋陀开始强调：“因为前边的三禅天并不是禅定的最高境界，只是禅定的一个过程，只有到达四禅天，才到达至高无上的境界。”跋陀又故意停顿下来，让弟子们集中精力，甚至他端起杯子呷了一口清水，这才认真地讲起来：“我现在要讲关键的关键了，这四禅天是什么呢？四禅天叫舍念清净地。你们听听，这名字多好。舍念清净地，舍什么呢？舍的是你在前边三禅里得到的妙乐，这叫舍清净。刚刚得到的，又舍去了。那么念什么呢？念的也是这清净。舍的也是这清净，念的也是这清净，这中间有没有矛盾？没有。因为只有又舍又念之间，你才能由此得来非苦非乐之真切的感受。这就是四禅天，非苦非乐，以苦为乐，以乐为苦，苦中有乐，乐中有苦，苦苦乐乐没有穷尽。”跋陀举起一只手，特别强调说：“回到开始，这一切怎么得来，全靠一个忍字。这不是小忍而是大忍。是大忍、坚忍、弘忍，只有大忍者才能进入四禅天的境界。”

跋陀讲完就走出了禅堂，几个弟子开始回味和讨论。佛大先和佛大胜多越说越热闹，只有菩提多罗默不作声。因为跋陀讲的佛理他早已经看过，并没有感到新鲜。他感动的是，跋陀讲经时的投入，另一个就是跋陀总能用简单明白的话给你讲清楚。他越来越崇拜师父，跋陀真正是大德高僧啊。能够投入跋陀门下，他感到很庆幸。甚至他忽然想到，这跋陀其实就是佛陀转世，活着的佛陀吗？

时间一天天逝去，转眼菩提多罗进山修行已经半年多了。几个弟子都在进步，佛大先和佛大胜多也能够连续打坐三天三夜了。菩提多罗曾经数次连续五天五夜甚至七天七夜禅定在忘我的境界里。跋陀对于弟子们的精进非常高兴，特别是菩提多罗，禅定的时间已经赶上了师父。他也暗暗惊喜，觉得收到了大根器的弟子，就是自己的福报啊。

菩提多罗慢慢发现，这修行的生活简单了起来，无非是两种形式，听师父讲经和禅坐。这天他连续禅坐七天七夜之后，走出禅定，心里出现了困惑。这要禅定到什么时候？为什么要禅定？禅定的意义是什么？

“师父，我们下一步要如何修行？”菩提多罗忍不住问师父。

这回轮到跋陀吃惊了，告诉他：“继续禅坐，精进不懈，把禅定所获得的觉悟一直维持到你今生今世的终点。这样，你就能够超脱轮回而进入涅槃的境界。”

菩提多罗沉默了一会儿，忍不住又问：“我们除了在禅定以后求得罗汉果位，就再没有别的了？”

“那你还要什么？”跋陀开始不理解他了，“能够求得罗汉果位还不够吗？对于我们来说，我们和佛陀不一样，能够终生修行求得罗汉果位，这就是伟大的目标。这可不是容易做到的。我们必须终生修行，才能够证得菩提。我这一辈子就这么一个追求，只求禅坐，在禅定中守护自己的心灵，以获得无上的智慧，我别无追求。”

“师父，那么众生呢？我们在这里禅坐，众生呢？怎么才能够帮助到众生呢？”

“菩提多罗呀，你的想法固然很好，但是我们面对的是物欲横流的世间，我们自己能够超然独立已经非常艰难了。我们怎么能够像佛陀那样有无穷无尽的力量和智慧？最重要的是，有一点我没有说出口，你说什么叫众生？那只是一个说法，那只是一个虚妄的愿望罢了。芸芸众生本来就在自甘愚痴和执迷之中，我对你说，这芸芸众生其实毫无佛性而言。你凭自个怎么去救度他们呢？所以，所谓修行，自觉就是最高的境界。觉悟就是佛性。我们修行之人，能够达到这个境界，已经非常了不起了。”

跋陀师父并没有说服他。他心里反而更加困惑。他在想，如果我菩提多罗今生今世的修行只是为了自己，只是为了自己脱离这苦海不再轮回，成就神仙果位，有什么意义呢？退一步说，那还不如我的父王和王兄，他们虽在俗世，还在为天下苍生服务，并不单单为了自己。我如今出家修行，怎么又修行到只为自己呢？成为神仙有什么用？如果这个神仙不为众生服务，不能够造福大众，还要这个神仙干什么呢？菩提多罗越想越迷惑，对跋陀师父也由无限的崇拜发展到怀疑。跋陀师父说得对吗？他没有能力和师父理论，心里又不服。然而，听讲还在继续，打坐也还在继续，太阳继续升起来，月亮也继续升起来，山里静悄悄的……

跋陀也看出来，菩提多罗和他产生了分歧。虽然仍然尊敬他，但对他的追求开始怀疑。跋陀法师也陷入了困惑，他似乎也没有能力说服自己的弟子。

“菩提多罗，”有一天跋陀忽然心动，想到了一个比喻，就说，“这么说吧，修行就好像思想长出了翅膀，可以像鸟儿一样自由自在地飞行。”

“师父，”菩提多罗说，“这个比喻很好很妙。只是鸟儿为什么还要飞行？又要飞到哪里去呢？”

跋陀无言了。但是，跋陀是个智慧之人，也是一个冷静之人，他终于开口说：“菩提多罗，其实我也应该告诉你了，师父并不是大根器之人，能隐居在这深山寺院修行，已经很满足了。而你不同，师父已经看出来，你是个大根器之人，师父也只是送你一程，不能够带领你走得更远。师父也惭愧啊。”

菩提多罗连忙说：“师父，你这是赶我走吗？我没有别的意思，我只是困惑，在向师父讨教。你不要赶我走，好吗？”

跋陀沉默不语。菩提多罗忽然心里难过起来，回想起进山之后师父给他讲经，教他打坐从呼吸教起，对待自己如同自己的孩子，不由得热泪涌出：“对不起，师父，是弟子不孝。”

跋陀微笑起来。菩提多罗记得，跋陀很少对弟子们微笑。这种微笑如同苦笑，让人更加难过。跋陀说：“没有什么。其实你父王让人几次给我说，他年迈身体有病，非常想念你，想让你回去。我一直没有对你说。这就说明你尘缘来了，于情于理，你是应该下山了。”

菩提多罗小声哭起来，热泪纵横，好久两个人都没有说话。菩提多罗慢慢平复了自己的情绪，冷静下来想想，认为自己也应该下山了。

“师父，”菩提多罗开始讲，“回忆一下，从我进山修行到现在，变化极大。我进山之前已经读过许多佛经，可以说师父讲的佛经我全读过。只是在书本上读过，经师父讲明白了，我才觉得加深了理解。师父，你讲经讲得特别好，通俗易懂。这就是师父的恩情。特别是你教我呼吸，教我打坐，比读佛经还要深刻。是你教会了我坐禅入定，我才进入了境界。这都是师父你的恩情。”

跋陀说：“这都是我应该做的呀。”

菩提多罗说：“在你，这也许是应该的。在我，这就是恩情。如果师父不教我，现在我还是从书本到书本，只是阅读，没有修行。”他在这里停顿一下说：“师父，我开始冒犯你了。我的困惑有两点：一个是为什么说众生没有佛性？这使我困惑得很，我不理解，也不能够接受。二是修行的最高境界只是自觉和觉悟吗？这不是还是自我嘛。我不能够接受，我就在这里困惑。我说出来，只是讨教师父，并没有冒犯师父的意思。”

跋陀平静地说：“说明白了？”

菩提多罗说：“说明白了，就这些。”

“说得很好。”跋陀说，“你并没有冒犯我，师父也从来没有怪罪过你。只是师父没有能力回答你。一个人有一个人的局限，你的质问超出了我的能力，我无法回答你。我这么说出来，你心里就没有负担了。师父已经年迈，也不可能放下自己，也没有能力放下自己。但是，你不同，你是可以向前走的。师父不是要赶你走，是你应该走了，你会走得更远。其实师父也很自豪。此生教过你打坐，使你进入禅定，这可能是我的使命，也是我们的缘分。能够送你一程，这可能是我今生今世最大的功德。我这么说，你该明白了。”

这就是跋陀。这就是师德。把话说到这种程度，菩提多罗反而更加尊重跋陀法师，于是他跪下来说：“我明白了，请受弟子一拜。你永远是我的恩师。”

菩提多罗跪拜了跋陀法师，又和两位师弟辞行。他这才走出寺院，往山下走。菩提多罗走走停停，不断回望山里，回望寺院，他确实觉得自己像鸟儿生出了翅膀，在这里学会了飞翔……

深山静悄悄地也望着他……

寺院静悄悄地也望着他……

三　大乘的天空

佛教起源于印度。据说有相当久远的根源。但是到底是从什么时候开宗，经过多少代传承，并没有确切的记录。这和一个民族的传统文化习惯有关，印度虽然也是文明古国，但在保留文化记忆方面，一向并不重视。有许多关于佛教文化的历史记忆，大部分却在中国被保留下来。也许佛教文化历史非常久远，记忆方式方法和我们不同，但是在中国的佛教文化历史记忆中，约定俗成的说法，印度的佛教有七佛二十八祖之说。另外，中国人还创造了二十八位“应化圣贤”。不过，这二十八位“应化圣贤”把印度人和中国人编排在一起，组成了佛教传承代表人物的另一个方阵。在这里我们略去这二十八位“应化圣贤”，只介绍七佛二十八祖。

七佛是：

一佛毗婆尸。偈曰：“身以无相中受生，犹如幻出诸形象。幻人心识本来无，罪福皆空无所住。”

二佛尸弃。偈曰：“起诸善法本是幻，造诸恶业亦是幻。身如聚沫心如风，幻出无根无实性。”

三佛毗舍浮。偈曰：“假借四大以为身，心本无生因境有。前境若无心亦无，罪福如幻起亦灭。”

四佛拘留孙。偈曰：“见身无实是佛见，了心如幻是佛幻。了得身心本性空，斯人与佛何殊别。”

五佛拘那含牟尼。偈曰：“佛不见身知是佛，若实有知别无佛。智者能知罪性空，坦然不怖于生死。”

六佛迦叶。偈曰：“一切众生性清净，从本无生无可灭。即此身心是幻生，幻化之中无罪福。”

七佛释迦牟尼。颂词云：“未出王宫已涅槃，何须双足露金棺。致令迦叶双眉皱，庆喜门前倒刹竿。”

这就是七佛。其实后世人说佛，基本上全都指向第七佛释迦牟尼。这也是关于佛的约定俗成的简化现象。可见人类对于文化历史的记忆，一向化繁从简。

二十八位西天祖师是：

一祖摩诃迦叶。

二祖阿难。

三祖商那和修。

四祖优波毱多。

五祖提多迦。

六祖弥遮迦。

七祖婆须蜜。

八祖佛陀难提。

九祖伏陀蜜多。

十祖胁。

十一祖富那夜奢。

十二祖马鸣大士。

十三祖迦毗摩罗。

十四祖龙树大士。

十五祖迦那提婆。

十六祖罗睺罗多。

十七祖僧伽难提。

十八祖伽邪舍多。

十九祖鸠摩罗多。

二十祖阇夜多。

二十一祖婆修盘头。

二十二祖摩拏罗。

二十三祖鹤勒那。

二十四祖师子。

二十五祖婆舍斯多。

二十六祖不如蜜多。

二十七祖般若多罗。

二十八祖菩提达摩。

这就是二十八位西天祖师。七佛和二十八位西天祖师基本上由印度人组成。另外，这二十八位西天祖师，完全由七佛释迦牟尼传承，一代一代传承有序。

现在让我们穿越时空，重新回到许多年以前，那时候菩提多罗还没有成为二十八祖菩提达摩。他正走在修行的路上。离开小乘佛教的师父跋陀，回到了香至国的王宫。见过父王和两位王兄，便一头扎进藏书阁中。

这时候的菩提多罗陷入了苦苦思索的陷阱。首先他不能够理解的是，以跋陀的智慧和深厚的修为，为什么仅仅以罗汉果位为终极追求目标。如果修行之人都这样以自己为主，佛陀释迦牟尼普度众生的伟大使命又由谁来承担？如果只顾自己的生死超脱，只是为了跳出生命的轮回，修行又有什么用呢？难道众生真的没有佛性？苦难的众生真的无法救赎了吗？

回到王宫的菩提多罗，虽然埋头在藏书阁中，他已经不再穷经，甚至也中断了打坐禅思的功课，开始深沉地思考。他似乎在等待奇迹的出现。冥冥之中，他在等待着二十七祖般若多罗祖师的到来，来救赎和开悟他。

其实，等待也是一种修行。

而这时候，二十七祖般若多罗正在仙游，正一步一步向着香至国的菩提多罗缓缓走来……

关于佛教中的禅宗，有着多种说法。约定俗成的说法是最初的参禅由七佛释迦牟尼创造。释迦牟尼晚年，已经预感到他自己灭度之后，佛教内部会分化出许多不同的派别，这些派别由于对佛理的不同理解会各持己见，拘泥于烦琐的佛理和戒律之中不能自拔，这样就会失去上求菩提下化众生的本质，误入歧途。

一个晴朗的日子，释迦牟尼在灵鹫山上说法，往常都是释迦牟尼讲大家听，释迦牟尼今日心里一动，手执一朵美丽的鲜花，久久不开口讲经。释迦牟尼沉默地端坐在那里，众僧也陷入沉默的困惑。沉寂的气氛笼罩着整个灵鹫山，出现了沉默的奇观。大家不明白，这是怎么了？什么时候开讲？

就在这个时刻，站在释迦牟尼身旁的大弟子摩诃迦叶，看着佛陀手指拈的鲜花，脸上露出了会心的微笑。

这就是著名的“拈花一笑”。

释迦牟尼看见了这个微笑，师徒间心心相印灿烂出了妙意。释迦牟尼由此已知摩诃迦叶已经领悟，满心欢喜起来，这才开口说道：“我已经向你们讲过太多佛经和佛理，但是，我有一心法常住不变不执于名相，存在于文字之外，不便于出口讲解，这确实有点不可思议。这超越于一切文字语言之外的心法，就叫教外别传。我已经传授给了摩诃迦叶。”

这就是释迦牟尼展示的最初的参禅形式。后世人叫作“拈花示众”。释迦牟尼通过这种不可思议的形式，以心传心、不立文字、不传经言的形式，传道给了摩诃迦叶。于是，后世人就尊摩诃迦叶为禅宗的开山鼻祖。

但是，由此讲禅宗开宗毕竟有些勉强。实际上只是参禅会禅的一种形式，通过这种不可思议的形式进行传道。这样，一代又一代，一直传到二十八祖达摩。后来，达摩来到中国传教之后，才正式创立了禅宗。于是，另一种说法是，达摩才是禅宗的开山鼻祖。起码达摩是中国禅宗的开山鼻祖。

如果我们且不去争议关于禅宗开宗的哪一种说法更为妥帖，先让我们追随着二十七祖般若多罗仙游的踪迹，去探索和猜测禅宗渊源的真相，就由二十七祖般若多罗缘起……

这二十七祖般若多罗原来叫璎珞童子。他原本是东印度婆罗门下子弟，幼年失去了父母，因为无家可归，便出门流浪，在乡间漂泊。他原本并没有具体姓名，也可能父母取的乳名不太好听，长大以后自己给自己取名叫璎珞童子。平常时日里，人们经常找他义务干活帮忙，支使他干些粗活累活，他从不拒绝。整天乐哈哈东来西往，生活在底层民众之中。

有一天，有人问他，也是讥笑他的意思："你到底姓什么？"

璎珞童子张口就答："我和你同姓。"

那人觉得这孩了机灵，进而又问："你为什么总是整天慌慌张张？"

璎珞童子回答："我没有慌慌张张，是你一直不慌不忙。"

别人听来一惊，觉得这孩子虽然孤苦贫穷，但言语不凡，根基甚好，说不定将来会有作为。

璎珞童子一直到处流浪，有时候闲了也去听别人讲经。因为印度人等级森严，他觉得佛教里没有高低贵贱之分，感到温暖。二十岁这年，他流浪到南印度。这天他在闲逛，偶然遇到了二十六祖不如蜜多的象车。他听过不如蜜多讲经，对二十六祖不如蜜多印象深刻。那时候不如蜜多在世上已经盛名在外，非常受人尊敬，被称为圣者。只因他与邪教的较量之中展示了非凡的移山倒海的神功，后来又及时预言地震，救民众于危机之中，这才威名骤起。也可能是后世人加入了神话和传说，但是不如蜜多久负盛名却是事实。不如蜜多原是南印度王子，成为圣贤之后非常潇洒不拘俗礼，他觉得修行之人佛在心中，并不分在家和出家。这天他与德胜王同乘象车，到京城郊外野游，行进中象车突然停了下来，原来正是璎珞童子大胆上前，拦住了象车。

不如蜜多从象车里缓缓走出来，静静观察着拦车的璎珞童子，久久不语。德胜王在车里问："你在看什么？是何人如此大胆，拦住了我们的象车？"

不如蜜多笑笑说："我想是有人在这里等我。"

璎珞童子说："弟子璎珞童子，确实是我在这里等您。因为，我与法师有一段宿缘。"

不如蜜多说："那你说说，我们之间有什么宿缘？"

璎珞童子说："法师在上，弟子曾在法会上聆听过您的教诲，很受教益。之后我就一直找您，今日重逢，非常感激。"

不如蜜多观察许久，看到此人根基深厚，甚是喜欢，就回头对德胜王说："其实也可以说，是我一直在等他。我想我找到了传人。"

于是，不如蜜多就请璎珞童子上车，将他带回了王宫。从此，不如蜜多就收璎珞童子为徒，向他传授心法。自然经过了许多的时日，这一天不如蜜多对璎珞童子说："为师今日正式将你命名为般若多罗。"

璎珞童子赶忙跪下来谢恩："般若多罗谢恩。"

不如蜜多说："我今日说话你要牢记。"他在这里停顿一下，加重了语气："在你之后，你的传人应该在香至国出现。"

不如蜜多开始预言："你们两个使命不同，你的道场在印度，他的道场在中国。其实佛教早就传到了中国。在此之前有人来取经，有人去传教，来往已经非常密切。只是七佛二十六祖，并没有人去中国传教。传到东土的佛经真伪，并不知道。我很关切。另外，那也是一个文明古国，出了许多的圣人，我们也不知道。这也需要有人去学习和交流，使命使然，切记切记。"

般若多罗连忙点头："弟子记下了，不敢忘师父教诲。"

虽然不如蜜多的预言也可能有传说的成分，但是综合后来达摩的中国传教之行，也有合理的逻辑关系。佛教中的神话和传说本来就很多，也很难去辨真伪，这就是历史上的记忆形式，无须去考证细节和证据。

不如蜜多向般若多罗交代后不久，就在王宫里打坐，然后腾空跃起火化自焚。金色的舍利如雨从空中落下，国王便命人捡起来造塔纪念。从此，般若多罗就成了二十七祖。

成为二十七祖的般若多罗牢记师父的教诲，也铭记着七佛释迦牟尼的遗愿，开始他一生的仙游和讲经说法。印度的佛教有辩说佛理的传统，到处都是论理的道场。般若多罗几乎走遍全印度所有的道场，耐心地和大家理论。般若多罗发现，释迦牟尼佛真有先见之明，佛教中人以理论为乐，无休无止，许多人失去了初心，偏离了本质。同时他发现许多高僧已经远去中国传教，大有佛教东移的趋势。他对中国这个陌生的国度和文明，也产生了向往和神秘感。

时间一天天一月月一年年过去，般若多罗觉得一晃自己也老迈起来，逐渐回想起自己的使命，就想尽快找到自己的传人。于是，他按照师父生前的提示，一路持钵乞食，终于走到了香至国。

这时候香至国的国王已经年迈多病，听到二十七祖远道来访，就如同听到了福音，喜出望外，连忙下旨请高僧入宫。

这天菩提多罗正呆坐在藏书阁里沉思，有人来传二十七祖入宫，国王请他到宫殿迎接。菩提多罗心里一喜，预感到二十七祖忽然到来非同小可，说不定就为了点化自己，便匆匆走进宫殿，和两位王兄站在一起。

王宫里鼓乐齐鸣，非常隆重。般若多罗从门外走进来，身披金色的袈裟，手持禅杖，面目清瘦，双眼却炯炯有神。菩提多罗暗暗拿他和父王比较，两个人年纪不相上下，般若多罗却比父王精神。

老国王上前施礼，说："法师辛苦了。"

般若多罗不卑不亢，双手合十回答："为弘扬佛法，为普度众生，出家人理当不辞辛苦。叨扰国王，还望宽容。"

大家分宾主坐下来。国王开口就说："献上来！"

很快，宫人捧着一颗晶莹明亮的宝珠，送到了般若多罗面前。菩提多罗见过，这是宫里存放的最珍贵的一颗宝珠，也可以说是香至国的国宝。

国王对般若多罗说："香至国是一个小国家，没有多少宝贵财富，更没有奇珍异宝，仅以这颗宝珠供奉法师，权充法师今后之用。也是我一点心意，敬请法师笑纳。"

般若多罗一眼望去，这颗宝珠又大又无比闪光明亮，知道这是香至国的无价之宝。国王如此慷慨，见面就将无价之宝送出，可见他对信佛之人非常敬仰。宝珠盛放在宝盒里，放射着光芒。般若多罗手捧宝珠，站在宫殿里四下张望，把目光停在了三位王子身上，开口便笑道："敢问三位王子，这世上还有比这宝珠更珍贵的礼物吗？"

大王子月净多罗站出来，向法师施礼后说："尊敬的法师，这世上也许还有比这宝珠更珍贵的礼物。但是在我们香至国，这宝珠确实是无价之宝。它圆润透亮放着光芒，照亮了我的双眼。说实话，我们平常也很少看到。"

般若多罗点点头说："谢谢你，谢谢你。"

二王子站出来，也向法师施礼后说："这颗宝珠虽然是无价之宝，但是比不过父王的功德和伟业。更比不过法师的功德。父王以宝珠相赠，也可算是宝剑赠英雄，财富送贵人。”

般若多罗笑笑说：“二王子很会讲话。两位王子相貌堂堂，又英俊智慧，香至国后继有人，这都是百姓众生的福分啊。”

三王子菩提多罗站出来，向法师施礼之后，却没有开口说话。他一时并没有想好说什么吗？他只是看着法师，看到法师目光沉静，内心平和，慈祥得很。

般若多罗就问：“三王子呢，你怎么看？”

菩提多罗这才发现自己多少有点走神。回过神儿又向法师鞠了一躬，这才缓缓地说：“我不这么看。只是我的话不太好听，不适合此时此刻的环境，讲出来有点扫兴。还是不讲好。”

般若多罗鼓励说：“我想听，但说无妨。”

菩提多罗用手指着宝盒说：“说白了，这宝珠不过就是一块石头。”

般若多罗心里一惊，连忙追问：“有意思。怎么说呢？”

菩提多罗说：“这宝珠在我们香至国确实是无价之宝，说它是价值连城并不过分。父王敬送给法师，确实是诚意，是对法师的敬意。但是说它是宝珠，不过是人们赋予它的多余价值。它本来并没什么用途，不过就是一块石头。这宝珠虽然光亮，也只是物质的光芒。就这物质的光芒，也并不是它自己的光芒，而是借了太阳的光芒。它并不能够照亮万物和人心，能够照亮人心的只有我佛的智慧之光芒。只有佛光才能照亮人间的困惑和黑暗。法师，你认为是这样吗？”

般若多罗一生为弘扬佛法而奔波，如今听到菩提多罗的话，他好像看到了年轻时的自己，那个机巧聪慧的璎珞童子。菩提多罗甚至比当年的璎珞童子还要灵动和通透。他觉得不虚此行，可能真的找到了传人。

般若多罗怀着喜悦的心情，接着发问：“我也听闻三王子在修行，请问三王子，诸物之中，何物无相？”

国王一时也来了精神，说：“法师问你，你要认真回答。”

菩提多罗回答：“诸物当中皆有外相，不起才能无相。”

般若多罗点点头，又问：“连这珍贵的宝珠都不珍贵了，那么你认为这诸物之中，甚至这世上，何物最为珍贵？”

菩提多罗看一眼父王，似看到父王给他的鼓励，就说：“人心最为珍贵。”

“诸物当中，何物最大？”

“诸物当中，佛性最大。”

般若多罗心安下来，他确定他找到了传人。回身从容对国王说：“尊敬的陛下，在香至国这宝珠确实是无价之宝，但比这宝珠更珍贵的是您的三王子菩提多罗了。”

法师能够如此夸赞自己儿子，国王感到非常自豪，于是笑笑说：“法师过奖了。他还是个孩子，说话不知道天高地厚，法师见谅。”

谁知道菩提多罗又说：“法师不必过誉，其实说实话，我正在困惑之中。”

般若多罗并没有感到意外，向国王笑笑，他想鼓励菩提多罗说下去。般若多罗说：“人生在世，谁人没有困惑？三王子，何以困惑？”

菩提多罗认真地问出郁结在胸的问题：“敢问法师，这世上的芸芸众生，他们可有佛性？”

“你是问芸芸众生？”

“我就问芸芸众生。”

“那么我问你，芸芸众生是谁？”

“这世上所有活着的生命。”

“回答得好。”般若多罗说，“虽然咱们印度等级森严，贫民和贵族如同天地之别，但在佛家看来，没有高低、没有贵贱之分。于是这芸芸众生包括你也包括我，也包括街上的乞丐。”

“我也这么看。”菩提多罗响应着回答。

般若多罗说：“佛在哪里？我心即佛。芸芸众生，当然皆有佛性。”

菩提多罗点点头说：“说得太好了。那么，我能不能追问，我们修行之人，为什么要修行？难道只是为追求跳出生死轮回，追求神仙果位吗？”

般若多罗笑起来说：“神仙果位算什么？依我看狗屁不如。”

般若多罗在宫殿里在这么严肃的地方竟然爆出粗口，惹得大家笑起来。但是，般若多罗不笑，他一本正经地说：“普度众生就是我们的使命，众生的利益是我佛唯一的利益。除了众生，心中无我。”

菩提多罗心里猛然一亮，困惑许久的一团乱麻解开了。他忽然热泪盈眶地说：“真好，真是好。我终于明白了。”

菩提多罗走过来，深深向般若多罗鞠躬，然后恳求说：“法师在上，请收我为徒。”

般若多罗明白缘分已到，自是欢喜。他转身向国王施礼后说：“尊敬的陛下，请允许我收三王子为徒。”

国王高高兴兴点头说：“这是他的造化，我也为他高兴。”

般若多罗又说：“陛下，谢谢您成全我们师徒。但是，我还有一个请求，请陛下允许。”

国王说：“法师请讲吧。”

般若多罗说：“我们佛家也有自己的习俗，师父要给徒弟赐名，也就是赐个法名。我想把菩提多罗改名为菩提达摩。”

国王问：“何为达摩？”

般若多罗说：“所谓达摩，就是讲无上的智慧通达而无边无际。三王子智海浑广，将来在我佛门也可能担当大任，这也是我的福报。所以，作为师父，给他赐名，也是一种期望。”

国王自然高兴，王宫出了圣人，也是自己的福报，就点点头说：“达摩达摩，就达摩吧！”

从此，菩提多罗改名为菩提达摩。

国王看着二十七祖般若多罗智慧又慈祥，无疑将给香至国带来祥瑞之气，就请求说：“法师可在宫中住下，让我们也表表心意。什么时候你们师徒要走，我绝不阻拦。”

般若多罗说：“我师不如蜜多讲过，修行在心，不必分出家和在家。我们就在王宫里做功课。谢国王成全。”

就这样，般若多罗暂时在王宫里住下来，接受了国王的供奉。

是夜晚。月光明洁，一棵一棵大榕树在月光里，像一团团飘荡的梦幻，在月光下排列有序。达摩正欲敲门，就听见般若多罗在里边说：“达摩，你进来吧。我在等你。”

达摩走进房间，看到般若多罗轻轻放下佛经。达摩就坐下来，他心里还有许多困惑和疑问想请教师父。

“你说吧。”般若多罗说，“一些未明之处，你尽管讲出来。”

“我想先说说跋陀师父。”达摩说，“我曾经拜他为师，跟着他修行，有大半年之久。他教会了我呼吸，并教会了我禅定。他对我恩重如山，如同父子。但是，最后他把我赶出来了，不再带我修行。”

“为什么呢？”

“我不同意他的观点。”

“他有什么观点？”

“他固执认为，芸芸众生没有佛性，只是群盲，不值得观照；重要的是自我修行、自我觉悟，最终跳出生死轮回，进入涅槃，求得罗汉果位。”

般若多罗伸手打断了达摩的话，说：“我知道跋陀法师，我也了解他。他修行几十年，道行很深，受人尊敬，盛名在外。在香至国，他应该是大师级别。你拜他为师，并没有拜错，也并没有走弯路。你向他学习了呼吸和禅定，这也很好。凡事总要从基础开始，你也并没有浪费时光。只是他的执念在自我，在于执着。我们佛家讲不执着。他的纠结就在这里。但是，人各有志，不能勉强。”

达摩听到般若多罗并没有批评和指责跋陀师父，也没有贬低跋陀师父的意思，展示的理解宽容和善良的胸怀令达摩充满敬意。

“你以前并不知道。”般若多罗开始讲，“跋陀法师修行的是小乘佛教。这在我们印度具广具多，门派和组织也非常普遍。他们并没有错误，修行总比不修行要好。只是追求不同，没有必要指责批评和否定人家。”

“这就是小乘佛教？”

“这就是小乘佛教。”

“师父原来这么看小乘佛教？”

“没有想到吧？”般若多罗说，“自从释迦牟尼佛灭度以后，佛教出了乱象，教众分化成许多宗派，大致分为大乘和小乘。还以小乘佛教为众。在我们佛门，我一直反对排他性。我们修行之人，境界有高有低，没有贵贱高低之分，没有对立和排斥，也没有指责和批评。修行靠什么？靠自觉自愿，不能够强迫。遵守戒律是自然的，但是不能够强迫。强迫起来，就成邪教了。我们印度人喜欢辩论，争论起来如同舌战。但是，这也只是为了明理。争论和辩论是为了追求真理，不是为了争强好胜。争强好胜不是佛门人的性情。那是俗世，那是江湖。”

月光如银，透窗而过，照耀在般若多罗的脸上，这脸庞就显得阴阳分明格外生动。达摩越听越入神，像一股甘泉静静流入心里……

“跋陀修的是小乘。在小乘佛教里，跋陀应该是大师。这么说也许有点不太礼貌，但这是事实。小乘佛教的核心是什么？就是自觉，叫觉悟也可以。通过觉悟而入涅槃，跳出生死轮回，证得神仙果位。”

达摩不由得喃喃问道：“那什么是大乘佛教？”

“这只是相对而言。”般若多罗说，“这大乘佛教关心的不再是自我，而是芸芸众生。简单和直接来说，就是在自觉和觉悟的基础上，再升华起来，进入觉人境界，进入普度众生的思想境界，这就算是大乘佛教了。你看，大乘和小乘并没有矛盾，只是境界不同。”

达摩激动起来：“师父继续往下说，我开窍了。”

般若多罗继续说：“有一些名词你要牢记，小乘就是小乘载物，大乘就是大乘载物。乘载的物是什么呢？这个物就是人生的痛苦和烦恼。小乘载物的物是自我的痛苦和烦恼，大乘载物的物是众生的痛苦和烦恼。我这么分开一讲，是不是清楚一些了？”

达摩点点头说："确实是清楚一些了。"

般若多罗说："你要注意，我开始讲重点了。佛是什么？这个不神秘，不过是觉悟了的众生。众生是什么？是还没有觉悟的佛。谁说众生没有佛性？只是还没有觉悟，一经觉悟不就成佛了吗？谁说佛高高在上？只是早一些觉悟了的众生而已。佛的目标在哪里？就是拯救众生、普度众生一起成佛嘛。"

"这里讲得特别好！"

"那么，佛的痛苦和烦恼是什么呢？那就是众生的痛苦和烦恼。如果清除众生的痛苦和烦恼，佛就没有了自我的痛苦和烦恼。能牢记众生的痛苦和烦恼，能为众生的痛苦和烦恼而痛苦和烦恼，就是菩提就是佛嘛。有句话叫烦恼就是菩提，就是这个意思。"

"谢谢师父开示。"

"唉——"般若多罗长叹一口气，"说说容易做起来难啊！现在佛教宗派林立，谁也不服谁，斗来斗去，说起来都成俗世江湖了。"

般若多罗不禁感慨万端："我这些年干什么？活像个灭火队员，听从我师父教诲，奔波于这些宗派之间。不，不是几年，是几十年了。他们为什么立宗派？还不是为了追求功名和荣誉。一个个比着看谁最正宗，这还是外相嘛，都忘了根本和初心。这也难怪，本来就是芸芸众生嘛，当了沙门当了和尚就成佛了吗？还是芸芸众生，心里边还是欲望和利益。人人都想的是自己，忘了我们都是普通人。修行就不是普通人了吗？还是普通人。那种一修行就觉得高人一等，就觉得比众生高贵的想法是要不得的。当然，我的能力也有限，一下子也解决不了这么多问题。不过，解决这些问题的过程，不也是一种修行吗？我们修行之人，总要有人站出来，为大家解惑解困，我不做谁做？遵循师父的教诲，我这几十年耗在这上边了。可是，我不耗谁来耗？不耗我又耗谁呢？换个角度讲，在这个耗我与我耗之间，不也是我的福报吗？哈哈，扯远了，扯远了……”

菩提达摩立时茅塞顿开。师父如此诚恳，竟然给他讲了自己的痛苦和烦恼，讲得浅显易懂。冷不丁地，达摩忽然意识到，师父分明在给他讲经，只是方式方法不同，没有任何辞藻和佛理的造作，却直达内心。达摩忽然觉得普度众生不再是一句空话，是实打实地为众生解惑，为众生服务。他又一次理解了“烦恼就是菩提”这句名言的深意。

“说句俗话，俗话好懂。”般若多罗说，“众生都是佛，我们是奴才。”

达摩这时候完全理解了，向师父憨憨一笑，以示感激之情。般若多罗似乎也看穿了达摩的情绪，并没有再说，鼓励他继续自己的思考……

夜已经很深了。告别师父出来，达摩看到满院的一地月光。夜晚里有轻风吹过，像是大地在呼吸。

般若多罗在王宫里住了一些时日，就要离去，菩提达摩感到不解，就问：“师父，你不带我一起走吗？我父王早就同意了，我可以跟你一起走的。”

般若多罗说：“不是我不带你走，是你尘缘未了。我观你父王来日不多，出不了一个月。你父王心性善良，勤政爱民，你应该送他一程。你父王是谁？是国王又是芸芸众生，况且又是你父亲，我们也要为他着想，你就送他一程吧。”

“我们要为所有人着想，唯独没有我自己。”

“你开悟了。”

果然，般若多罗走了以后，国王就病倒了，而且一病不起，一天比一天严重。躺在病床上竟有一个月了，这天国王忽然把手伸向半空，却喊不出一句话。二位王兄急忙握住父王的手，想把国王的手放下来，可是父王双举的手一动不动。菩提达摩上前，握住父王的手，那一瞬间，他的心在颤抖，看着已经昏迷的父王说："父王，您一生勤政爱民，为天下苍生服务了一辈子，天下苍生都很感谢您。您也应该知足和欢喜。我们佛门讲能为天下芸芸众生奔波和烦恼，您就是入佛了。我知道您灭度以后，灵魂不会走远，会停在家里很长时间。您放心，二位王兄会为您操办葬礼，儿了来陪伴您，送您一程。您不会孤独和寂寞。"

菩提达摩徐徐讲完，国王的双手似柔弱无骨，自己缓缓倒伏，平放在了胸口上，脸上随即浮现出了微笑。

菩提达摩为了陪伴父王的灵魂，就在灵床前盘腿而坐，双手合十，很快就进入了禅定……

菩提达摩这一打坐，就是七天七夜……

葬礼那天，两位王兄想把他叫醒，却怎么叫他也不答应。用手去推，就如半截老树桩，纹丝不动。二王兄功德多罗既害怕又好奇，伸出手指去试探达摩的鼻息，感觉到了轻微的呼吸。大王子月净多罗连忙阻止了他，不让他打扰达摩。一直等到葬礼结束，国王过了"头七"，在又一个七天七夜之后，达摩这才走出了禅定。

送走父王以后，菩提达摩感到了解脱和轻松。他与这个尘世的牵挂已经干干净净。于是，他不再参加大王兄月净多罗的登基大典，告别家人，走出了王宫。

王宫依然雄伟壮丽。菩提达摩回望王宫，仿佛走出了母后的怀抱。

他回望着王宫，回望着一棵棵高大的榕树，回望着宫墙里熟悉的一切，缅怀之情油然而生。菩提达摩扑通跪下来，向这片生他养他的王宫叩头谢恩。然后，一步步走向远方。

王宫默默地注视着菩提达摩远去的身影，送他远行。

尘世从脚下一点点退向虚空……

印度的烦恼

第二章 chapter two

p61 ▾ p114

◎

一　感知的密码

印度自古产生宗教。多少次猜想印度这个民族的文化源头，为什么如此热衷于宗教？基础无非是人类在进化中，对于苦难人生的不可理解，同时又对未来生活怀着不灭的希望。一边艰辛劳作，一边又进行浪漫的想象。这可能算是神秘的源头之一吗？又慢慢进行着长期的积累，逐渐形成了独有的文化传统。

在释迦牟尼时期，佛教的发展出现了高峰。但是，释迦牟尼涅槃之后，佛教教众便出现了大面积的分裂。由此可见，任何事情的发生发展，领袖的作用特别重要，甚至是改变历史的杠杆。

作为释迦牟尼的正宗传人，二十七祖般若多罗也是享有盛名。可以说在恒河两岸，在整个印度佛教教众之中无人不晓。但是，由于般若多罗出身贫寒，来自底层社会，无可讳言，也有一些教众对他轻视。再加上般若多罗不喜欢穷极佛理，有点厌恶无休无止的辩论。他自己讲话平和又浅显，直达内心，并不特别注重语言的修辞。在教众中间，多少有些有信无威的成分，也就不那么服众。这就增加了拨乱反正的难度。

般若多罗常说："我毕竟不是释迦牟尼佛，这些困难我都可以理解。"又说："不过，就我们佛教来说，有高潮就有低潮，这很正常。"于是他常乐呵呵地说："高潮时不自傲、不自欺，低潮时不放弃、不气馁。排除障碍，拨乱反正，这就是我的使命。同时，不要急，慢慢来，这就是我的节奏。"

菩提达摩坚定支持般若多罗："牢记师父教诲，我有信心。"

菩提达摩找到般若多罗时，由于跋陀已经灭度，佛大先投在了般若多罗门下，达摩和佛大先又成了同门师兄弟，分外惊喜。般若多罗就正式为达摩剃度皈依。从此，师徒三人持钵远行，形成了小小的集体。

那时候在印度人的传说中，先是习惯称中国为震旦，后来才慢慢叫中国。也不断有消息传来，远去中国传教的高僧们有不少人取得了成功。著名的人物有摄摩腾、竺法兰、安静、支娄迦谶、昙柯伽罗，等等。般若多罗每每听到从中国传来的喜讯，常常分外高兴。

般若多罗说："这就是佛教，没有高低贵贱之分，也没有远近山川之分，甚至没有国界人种之分，哪里有众生，哪里就应该有佛教。我观这趋势，佛教大有东移之象，而且不可阻挡。你们二人闲时也要早些学习一些中文，也许东土正等待着你们。"

佛大先说："听说中文不好学，我还是坚持本土吧。"

达摩也说："我们追随师父，师父在哪里，我们就在哪里。"

般若多罗看着达摩，想起了不如蜜多的交代，暂时又不愿明说，只好说："从现在开始，我们要做两件事。"般若多罗好像布置功课一样："这第一件事，当然还是奔波于各宗派之间，化解矛盾，让他们正本清源。你们说说，我虽不是释迦牟尼佛，威望和功力自然不如佛陀，但是只要我一出现，经过调解和解惑，一下子就安静了。这是为什么？这是什么原因？"

两个徒弟面面相觑，答不出来，又不想说奉承的话，只有据实回答："请师父解惑。"

般若多罗说："我禅定的功力虽然比他们高，可是我就这么一打坐一禅定，问题就解决了吗？解决不了。今天，我为你们讲一个大道理，我们总说普度众生，为众生解惑，搭救众生跳出人生的生死轮回的无边苦海，我们得有功力，我们得有服务众生的本领。你们懂不懂？"

达摩和佛大先不知所措……

"木头，木头。都是木头。"般若多罗批评他们，"功力是什么？本领是什么？就是我们不仅有修行的高境界，还得有高智慧。这样众生有困难有危险时，别人不觉察，我们先知先觉，这才是我们的使命。"

达摩和佛大先看着师父，不知道师父要讲什么，静静地等着师父往下讲。

"这么说吧。什么是神仙？神仙不仅有觉悟，愿意服务众生，还得有智慧有能力服务众生。"般若多罗说，"就说我师父二十六祖不如蜜多吧，你们认为他就只会给人讲经解惑吗？讲经是需要的，但是，光凭嘴皮子还不行。想当年他和邪教斗法，斗到不可开交的时候，邪教刁难他，搬来云雨浇湿他，搬来大山压住他。我师父伸手拂去，山搬走了，云雨散了。邪教傻眼了。这才叫邪不压正。当然，这里边有传说的成分，有夸张的成分。但是，对于天象，对于突然到来的灾难，我师父战胜了邪教，这才镇住了邪教、征服了邪教，说服了众生。如果说这是传说和演义，那地震可是真的。我师父告诉众生，马上有地裂天崩之灾，动员众生往野外迁徙。等到众生刚刚迁移到野外，果然天崩地裂，地震出现了。是他救了众生，众生才折服他。这才是拯救众生，这才是普度众生。这可是真的，全印度人都知道。”

菩提达摩和佛大先点点头说：“我们也知道。”

般若多罗说：“所以，我说这第二件事，还是功课。从今天开始，我教你们精进这些功课。”

两个徒弟自然欢喜，纷纷点头。

“光点头没有用。”般若多罗说，“这修行很苦，无比艰辛。我还是那句话，不要急，慢慢来。但是，要用心，要用意，要有大志。”

般若多罗从口袋里小心地掏出两枚新鲜鸡蛋，交给他们：“你们每人一个，要日夜暖在自己怀里，这要求嘛，就是不要离开自己的身体，保持体温。就先从这里开始吧。”

两个人接下鸡蛋，连忙揣入自己怀里，不解地看着师父，不知师父何意。

般若多罗说：“愣着干什么？这就是功课。我当年就从这里开始的，你们也从这里开始。到时候我会告诉你们这是为什么。”

按照师父教诲，佛大先白天把鸡蛋揣进衣袋里，晚上睡觉时放进被窝。达摩更加认真，白天揣进内衣袋里，行走时一直用手轻抚着鸡蛋，使鸡蛋一直接触着自己的胸口；夜里睡下时，就把鸡蛋放在胸口上。

般若多罗带着两个徒弟继续持钵乞食，远行功课，该干什么还干什么，似乎把鸡蛋一事忘得一干二净，再也没过问。但他暗中时不时瞄两眼，留心观察着两个徒弟对待鸡蛋的态度。

时间一天天过去，达摩小心翼翼对付着这枚鸡蛋，他给自己定下一个标准，永远不让鸡蛋离开自己的身体。这就会使这枚鸡蛋永远热乎乎地挨着自己的胸口。他觉得既然师父交代这就是功课，虽然并不知深意，但他开始非常耐心也非常敬重起这枚鸡蛋。特别是夜里睡下时，他开始体会和感受这枚鸡蛋的变化。开始并没有任何动静，鸡蛋静悄悄躺在他的胸口上，就像他一样睡着了。十几天过去，他发现了异样，感受鸡蛋开始有了动静。尽管这动静极小，非常轻微，他还是感受到了。背着师父，他对佛大先说出了感受和变化。佛大先愣愣地摇摇头说："你神经过敏了吗?"并说："我已经猜到师父的用意了，就为了锻炼我们的专注度而已。"

达摩不同意佛大先的说法，他也不敢对师父说出自己的感受。既然师父交代这是功课，并允诺说以后会告诉他们结果，就没有必要急慌慌汇报过程和细节。

时间一天天过去，接近二十天时，达摩证实了自己的新发现。这枚放在胸口的鸡蛋，白天由于行走，感觉不太敏锐，但是每到夜晚，他分明感觉到鸡蛋里边有动静了，似乎动静越来越大。尽管听不到，也说不明白这是什么动静，达摩分明强烈感受到了这枚鸡蛋的动静。

"这枚鸡蛋，你要告诉我什么?"

"这枚鸡蛋，你在暗示我什么吗?"

达摩自言自语，开始与这枚鸡蛋交谈。但是，这枚鸡蛋静静地躺在他的胸口，只发生动静，并不回答他的问题。一直到第二十天深夜，菩提达摩忽然想到了一个问题，这不仅仅是一枚鸡蛋，还是一个真实的生命。师父的深意他想到了，师父是让他用心用意来感受另一个生命的变化。

奇迹发生了。在第二十一天的深夜，达摩正熟睡着，隐隐约约的敲击声将他惊醒。他屏住呼吸寻找这敲击声的方向，马上他发现这时断时续的敲击声来自他的手里，来自手握着放在胸口的鸡蛋里。他起床点灯，手捧着这枚鸡蛋。敲击声似越来越大，似由远而近，他虽然听不真切，但他能够明显感受到。就在他不错眼珠地盯着蛋壳时，只见蛋壳表面裂开了一道细纹，小鸡叨破蛋壳，从里边拱出来了。天哪，鸡蛋变成了小鸡，就站在他的手掌里，与他对望，开始对他叽叽叽地叫起来了。

一个新生命诞生了！

达摩无比激动，手捧着小鸡，把师父唤醒。般若多罗看着激动难奈的达摩，笑了："谢谢你帮助一个生命诞生。"

般若多罗取来一把小米，撒在地上说："达摩，放它下来，叫小鸡自己吃自己玩，让它自己成长吧。"

佛大先傻乎乎一言不发看着眼前发生的一切，然后递上自己手中的鸡蛋说："我没有做好功课，师父。我这个鸡蛋肯定变不成小鸡了……"

般若多罗接过佛大先的鸡蛋，放在耳边听听，又用手摇摇，再听听，说："这个鸡蛋死掉了。"

两个徒弟围坐在师父身边。般若多罗说："其实这两枚鸡蛋来之不易。我完全可以随便找来两枚鸡蛋，但因为缘分，我找到当年那只小鸡的后代，得来这两枚鸡蛋。我相信这是它的后代。都睡下吧，既然有了结果，我明天就给你们授课。”

第二天，般若多罗带着两个弟子到村子里持钵乞食，随身带上了小鸡。那只小鸡一路上安安生生，卧在达摩的手掌里。它从这里出生，它已经把这宽大的手掌当成了母亲的怀抱。

般若多罗找到一户人家，就把小鸡送给了他们。接受小鸡的人家自然欢天喜地，当即就在地上撒一把小米，让小鸡叨着食物撒欢。谁也没有想到，当达摩和师父告别这户人家走出院子时，那只小鸡突然摇摇摆摆追了出来，跟在达摩身后。达摩这时蹲下身来，伸出一只手掌，小鸡就走进了他的手掌。

达摩手捧小鸡，低下头去，咕咕哝哝了几句，这才又把小鸡送还村民。师徒三人继续前行，小鸡没有再追上来。只见小鸡挺直了身子，冲他们叽叽叫个不停，仿佛在给他们送行。如同一个孩子送别父母一样感人。

半路上，佛大先好奇地问达摩：“你刚才给小鸡说了什么?”

达摩说：“我对它说，这是一家善良人，会好好待你的。我还对它说，我也会常常来看你，给你带吃食。”

佛大先说：“它能听懂吗?”

般若多罗说：“你认为它懂，它就能听懂。”

达摩说：“师父，小鸡为什么会追出来？我在想它是凭着对气味的记忆，把我当成了它的妈妈。”

般若多罗点点头。

化缘回来的路上，般若多罗一言不发，任由两个徒弟胡思乱想。佛大先被小鸡的事情惊着了，他认识到了他与达摩的差距。达摩因为把小鸡送出去，心里空落得像丢了一件稀罕物。

三个人用过饭后，般若多罗开口说："我现在开始授课，你们要用心听。为什么要用心听？因为我讲这功课，任何佛经里都没有。当年二十六祖不如蜜多也这么给我讲过，这叫口对口、心对心，我只讲一遍，可能再也不会重复。"

两个徒弟连忙端坐身子，开始用心听讲。但佛大先的内心却不免有些忐忑。

"为什么我当初把鸡蛋交给你们后，没有多说呢？"般若多罗就从鸡蛋讲起来，"这道理并不复杂，只要给够了温度持续不间断，坚持二十一天，鸡蛋自然会孵出小鸡来。这一点不神奇，用不着大惊小怪。"般若多罗说，"我观察的是你们对待另一个生命的态度。这就是根器。什么是根器？一个人先知先觉的天赋和灵性。先说佛大先，你并没有做错，也不用懊恼，也够负责任。只是根器不同罢了。"

佛大先见师父并没有责备他，精神也逐渐放轻松。

般若多罗说："孵出小鸡来，这不是奇迹。作用在哪里？就在于你去怎么感受这一个生命的变化过程。咱们修行之人为什么不杀生，为什么只吃素不吃荤，并不是清规戒律，而是一个生命对另一个生命的尊重。什么是众生？不仅指人，也包括动物和植物的生命。这是众生的大概念。你们想，一个生命去残杀另一个生命，再把它吃下去，这确实太残忍了。当然，植物也是生命，也应该受到尊重。佛家也没有绝对，这世上任何事物都没有绝对，只不过两害相权取其轻吧。再者，天下万物万种生命组成了生物链条，这也是自然规律，所以，佛家只吃素不吃荤，不杀生，你们理解了吗？"

两个徒弟点点头。

“我敢说，”般若多罗说，“达摩这一辈子，再不会吃鸡和鸡蛋了。”

菩提达摩郑重地向师父点点头。

“这就是感受。”般若多罗讲，“现在我们把视野打开，从一个鸡蛋开始，来讨论这世上的万物。先提醒你们，注意一个特殊的现象，发现有水灾到来，也就是说要发大水了，谁先知道？人不知道，老鼠们先知道，纷纷从洞里逃出来，往别的地方逃跑。蚂蚁们先知道，蚂蚁开始排着整齐的队伍，去寻找新的家园。还有许许多多的动物，它们早早就知道了，也纷纷开始转移。特别是地震发生之前，也是这样，人什么也感觉不到，牛马就开始喊叫，个个挣脱缰绳往外逃跑。鸟儿们也知道，开始拼命往别的地方飞，来逃避灾难。现在我问你们，人为什么后知后觉，动物们为什么先发觉？”

两个人目瞪口呆。

般若多罗说：“这就是生活经验。为了生存和活命，一个动物的先天本领，就是对天地万物的变化有着强烈的感知。注意记下来感知这个词语，以后我还要反复讲。感知是什么？就是一个生命对另外的生命和万物变化的感应。再把这些长期的积累总结下来，就成了自己的知识和经验。”

达摩忍不住发问：“人为什么不知道？人也是生命啊。”

“问得好。”般若多罗说，“人原先也有感应和感知的本能和本领，并且能力最强，本领最大。为什么？因为人是万物之灵啊，最具感应和感知的能力，可是为了生存方便，人太聪明了，常常喜欢走捷径，喜欢干事半功倍的事情。于是就开始欺负和残杀别的生命，作为自己的食物，一切为我所用。于是，人把自己当成了万物的中心，逐渐梦想逃出自然的生物链，主动建立自己的生物链。这就在进化中，自觉和习惯性地积累这种自私和残忍的经验。这样，偏离自然太远了，就自觉和主动忽视甚至放弃了先天的感知能力。随着时间的进化过程，人类进化的方向扭转过来，一切为了自身的利益来发展，就越来越脱离了感知感应的本能。灾难出现了，进化到最后，人类就以别的生命为敌人，驯服牛马为自己出力，养猪养羊养鸡为自己的食物，甚至发展到后来，以天地万物为敌人，只注重发展自身利益，破坏了天地万物的平衡和谐的关系。唉，人哪，利欲熏心，就开始麻木和愚蠢，再也返不回去了。这就是众生苦难的根源，这才是天下众生的苦海。”

说到这里，般若多罗似乎很伤心，两行老泪溢出了眼眶……

“罪过啊！”般若多罗甚至喊起来，“这就是人类的罪过啊！”

师徒三人陷入了沉默。这沉默持续了许久，般若多罗才缓缓走了出来，继续说：“我刚才讲的是根源，是前提，现在我开始讲功课。”

“师父刚刚讲的就是功课。”达摩说，“我在任何佛经里都没有读过。这就是正经的功课。”

“你这么说，也对。”般若多罗说，“我师父不如蜜多当年讲到这里，曾经抱住我痛哭流涕。好了，回到修行，我们现在来讲禅定。”

佛大先不明白地问：“禅定还用讲吗？”

“你也问得好。”般若多罗说，“咱们都会禅定，咱们三个人的禅定功夫都了不得，都可以十天半月不吃不喝一动不动打坐。那么，佛大先我问你，你跋陀师父也教过你，禅定以后是什么？我们为什么要禅定？”

佛大先说：“禅定以后是禅思啊。”

般若多罗又问："禅思是什么？"

佛大先说："思生死轮回之苦，思追求涅槃之喜。"

般若多罗说："没有错，你回答得也对。再加上你们也懂得了吸收无物质的营养，不吃不喝，一动不动饿不死。这就是小乘，小乘的境界到这里为止。那么我告诉你，禅定以后只是想这些，还不是只为自己吗？我甚至觉得不吃不喝一动不动和别人睡着有什么区别？人家是躺下睡觉，你不过是学会了坐着睡觉，有什么用？关键是没有用，这与服务众生、搭救众生、普度众生的关系在哪里？"

菩提达摩一下子觉得般若多罗师父讲到要害之处了。他忍不住伸手拦了一下佛大先说："千万别打岔，师父讲到关键了。"

般若多罗点点头说："达摩说对了，师父讲到关键了。请你们记住，师父今天明白对你们讲，禅定也只是个基础功夫，真正的功夫是感知。记住了，禅定以后是感知。"

两个徒弟张口瞪眼，又是吃惊，又是震撼……

般若多罗说："感知是什么？具体说就是把人类已经退化的功能唤醒，重新回到原点和起点，回到人类原先对别的生命和世间万物能够感知感应的能力上来。听明白了吗？"

两个人点点头。

般若多罗说："我说过，人是万物之灵。只要我们能够唤醒原始的记忆和功能，我们就能够感知一切。你们想，别的动物和生命体感知起来是原始的，又是被动的，因为它们不会思考。人是什么？人是万物之灵啊！人是会思考、有思想的高级动物，只要我们回到正确的方向和方法上来，我们会主动、会自觉地去感知对方，这还了得吗？有什么感知不到呢？”

般若多罗接着说：“我们的感知对象是什么？那就是别的生命体，我们可以感知动物，我们可以感知植物，我们可以感知大江大河和海洋，我们可以感知大山和大川，我们可以感知大地和天空，我们可以感知星星，我们可以感知太阳和月亮，总之可以感知万物万种生命。”

般若多罗挥动手来讲：“感知什么？只要我们愿意，想感知什么就感知什么。没有范围，无边无际，没有方向，任我东西南北中，天地之大任我行。你们要明白，这个宇宙是一个整体，天地万物都在这个整体里运行，相互之间平等自由无比和谐。我们人也一样，也是一个分子。于是，你去感知另一个生命体，另一个生命体就会也来感知你。神奇不神奇？你给他发一个信息，他就给你回一个信息，这里边是共性，是沟通和交流，是相汇和融通。没有谁欺负谁，也没有谁拒绝谁或者叫不搭理谁。我在这里打一个比喻，这就好比我们手持的乞钵一样，我把乞钵给了你，我手里就没有了乞钵，这就是减法。而感知不同，你给我发一个信息，我再给你发一个信息，我们两个同时就拥有了两个信息。这是不是加法？永远是加法，这里永远是加法。我们再把加起来的信息整理、总结、分析、提炼，就会产生特殊的能量。这个特殊的能量是什么？这个获得的特殊的能量就是智慧和功力。我们拿什么去普度众生？就拿这个，就拿这个获得的智慧和功力来普度众生。我说明白了吗？”

佛大先目瞪口呆，菩提达摩热血沸腾。两个人完全听入迷了，一时惊讶得说不出话来。

般若多罗讲得兴奋，也讲累了，他喝一口水，继续说：“这么说吧，我师父不如蜜多当年能够搬动高山，能够准确预测出地震，搭救了众生，他是天生的吗？不是，他是通过几十年的禅定到感知，获得了无量的智慧和功力，他才有这个能力。你们也一样，从现在开始只要你们禅定以后去感知，不断提高自己的智慧和功力，前人能够做到的，你们也完全可以做到。”

达摩怯生生地问：“师父，我们能行吗？”

般若多罗肯定地回答：“你想普度众生吗？只要你想你就能行。”

佛大先也激动起来说：“师父，我也能行，我肯定行！”

这时候，般若多罗笑着说：“当然根器不同，结果也不同。就说我自己吧，我知道心法，我也常常禅定以后去感知，能量和智慧也确实是提高了。可是几十年了，我都干了一些什么？到处奔波，像个补锅匠，也像个灭火队员。我不如我师父，我的根器确实不如我师父。这可是没有办法的事情，但是，这个不重要，重要的是态度。一个人的根器不同是天生的，但是诚心诚意的态度，就是我们修行人的初心。只要坚持初心不动摇，有服务众生的态度，也就无怨无悔这一生。”

达摩被感动了。般若多罗功力深厚，又有超人的智慧，他能够把最深奥的佛理用大白话讲出来，直达你的内心，你一听就明白。但是他会经常说他自己不如不如蜜多师父，谦虚谨慎、虚怀若谷的胸怀无人能及……

佛大先乐呵呵地说：“师父，我懂了。这一回我是真的懂了。但是，有一个问题还得请教您，我们从什么地方开始感知？先感知什么，再感知什么，您应该给我们排列一个次序。”

般若多罗也笑了：“我只知道心法，也只能够告诉你们心法。至于感知的具体方法，你得自己找。可以说每个人都不一样。你信吗？信不信由你。其实师父是个话痨，什么话都说。但是，现在完了，彻底完了。以后再也没有什么讲了。我以后再没有什么教给你们了，从今往后，就看你们的造化吧。”

菩提达摩相信，师父能够讲到这种程度，确实把什么都说出来了，这位善良的老人如同慈祥的父亲。从这次功课以后，般若多罗话明显少了，他常常自己打坐，一动不动地坐在那里，如同一尊雕像。

时光如水一天天逝去。大约半年之后的一天深夜，般若多罗把达摩叫到跟前说：“菩提达摩，是时候了。师父今天有话要交代。”

达摩问：“不喊佛人先吗？”

般若多罗说：“不用，和他没有关系。师父只交代你，过后你也可以同他说，或者是不说。那是你自己的事情。”

达摩感到了异样，般若多罗神情如此庄重，他过去很少见，便连忙点头，依偎在师父身边。

“你到前边来。”般若多罗说，“你跪下来给我叩头。”

达摩连忙跪下来，向师父叩头。

般若多罗说：“你以前给师父叩头，那是拜师。今天叩头非同寻常，我今天把信物传给你。”

般若多罗把袈裟捧出来说：“穿上，穿上让我看看。”

达摩按照师父的吩咐，把袈裟展开，穿在身上。般若多罗前后左右看看，连连点头说：“好，好。菩提达摩，从今天夜里开始，你就接了我的衣钵，成为我的传人。我在佛门排第二十七，你就排第二十八了。只是有一些话，我要特别交代给你。”

菩提达摩感到惶恐和激动，师父冷不丁向他传授衣钵，这是他万万没有想到的事情……

般若多罗重新打坐，说：“我师父二十六祖不如蜜多，当年就有交代，我就交代给你。他说我的道场在印度，你的道场在震旦，也就是中国。几十年来，我一直琢磨这深意，这里边可能有两层深意：一层是去中国传教的人太多，大乘小乘无数流派都涌去了中国。据说中国的佛教发展得非常繁荣，但是肯定有误传。我师父不放心，需要你去中国。毕竟佛门正宗传人，谁也没有去过中国，会不会误传众生？肯定会。这就不负责任。这就需要你去中国，把佛门正宗传到中国，拨乱反正。这是你的义务和责任。佛教从来不分人种和国度，将来要传遍全世界。你任重道远。这二层深意，我师父知道中国也出了许多圣人，老子、孔子和庄子，很多很多。这些圣人和释迦牟尼佛同时代，同是伟大的圣贤。据说在老子之前就出了经典，叫作《周易》，讲的是什么？我们印度人不知道。这就需要你亲自去中国了解和学习，也算进行两个文明古国的文化交流。然后呢，再把中国的经典学问带回来。这也是你的义务和责任。”

菩提达摩连连点头答应：“我去。师父放心，我一定去。”

“也不必匆忙。”般若多罗说，“自我灭度以后，你还要精进功课，你还要学习中文，你还要处理教内许多事情。不必匆忙，你可以在许多年之后，选一个合适的时机再出发。”

达摩恭敬答应：“谨听师父教诲。”

般若多罗清清嗓门，半哼半唱出一首诗偈：“路行跨水复逢羊，独自栖栖暗渡江。日下可怜双象马，二株嫩桂久昌昌。”

菩提达摩知道师父灭度在即，忍不住热泪盈眶，追着问：“请师父明示，弟子不懂。”

般若多罗说："不懂不要紧，记下就可以了，以后你会懂。这也许要你去东土中国以后，才可以理解。自从佛陀释迦牟尼灭度，已经一千多年了，这正好是十个多世纪。也可能是由你开辟佛教新的世纪了。你在印度佛门排二十八祖，去到中国你就是佛门初祖。此去任重道远，困难重重。不过，师父对你信任不疑。你比师父的根器好，一定能在中国开辟新天地。我再送一首诗偈吧：心地生诸种，因事复生理。果满菩提圆，华开世界起。"

般若多罗说罢，双手合十，打坐闭眼。

菩提达摩知道庄重的时刻来到了。只见般若多罗缓缓伸出双手，伸出双臂，如同展开两只翅膀，开始腾空跃起。菩提达摩连忙追出门去，只见跃在空中的般若多罗在树梢高的地方停下来，只听砰的一声，光芒四射，燃起熊熊火焰。般若多罗像二十六祖不如蜜多那样，腾空自焚。待火焰熄灭，从空中落下金色的舍利。

菩提达摩惊奇观看着眼前的涅槃景象，双手合十，送师父远行西天。

一代宗师二十七祖般若多罗就这么涅槃而去……

佛大先听见动静，也从屋里走出来，看着满地金光闪闪的舍利，看着师兄菩提达摩身穿金色袈裟，已然明白发生的一切，连忙追随师兄双手合十，恭恭敬敬送师父远行。

是深夜，也是黎明。佛光寂灭之后，天空重新恢复了昏暗。明月如银，只有落在地上的舍利闪闪发光。

菩提达摩带着佛大先跪在地上开始捡拾舍利。他们要把这些舍利一颗一颗捡拾起来，建造佛塔，来永远纪念师父般若多罗。

天空的昏暗一点点逝去，曙光和霞光开始泛起……

二　故乡的空与色

回到精舍，菩提达摩找来一个锦盒，放进舍利，又找来一块红布，裹起了锦盒。他脱下袈裟，叠起来和舍利放在一起。菩提达摩静静地做着这一切，佛大先静静地看着这一切。

佛大先看着师兄的行为和过程，已经知道师父把衣钵传给了师兄。这时候他双手合十，面向菩提达摩行礼，认真地说："既然师父已经把衣钵传给了师兄，请受师弟一拜。从今往后，师弟追随师兄，如同追随师父一样。"

菩提达摩伸手拦住了佛大先，说："师弟不必在意这些个虚礼。师父在世的时候，都称我们师兄弟为甘露二门。如今师父涅槃而去，你我师兄弟更应该不分高低，团结起来，一起商量着办事。"

佛大先说："师兄这么讲，是师兄的胸怀。如今你已然是咱们佛门第二十八祖，佛门也有佛门的规矩，师弟知道分寸。今后凡一干事务，当以师兄为尊。你也不要有任何顾虑，师弟心甘情愿。"

菩提达摩说："就依师弟。就你看，我们今后如何办？"

佛大先说："师父如何交代？"

菩提达摩诚恳地说："师父主要交代两项内容，一是让我们精进功课，继续在印度佛门教众里边处理纠纷；二是学习中文，让我在适当时机东去震旦，弘传佛法。"

佛大先说："就按照师父安排。只是此去震旦千山万水，实在是凶险，师弟不放心。"

菩提达摩说："东去震旦可以以后再说，还是先说说眼下的事情吧。"

佛大先说："要紧的事务有两处。一是南印度香至国，也是师兄的家乡。据说六大佛门宗派林立，相互攻击，闹得不可开交，一塌糊涂，需要马上去化解。二是在北印度我的家乡，也有一些相似纠纷，亟待我们前去化解。师兄看，是先去哪里？"

菩提达摩思考一下，然后说："干脆这样，既然都亟待化解，又分处你我的家乡，我们可以兵分两路，我回南印度香至国，你回北印度，尽快处理这些纠纷才好。"

佛大先怯生生问："师兄回南印度香至国，没有问题。我一个人回到北印度，我自己行吗？"

菩提达摩说："你我师兄弟，同受师父教诲，人称甘露二门。你的道行并不在我之下，你要相信自己，我相信你行。"

第二天，菩提达摩和佛大先就此别过，菩提达摩向南，佛大先向北，越走相去越远。这对甘露二门师兄弟就此分手，远行在普度众生的路上。

菩提达摩手捧着舍利和袈裟，一步步走向自己的家乡。几十年前，他以一个王子的身份走出了王宫，皈依佛门。如今几十年后，作为佛门第二十八祖，重新返回故乡，似乎觉得脚下的路发热发烫，在温暖着他的归程。达摩一路走走停停，见人就打听，行至半路已然知晓六大宗派的大概情况。思来想去，觉得又是因果又是缘分。

原来跋陀师父灭度以后，师弟佛大胜多继承了跋陀衣钵，广收门徒，教众甚多。佛大胜多得跋陀传承小乘佛教，最喜欢穷极佛理，在世时候就广设论坛，整日里辩论不休。而在佛大胜多灭度之后，他门下的教众谁也不服谁，于是四分五裂，竟然分为六大支派，即有相宗、无相宗、定慧宗、戒行宗、无得宗和寂静宗。这六个支派各自坚持自己的观点，聚众讲授，互相攻击，争夺门徒，完全忘却甚至是抛弃了佛门普度众生的本质和精神，沦陷在世俗的名誉和利益的斗争中不能自拔。看此情况愈演愈烈，大有动手武斗的趋势。真真是事态严重，行为恶劣。

“师门不幸，是我的罪过。”菩提达摩非常自责。

菩提达摩看到如此乱局，深感不安。回忆起来，由于师父跋陀和师弟佛大胜多已经误入歧途，才使这些后辈门徒错误执迷。自己责任重大，有义务拯救他们，使他们迷途知返，从小乘佛教走出来，从而进入大乘佛教。

菩提达摩拿定主意，先去拜会有相宗。走进有相宗的山门，只见寺院规模很大，有模有样，派头十足，远比跋陀当年的寺院排场。菩提达摩走进寺院，只见一位老和尚出来迎接，双手合十，报上自己的身份：“贫僧乃有相宗住持萨婆罗。敢问法师法号，有何赐教？”

菩提达摩也不客气，朗声说道：“我乃菩提达摩，前来看望你们。”

萨婆罗颇有见识，知道菩提达摩大名，一时惊喜交集，说：“久闻法师威名，大概是四十多年前法师追随二十七祖般若多罗，离开王宫皈依佛门，世人仰慕。想必二十七祖涅槃之后，你已经获得心法，继承衣钵，成为第二十八祖了吧？”

菩提达摩听着这不咸不淡的恭维，也不回答。在萨婆罗的带领下走进寺院大殿，毫不客气稳坐在了法座上。萨婆罗赶快招呼众弟子进殿，站立两旁。

菩提达摩也不客套，开口就问："你们既然是有相宗，请问这世界上万事万物，纷纭复杂，变化异常，什么才是有相?"

萨婆罗并不畏惧，他多年致力于对实相的研究，自觉水平很高，于是回答："这个世界上有万事万物，自成一体，明明白白，这就是有相。"

菩提达摩看他自命不凡得意扬扬的样子，心生怜悯，追着问他："这世界上的万事万物之间，如果不发生关系，它们能够自成一体吗?"

"不能，不能。"萨婆罗发现自己一头栽进误识误区里边，连忙说，"这世界上万事万物谁也离不开谁，不能够孤立起来自成一体。"

菩提达摩接着追问："那么有相在哪里? 不能够自成一体而证明自己，何为有相呢?"

萨婆罗头上冒汗，开始支支吾吾起来："有相在从主体认识客体的我里边。这个我，就是有相了。"

菩提达摩反问："那么有相就是你自己了?"

不等萨婆罗回答，菩提达摩笑笑说："我来替你说吧。什么叫有相? 有相就是实相。实相是什么? 实相就是永恒不变的存在。这个世界上有永恒不变的存在吗? 如果有，它就是变化。变化才是有相，也才是实相。"

菩提达摩语重心长地说："当年我拜过跋陀师父为师，和你们的师父佛大胜多是师兄弟。我明白咱们小乘佛教的局限。叫我说，就别在这里有相、无相穷极佛理了。小乘佛教的局限就在自我里，一味追求觉悟和自觉，而不去觉人，不去普度众生。众生是什么? 众生才是最大的有相和实相，才是我们心中的佛。我师父二十七祖般若多罗有一句名言：众生才是佛，我们是奴才。这句话虽然讲得土一些俗一些，却是至理名言，是我佛门的本质和精神。我今天为什么来？我不忍心看着你们在误区里越走越远。我心痛啊。”

如同当头棒喝，菩提达摩一番话唤醒了梦中人。萨婆罗心服口服，带领弟子们叩拜恩师，从此皈依菩提达摩祖师，成为达摩祖师的门徒和弟子。

入夜，菩提达摩唤来萨婆罗，说：“我也知道你道行很深，禅定很有功夫，远近闻名。可是禅定以后干什么？今夜我为你说心法，帮助你精进功课。你将来必成大器。”

萨婆罗赶快叩拜师父，感激不尽。

过了几天，菩提达摩去拜会无相宗。由于在有相宗的影响已经传到了无相宗，无相宗住持婆罗提带领众弟子早早迎候菩提达摩。菩提达摩也不看虚礼，开口就问：“你们是无相宗，那么什么才是无相？”

婆罗提回答：“我们说万事万物无相，是因为我们自己心灵虚空，没有任何的形态。”

这个回答极具水平，引起了菩提达摩的注意。菩提达摩看他也是可造之材，便不再想难为他，直接讲：“无相是对有相而言。没有有，就没有无。没有无，也就没有有。如同人的手心手背一样。色不异空，空不异色。色即是空，空即是色。受想行识，亦复如是。我这么讲，你们听懂了吗？”

婆罗提连连点头说：“是我们执迷不悟。大师指点迷津，我们茅塞顿开。”

菩提达摩说：“我在有相宗已经讲过，我原来也拜过跋陀师父学习小乘佛教，这小乘佛教并不是误区，只是一个基础，如果想持续修行，还是要修大乘佛教。你们在这有呀无呀里边打转，把你们自己转迷糊了。应该早一些跳出来，关心众生。我们佛教没有自己的利益，众生的利益永远高于一切。我这么讲，你们理解吗？你们同意吗？”

婆罗提悟性很高，理解这是菩提达摩苦口婆心。他觉得自己多少年一直在等待，等待菩提达摩一样。于是也带着众弟子跪拜菩提达摩，从此皈依在他门下。

吃过晚饭，菩提达摩把婆罗提叫来交代：“我看你根器不凡，道行也深，确实是可造之材。今天夜里我为你说心法。如果你精进功课，前途不可限量。”

婆罗提万分感激，叩头谢恩……

不日之后，菩提达摩赶来拜会定慧宗，见面先问：“你们学习禅定和智慧，这个没有错误。但是不知道这定慧是合二为一，还是一分为二？”

定慧宗中有个叫婆兰陀的僧人，便站出来回答：“我们学习的这个定慧，既不是一，也不是二。”

菩提达摩耐心追问：“它既不是一，也不是二，你们为什么称它为定慧？”

婆兰陀回答：“它既不是一，也不是二。这其中的妙理，只有我们定慧宗的人才能够体味到。因为它既不是定，也不是慧。在我看来，其他宗门的人无法理解这个非一非二、即一即二的极境。”

菩提达摩知道碰上了会玩语言的人，这些人在字里行间寻找乐趣和聪明，总是认为自己比别人高明。师父以前最讨厌这样的人，不过菩提达摩从小饱读诗书和佛经，最不害怕这样的挑战者。

菩提达摩直接说：“你如果不进入禅定，怎么能够获得智慧？如果定慧不是一也不是二，那么是谁在定是谁在慧？难道你这个主体的谁不就是一个一吗？”

婆兰陀张口结舌，他明白今日遇到真正的大师了，自知浅薄，一时悔恨交加，连忙低头认错……

菩提达摩继续给他讲解：“这个定慧没有误区。我们只有进入了禅定，才能够获得智慧。问题是我们获得了智慧干什么呢？要这个智慧有什么用？我对你们讲，要这个智慧是来帮助别人的，是来普度众生的，不是在这里相互之间玩弄语言游戏，自我陶醉麻痹自己的。我这么讲，可能不太好听，但这就是事实。你们明白了吧？”

众弟子都很感动，在婆兰陀的带领之下，一起跪拜恩师，从此皈依菩提达摩门下……

菩提达摩继续行进，几天之后来到了戒行宗的寺院。这时候菩提达摩已经看过三个寺院，收了三个宗派为门下弟子，影响越来越大。戒行宗的一干僧人早早就来迎接菩提达摩，想听菩提达摩说法。

菩提达摩开口先问：“你们这里是戒行宗，请问什么是戒？什么是行？这个戒与行，是一还是二，是分还是合？”

戒行宗的长者站出来回答：“一即是二，二即是一。戒行是不分不合的。我们按照佛陀教诲持戒修行，不受五欲所染，这就是我们戒行宗的宗旨。”

菩提达摩说：“戒行没有错误。问题是你们要戒什么？要行什么？要往哪里行？如果心里边不明白戒什么，不清楚往哪里行，又如何持戒修行？”

这位僧人说：“我认为只要我们做到了外在行为和内在心灵的通达合一，这便是戒行，这便是清净。”

于是，菩提达摩追问：“既然你们要通达，那又何必分什么内外？既然你们有内外之分，还如何清净？”

众人不语，开始听菩提达摩说法。

菩提达摩说：“戒行没有错，关键是要明白戒什么，要往哪里行。你们也不要在这里一即是二、二即是一了，话要往明白处说。戒就是要戒欲戒我戒色嘛，对不对？这么说多么明白。只有戒了色，心里边才能够空。心里边空了，你才能够行。对不对？往哪儿行？不要抱着自己不放，在小我里边打转转。只有戒掉小我，心里边才能够生出大我。大我是什么？大我就是众生嘛。我这么说对不对？”

众弟子听了，纷纷点头。于是，大家也叩头施礼，皈依在了菩提达摩的教众阵营……

接连说服和收服了四大宗派，菩提达摩自是欢喜。同时，他也感到了劳累和疲倦。回想起师父般若多罗生前到处奔波，这才体会到了师父当年的辛苦。师父曾经说自己是灭火队员，这说法还真是生动。于是，休息了一段时间，菩提达摩才来拜会无得宗。

菩提达摩先发问：“你们是无得宗。既然是无，为什么又得？既然得到了，又为什么是无呢？”

无得宗的宝静法师回答：“我们讲无得，并不是说什么也没有得到。同时，如果什么也没有得到，这不才是真正的得吗？”

菩提达摩心想这又是一个咬文嚼字的，笑笑说：“我这么讲吧，你们的这个无，是无欲无求的无，是因。你们这个得，是因的果，是佛门常说的福报。我这么给你们讲，行吗?”

宝静法师顿时释去了心里的执念，连声叫好。于是，带领众弟子叩头谢恩，皈依到了菩提达摩的教众阵营……

菩提达摩最后来拜会寂静宗。菩提达摩对众人说：“我非常喜欢寂静这两个字。你们这个名字叫得好。请问在你们的法门中，什么是寂？什么是静?”

一位尊者站出来回答：“心不动摇，就是寂。不被别的事物束缚和干扰，就是静。请法师指正。”

菩提达摩说：“如果本心如如不动，就是空的。那么何来寂静？还用专门来修炼这门功夫吗?”

尊者回答：“一切都是空，诸法也是空。空空也是空。这个空就是我们说的寂静。”

菩提达摩笑着说：“记得有一天，一个弟子跑来报喜，连连大声叫喊‘师父师父，我空了我空了’，你们说，他空了吗?”

众人哄笑起来。

菩提达摩继续说：“我们就不要在这里空空也空了，不要在这个空里边找寂静了。还是回到戒定慧上来，修行大乘佛教，帮助他人，普度众生吧。”

于是，寂静宗的众僧高高兴兴拜在了菩提达摩门下，加入了菩提达摩的教众。至此，六大门派之间的纠纷才算终结。菩提达摩的心愿达成了，便说：“我住你们寂静宗不走了。请通知其他五大门派，明天全部到这里集合，我要说法。”

第二天，六大门派空前地集中起来，好不热闹。菩提达摩就站在僧众面前说：“今天六大门派的人都到齐了，我非常高兴。其实我原来也拜跋陀法师为师，咱们本来就是同门之人。现在我又把你们六大门派集中起来，皈依了大乘佛教，皈依了释迦牟尼佛。从现在开始，我们六大门派修行修习的内容一致，同是大乘佛教。再也不要相互攻击，你争我夺了。但是，由于人员众多，现在我宣布，原先的六大门派人员不动，住持也不动，各自管理各自的教众。”

菩提达摩停顿一下，忽然提高了声音：“现在我开始说法。先提一个问题，我们的释迦牟尼佛有没有灭尽一切烦恼？”

菩提达摩话音刚落，定慧宗的婆兰陀就抢先说：“佛陀是伟大的，他当然灭尽了一切的烦恼。”

不料，菩提达摩断然否决：“不！他其实非常烦恼，他有着更加深刻的烦恼。”

这句话似一石激起千层浪，大家开始七嘴八舌。有人嚷道：“佛陀大彻大悟，他怎么会有烦恼？”

菩提达摩环视着众人，略提高了声音：“佛陀的烦恼就是如何普度众生，而且这种烦恼也是佛陀的觉悟。”

菩提达摩洪亮的声音响彻山谷，震撼着教众们的心灵，现场一时鸦雀无声。

菩提达摩接着说：“这个烦恼就是菩提！这个菩提就是智慧！”

菩提达摩这番开示，警醒了在场的僧众……

菩提达摩继续讲：“我不反对你们对于世间的贪欲，关闭心灵之门。但是，我要提醒的是，千万不要把众生关闭在外。我们既然是佛家弟子，就应该把众生的苦难和烦恼当作我们自己的苦难和烦恼。佛在哪里？佛就在我们心中。本心是佛。佛是谁？就是大善之人。千万不要只追求跳出个人的生死轮回，去争取什么神仙果位了。争取到了，你也只是一个自私的神仙。没有众生，就没有我们自己！换句话说，没有众生，还要我们干什么？”

教众纷纷响应，法会气氛热烈……

菩提达摩解决完六大宗派的纷争，重新出发，带着几个弟子，捧着师父的舍利和袈裟，向着香至国的王宫继续前行。越走距离家乡越近，他似乎已经闻到了故乡的炊烟味道。来到城外不远处停了下来，住进一所小小的寺院里。由于在路上不断听到香至国王室的负面消息，他觉得应该停顿一下，整理一下思绪，思考一下应对的策略。

自从菩提达摩的父王驾崩以后，中间经过四十多年岁月，香至国的王位已经传到了第三代。菩提达摩的王兄月净多罗已经去世，现在月净多罗的儿子继承王位，人称异见王，论起来要算菩提达摩的亲侄子。只是这异见王一反祖辈虔心礼佛的传统，决意要毁佛和灭佛。虽然还没有开始具体行动，但已经多次宣称。菩提达摩明白，自古印度还没有王权对抗神权的历史，这异见王要开先例吗？菩提达摩心想，以王权反对神权，虽然恶劣，这侄子毕竟还有魄力和勇气，确实不同凡响。如何化解这激烈的矛盾，着实需要思虑周全。

这时候，从王宫传来了异见王的最新命令：“我的先祖世代礼佛，供养这些修行僧人，但是一个一个并没有长寿，可见善有善报也是一派胡言。修行的僧人在哪里？一个个都去追求成佛成仙了，不干一点好事。从现在起，那些寺院里被供奉的僧人，一律贬逐。”

怎么样才能够平息这场灾难？菩提达摩陷入了沉思。

异见王要灭佛的消息已经传遍了整个香至国，六大宗派听说以后，知道师父这下有难了。各宗派各住持带着弟子也纷纷赶来，与菩提达摩会合。大家纷纷表示，遵听师父差遣，师父有何决断，弟子们都会执行。

菩提达摩开口说道：“首先是我们自己有错误，不能够全怪异见王。我们修行之人只追求道行和果位，忘记了天下众生的苦难。这就使别人认为我们修行之人与他人没有关系，只是我们自己的事情。脱离了众生，这才起了灾难。”

菩提达摩沉思一下又说：“现在王宫里一叶障目，需要有人前去认真说服异见工，让异见王回心转意。”

菩提达摩环视六大住持，他想选取一个得道高僧去打前站，最后把目光落到了无相宗的住持婆罗提身上。他了解婆罗提，功力深厚，经过自己指点，近来突飞猛进；并且婆罗提和异见王相熟，也算有缘，派他前往应该能够破除异见王的邪念。

婆罗提也看出了菩提达摩祖师的心思，心里自是欢喜，正欲开口请命前往，不料师弟宗胜法师抢先一步，站出来：“弟子宗胜，虽然根基浅薄，但自信也和师兄婆罗提不相上下。如今我佛有难，我愿自告奋勇，以一人之躯前往王宫，去说服异见王。”

宗胜这样勇挑重担，敢于前往，菩提达摩也很欣赏。但是他目观宗胜心高气傲，情绪略显浮躁，并不是合适人选。菩提达摩摇摇头，直言相告：“宗胜法师虽然敢于担当，但是与异见王没有前缘，容我再考虑一下。”

宗胜法师见达摩师父轻看自己，心里老大不愉快。他心想达摩师父不让我去，可能是碍于婆罗提的脸面，自己毕竟不是住持。一念生起，便自负地点点头，悄悄退出人群，独自一人走向王宫。他想等我把事情办漂亮回来，达摩师父自然没有话说。

见宗胜悄悄溜走，菩提达摩哑然一笑，然后说："宗胜勇气可嘉，我想他已经独自去闯王宫了。据我臆想他肯定会和异见王针锋相对，解决不了问题。婆罗提随后就出发吧，你去帮助宗胜。"

婆罗提点头应允，准备出发，菩提达摩又交代："你要郑重对待，必要时候要有点仪式感。"

婆罗提问："请师父点化，什么是仪式感？"

菩提达摩说："异见王毕竟不是我佛门中人，他很看重形式。有时候形式也可以成为内容。怎么出场、如何面见异见王，你要思虑周全，认真准备。"

婆罗提经过菩提达摩点化，已经明白，立刻出发，去支援宗胜法师……

这时候宗胜法师已经闯进王宫，抬头直视异见王。看到异见王一脸杀伐之气，君王派头十足，宗胜一点也不畏惧，心想我真理在胸、正义在手，就没有必要害怕君王。

"大胆僧人，没有本王圣旨，直接闯入王宫，你知罪吗？"异见王开口就大声呵斥。

宗胜双手合十，从容不迫地说："贫僧有罪，但罪在自己。国王有罪，却罪及天下。自古印度，没有哪一个国王反对佛教，国王这是要开开罪天下的先河吗？"

异见王丝毫没有把宗胜放在眼里，说道："这是宫廷，不是寺院。我只对天下百姓负责，不对你们佛门负责。这有什么错？你们佛门六大宗派争来斗去不可开交，丝毫与百姓生活无关。我为什么要供养你们这些无用之人？你们自己去成佛成仙好了，不要再来祸害老百姓。”

宗胜努力辩解：“国王治理天下，当然有功有德。国王以天下百姓为念，人人应感恩戴德。但是，你反对佛教，就不管百姓的信仰和生死了吗？如果没有佛教，人人心里边没有了信仰，就会六神无主，还过的什么安定日月?”

国王大笑：“没有佛教，只要百姓生活幸福，我们过的就是幸福生活和安定日月。百姓幸福安康，国家富裕强大，就是我们的信仰。我们不需要其他信仰。”

王宫里的大臣们也哄堂大笑。宗胜理屈词穷，气得浑身发抖，一时语塞。

异见王正说得高兴，还想再讥讽几句，却看见大殿里飘进一团云雾，云雾里依稀站着一位僧人。这僧人就飘在半空中，迟迟不落下来。

异见王大吃一惊：“来者是正是邪?”

云中僧人答道：“非正非邪，我来见你。”

异见王沉默片刻，即命手下人：“先把刚才的邪僧赶出宫去。”

几个侍从拥上来，把宗胜赶出了大殿……

只见白云散去，婆罗提双脚轻触地面，双手合十，给异见王施礼：“贫僧婆罗提，不曾通报就闯进来，贫僧有罪。”

异见王见过婆罗提，知道他是有道高僧，于是也以礼相见，不再蛮横：“大师远来，有失远迎。”

婆罗提说：“刚才国王的话句句在理，我已经听到了。”

异见王说：“法师，你说我刚才说得在理?”

婆罗提说："国王处处为天下苍生着想，当然有德有理。如果我们佛门中人处处以自己为主，忘记了天下苍生，又老是吃着百姓供奉，那还要这些僧人干什么？别说是国王，我也想不通。"

异见王一听高兴了："大家都听到了吧？婆罗提法师也赞成我的话。"

婆罗提缓缓道来："我师父说了，异见王要灭佛不是异见王的错误，是我们佛门的错误。异见王明鉴，此前我们六大宗派确实执迷不悟，只顾自己修行，不关心众生苦难，忘记了根本。如今经过我师父教诲，六大宗派已经走出误区，回到正道。天下百姓和众生的苦难就是我们自己的苦难。关心众生，造福天下，这才是我们的本心，一定也是国王的本心。你看在这一点上，我们不是心心相印、志同道合吗？"

异见王点头称赞："是呀是呀，法师说得好。关心天下苍生，是国家的根本。如果也是佛家的根本，我们就是一家人，没有必要对抗，也没有必要分歧嘛。"

婆罗提说："我师夸赞国王关心百姓，造福天下原本就是国王功德。国王要灭佛是因为我们佛家没有做好，引起了国王的误会。解释明白就好了。"

婆罗提继续说："其实国王本身已入佛性，我师说我心是佛，本心是佛。我师还说国王您本性善良，本来就很有佛性。只是没有人给国王点破，国王不自觉不主动罢了。"

国王越听越顺耳，连忙说："请法师为我点化。这话我愿意听。"

婆罗提说："佛性如若出现，当有八处。这八处您自己就能感觉出来。"

异见王问："是哪八处？"

婆罗提说："国王，我这里有一首偈子，您一听就明白。这偈子是：在胎为身，处世为人。在眼曰见，在耳曰闻。在鼻辨香，在口谈论。在手执捉，在足运奔。偏见俱该沙界，收摄在一微尘。识者知是佛性，不识唤作精魂。"

异见王低头默默听着品着，越听越品越是惊喜，不禁抬头说："我懂了，我也感觉到了，我身八处皆有佛性，确实能够感觉得到。真是奇妙。谢谢法师。还是我与法师有缘，谢谢法师点化。其实我祖辈全部虔诚礼佛，我也与佛有缘啊。"

婆罗提说："岂是有缘，可以说佛缘深厚。我师一直说，关于灭佛，错不在国王，而错在我佛门。国王也不必在意。"

异见王一时生了好奇心，问道："敢问法师，你开口闭口我师我师的，法师已经德高望重，法师的师父到底是谁？我能够有缘见到大师圣僧吗？"

婆罗提笑了："教诲六大宗派的法师正是在下师父。如今六大宗派全部皈依我师。既然国王问起来，贫僧就直言相告我师名讳。我师父菩提达摩现在是佛教第二十八祖师。他不是别人，正是国王您的叔父啊！"

异见王大喜："我叔父在哪里？二十八祖师在哪里呢？"

婆罗提说："菩提达摩祖师就在城外，等候与异见王相见。"

异见王喜出望外，马上安排队伍，到城外迎接菩提达摩祖师。他自己则走出王宫，站在宫门外迎候。于是，在一应百官侍臣的欢迎之下，菩提达摩带领教众，走进了王宫。

异见王看到叔父菩提达摩高大伟岸，面目红润慈祥，眼中竟然涌出激动的泪水。他郑重向前跪拜："侄儿有罪，但求叔父容忍侄儿痛改前非。”

菩提达摩也很激动，四十多年以后，竟然重新回到王宫。看到侄儿，他伸出双手把他扶起，说：“罪不在侄儿，罪在叔父，也罪在佛门。说到底这完全是叔父的错误。”

异见王扶着菩提达摩，走进王宫叙话。他怎么也没有想到，他今生还能够见到叔父，见到全天下人人敬仰的佛门二十八祖师。异见王亲切地说：“叔父，你这是回家啊！”

菩提达摩面色凝重地说：“作为叔父，我没有尽责，感到内疚。你爷爷过世以后，我就出家了。离开红尘，再也没有返回。你父亲月净多罗是我兄长，我的手足，但我忙于教务，一次也没有回来看望过他。两位兄长先后去世很久我才知道。在兄长们有病期间，我没有回来看望，我也非常自责。”

异见王说：“叔父不要自责，是父王不让我们打扰你。”

菩提达摩继续说：“侄儿登基为国王，有功有德。你的所作所为，我也是有所耳闻的。作为叔父，我没有及时关心你，我不称职。侄儿灭佛惊动天下，这是前所未有的，这是佛门的不幸和灾难，但我并没有怪你，反而对你的勇气和魄力更欣赏。作为二十八祖，叔父确实非常自责。因为这确实是我的错误。如今误会排除，我也很欢喜。”

异见王说：“叔父不要老是自责，哪有那么多的自责。全是侄儿不知道天高地厚，造下恶业。我马上下令全国重新敬佛和礼佛。”

菩提达摩双手合十，说：“谢谢异见王。我也已经约束教众，今后要服务百姓，造福苍生。说给侄儿也不打紧，这天下教众之多，我也没有想到，一时照管不周就出了问题，这也在所难免。”

异见王说："别的国家我管不着，就香至国内，到底如何为教众们服务，还请叔父开口，侄儿一定照办。"

菩提达摩说："不要迁就不要服务他们。寺院已经盖得到处都是，还怎么服务？也不要再供养，他们本来就应该乞食。"

异见王说："怎么能够乞食？还是要供养，这一点我能够办到。"

菩提达摩连连摆手说："千万不要供养，乞食是我们的功课。为什么要乞食？从释迦牟尼佛开始，一直是乞食。乞食不仅是吃饭问题，重要的是牢记我们佛家和众生的关系。众生永远高于我们。一直是众生在供奉和施舍我们。众生永远是我们的恩人。我们永远要为众生服务，普度众生，这个才是根本。"

菩提达摩如此来讲解乞食，异见王还是第一次听到。叔父虽然讲得浅显易懂，却比任何佛理都要深刻。

菩提达摩接着说："其实侄儿有慧根，早晚也是我佛门中人。不过你不必出家，若心中有佛，在家出家是一样的。你要当好这个国王，就是布施天下苍生。"

异见王已经彻底被菩提达摩说服甚至是感动，说："谨记叔父教诲。"

仿佛失散了几十年的亲情又回来了，菩提达摩说："我有一个请求，既然我回到家，能不能请你陪我到祠堂，拜见我的父母，拜见我的兄长？"

异见王起身带路："叔父，你走之后，我父王一直有交代，你住过的房屋保持原样，你经常读书的藏书阁也保持原样，平时只是维持和打扫，一切和你走之前一模一样。今晚你就还住在你的房屋。"

菩提达摩回到他曾经熟悉的王宫，一草一木，一砖一瓦，不禁百感交集。他特意站在巨人般的榕树下，深深地呼吸了几口……

三天后，菩提达摩带领弟子走出王宫。菩提达摩边走边交代：“不要走得太快，顶多一两天时间，异见王还会派人来追我们回去。”

婆罗提不解地问：“出来了为什么还要回去?”

菩提达摩说：“回去是为了救人。异见王起念灭佛，难免会有一劫。”

果然，第三天王宫的马队就追了上来。王宫大臣扑地就拜：“祖师赶快回城，国王重病在身，已经昏迷，不省人事。”

菩提达摩安排婆罗提带领僧众继续前行，他只带着两个弟子，怀抱着师父的舍利和袈裟，返回王宫。

此时王宫已经乱成一团。菩提达摩询问医官，医官说国王突发急病昏迷不醒，气息越来越弱，还请祖师施法，救治国王。

菩提达摩看着哭作一团的王子，再仔细查看国王病症，然后对王子说：“你先去发布召令，大赦天下，广放生灵，为你的父王减业。我留下来为你父王救治。大家别慌乱，国王有这一劫，应该能够度过。”

菩提达摩就在国王床前先行打坐。少顷，只见他站起来，在病床前俯下身来，先是亲吻了国王额头，接着口对着口，为国王进行呼吸和换气。

一口、一口、一口……

一口、一口、一口……

眼看国王的面色渐渐缓过来，慢慢变得红润。国王清醒过来后，发现叔父还在口对口地为他呼吸。他自然明白发生了什么事情，忍不住热泪溢出，伸手抱住了叔父……

深夜，偌大的房间里只剩下两个人。国王想单独和叔父叙话。他明白，是叔父救了他的命。

“佛祖保佑。”菩提达摩说，“侄儿有此劫难，并不意外。叔父救你，也是应该的。我们是叔侄，亲如父子。”

国王热泪盈眶：“叔父，我害怕了。你能不能不走了？我在王宫为你建造寺院，让你修行好不好？”

“傻孩子，净说傻话。”菩提达摩说，“叔父已经是出家之人，怎么能够久居红尘？侄儿你放心，听我给你说，我们家世代礼佛，这个福报当应在你身上。你将是长寿之人。叔父我呢，还有使命。”

国王擦擦眼泪说：“叔父有什么使命，能给我说说吗？但凡侄儿能够帮助，一定效力。”

菩提达摩说：“这是我自己的使命，说说也无妨。这第一件事，我得选一处地，化缘四方，为我师父般若多罗的舍利建造佛塔，永远纪念他。”

国王说：“你不用化缘四方了，就在香至国选一处地建造佛塔，也让我尽尽责任。”

菩提达摩说：“这个当然可以，也算你为佛门建个功德。”

国王问：“第二件事呢？是什么？”

菩提达摩说：“我受师父嘱托，要去震旦传教，也就是我们常说的中国。从现在开始，我要用多年时间学习中文。此去千山万水，我如何到达，要做详细准备。”

国王说：“这个太容易了，我来为叔父准备。咱们国家有去中国贸易的商人，有人精通中文，会说会写。我从中挑选最优秀的一人来，从明天就开始教习叔父中文，一直教到你学会为止。”

这个意外收获让菩提达摩感到兴奋："好，这就全靠你了。"

国王又说："只是此去中国太远了，如果走陆地翻山越岭太过凶险，时间也太长。还是走水路，走贸易通行的水路。一切由我来准备，一定把你送到中国。只是……叔父已经年迈，此去万水千山，还能够回来吗？"

菩提达摩放缓了语调："这个你放心。我是去传教，又不是去打仗，没有危险。再者，你不了解叔父的功力。前几天看到婆罗提法师驾云而来吓着你了吧？他只是叔父的弟子。我有保护自己的能力。再说，我去东土，师父交代，也就十年八年工夫。我肯定回来。你一定要等叔父回来。我回来还要看我们香至国繁荣昌盛、国泰民安呢。"

国王深情地望着叔父说："请叔父记住，你是佛，我就是你的弟子。你是叔父，我就是你的孩子。我一直等你回来，这里永远是你的家啊！"

三　东土的呼唤

性格决定命运，更影响一个人的做事风格。

在香至国平定佛教内部大面积纷争之后，菩提达摩威望崛起。他本是佛教正宗传人第二十八祖，在印度及周边各个小国家中，实际上已经成为佛教的精神领袖。菩提达摩又出身王族，曾经贵为王子，人们期待他会像当年释迦牟尼一样，前呼后拥，弟子如云，四处讲经弘扬佛法。可是，菩提达摩不同，他虽然长得很高大威猛，却内心慧秀，喜欢静处。

他安排各个佛教团体自行修行，不必经常向他请示，并且辞掉异见王的豪华供奉，坚持和以前一样，以乞食为生。

这样，菩提达摩逐渐形成了自己的风格，甚至不喜欢弟子们来看望他，他可以去看望弟子们。哪里出现问题，他可以去解决问题，去排忧解难，没有问题就不要总来打扰他。于是，他只带三五个人，四处云游教化。

在菩提达摩这个小团队中，一个人是异见王派来的中文老师，负责教他学习中文。两个坚持跟随的弟子，一个叫付陀，一个叫耶舍。还有一个叫生巴达，负责照顾达摩的生活，也算是他的弟子。这一共也才五个人，云游教化行动方便。但是，菩提达摩每天从不缺席自己的功课。进入禅定精进自我，感知天地万物的深度和广度。

同时，有一个变化，那就是对于学习中文开始入迷。在中文老师的教习下，达摩从不间断。他在为将来去中国传教，认真做准备。

异见王派来的中文老师叫买买度，曾多年生活在中国，已熟练掌握中文，能说会写。买买度是偶然被异见王挑来，为达摩教习中文的老师。此人生性乖巧，能说会道，他觉得有此机会服务达摩祖师是一种造化，就格外用心负责。

他教习中文，从最简单处开始，先从一二三四五讲起，尽量讲透他在中国学到的一切。

买买度对菩提达摩说，他在中国开始只是学习口语会话，后来又学习书写。他特别讲到中国的私塾先生，他掌握的中文，大部分由两位私塾先生所授。

第一次讲习，买买度说："我们先从一讲起吧。"

达摩就问："一之前是什么?"

买买度回答："记得老先生讲，一之前是道，这个道从老子而来，叫'道生一，一生二，二生三，三生万物'。一之前也可以叫无，是无中生有的意思。"

达摩点点头："很简单，很深奥。"

买买度说："老先生讲，一就是一画开天。"

达摩问："什么是一画开天?"

买买度回答："记得老先生讲，也就是说在一之前，整个世界和宇宙是混沌一团。一就像是一把刀从中间切开，上边为天，下边为地。这就叫一画开天。中国人还有个说法，上边的天为阳，下边的地为阴。天地之分，也叫阴阳之分。这完全是由一来完成的。"

达摩觉得说法新鲜："了不起，这个一就是源头了。"

买买度讲："这个二，也叫天和地，也叫阴和阳，是由一生出来的。"

达摩说："你往下说，有根源、有来历、有发展。"

买买度说："接着是三。这个三是由一和二生出来的，上边这一横是天，下边这一横是地，中间这一横自然就是人了。于是，天地生人，这个三就是由天地人组成的。老先生讲，一生二，二生三，三生万物。由于有了天地人，什么生命都可以生出来了。"

达摩跟着小声念起来："一生二，二生三，三生万物。中国人和印度人一样，还是很看重人的，于是就说人是万物之灵。虽然对人的理解过分夸张，轻视了别的生物和生命，不过也可以说是由人代表了别的生物和生命。在这一层面，中国人和印度人的认知是相同的。"

买买度讲："下边讲四，这个四就更有意思了。这个四为什么先画一个方框子？因为中国人理解天是圆的，地是方的，这个四的方框主要指大地而言。大地是一个方框，方框里边这两道就是阴和阳。也就是说在大地之内，只要有了阴阳，什么都可以生出来。也就意味着万物和万种生命可以生出来了。”

达摩问：“阴和阳不是指天和地吗？”

买买度讲：“这个阴和阳的范围非常广泛，可以无处不在。天和地是阴阳，男和女是阴阳，公和母是阴阳，甚至树叶的正面为阳，背面就为阴，也叫阴阳。这意思是说各种动物和植物都是阴阳共生的，有了阴阳才有了生命。甚至人的手心为阳，手背就为阴，也是阴阳。在中文里，阴阳是一个中心的概念词语，也是一个基础概念，这是一个大概念。到处为阴阳，处处为阴阳，什么都是由阴阳生出来的。”

达摩默然无语，又连连点头，鼓励买买度继续往下讲。

买买度讲：“四下边是五。中国人喜欢叫中心五。因为这个五，上边一横为天，下边一横还是为地，中间还是一个人，但是这个人是站着的。你看这写法多像站着的一个人形。人站着和人躺着是不一样的，三字里边中间那个人是躺着的，五字里边这个人是站着的。人一站起来头就顶住了天，脚就踏住了地，中国人叫顶天立地。这个顶天立地的人不是指所有中国人，一般是指中国的皇帝，如同咱们印度的国王，顶天立地，主宰一切生命的生和死。”

达摩自小生活在王宫，泡在藏书阁里，可以说博览群书，读遍经典，有着非常高的文化自觉和敏感。第一次接触中文，就让他感到新奇和震惊。虽然只是开篇几个简单的字，他却感到了其中的奥妙。他马上明白，中文是会形会意的，一笔一画直接相连着生命的本质和精神，甚至进入了中国人的思维形式。虽然只是几个字，但已经切进了中文的核心。从此，他开始着迷中文，几乎每天必学，坚持学着说话和写字。

时间一天天过去，菩提达摩的中文学习越来越深入。他身边的弟子也跟着学起中文。不过，付陀和耶舍是明着学，生巴达则是暗暗学习。专门照顾菩提达摩的生巴达想到，也许有一天菩提达摩去中国会带上他。万一有这一天呢？他必须学好中文啊！生巴达表面上不言不语，却是一个心里有数的人。

两年过去了。有一天付陀找到耶舍，与他商量，觉得既然师父早晚要去东土传教，不如咱们先打前站，回来汇报给师父，也许对师父有帮助。耶舍也觉得是一个好主意，于是，两个人就来找菩提达摩，向师父汇报这个想法，希望师父同意。

菩提达摩思来想去，觉得也是一种选择。再说，菩提达摩也想放他们出去闯闯，长长见识，就说："我也看到你们认真学习了中文。先去打前站，倒很有这个必要。"

看到师父点头同意，两个人欢天喜地。付陀说："印度去传教的僧人无数，到底什么情况，我们去跑一趟，师父也好心中有数。"

耶舍也说："我们两个一起去，彼此也有个照应。"

菩提达摩说："如果要去，不是你们两个，是你们三个人一起去。生巴达也在学习中文，不比你们两个差。"

生巴达急了："我不去。我走了，谁来照顾师父？"

菩提达摩说："我不需要照顾。生巴达，他们两个去，我不太放心。虽然他们两个比你的修行要好，可是生活能力太弱。你去了，可以帮助他们。"

事情安排下来，菩提达摩就开始联系香至国的商船。几个月以后，达摩亲自送他们上船，目送船只驶入茫茫大海。一连多日，达摩觉得心里空落落的。三个弟子远行，也算是小别离嘛。达摩自言自语，平复着自己的情绪。

两三年转眼过去，付陀、耶舍和生巴达三人一去不复返。菩提达摩一边游化，一边继续精进自己的功课，同时，没有间断中文学习。他不断打听弟子们的消息，偶尔碰上从东土传教回来的僧人，却没有人知道弟子们的信息，如同石沉大海，没有一点点回响。

十多年以后，这天菩提达摩正在精舍默想，生巴达忽然跑回来了。他一见达摩祖师，跪下来就哭，泪流满面。

菩提达摩伸手去扶生巴达："不要哭，起来有话慢慢说。"

生巴达坚持跪着不起："都是我不好，没有照顾好师兄，他们两个都走了，超度了……"

菩提达摩坚持把生巴达扶了起来："先喝水，生巴达，你我师徒二人终得见面，已是幸事，慢慢说。"

生巴达喝了几口水，这才稳住了激动的情绪，开始向师父汇报。

生巴达说："我先从开头说起吧。那年我们在海上走了差不多四年时间吧？大海太大了，一直在海上漂。刚开始吐也把我们吐死了。一直吐，把什么都吐出来了，到后来吐出来的都是绿水，又苦又绿。"

菩提达摩说："绿的是胆汁。"

生巴达说："对，是胆汁。船员们也说是胆汁。后来吐了两个月，慢慢就不吐了。我们已经习惯漂在海上了。有风浪的时候，我们就靠岸休息。大风大浪平息了，我们就启程。我们每天在船上摇摆，摇摆成习惯了。有时候靠岸休息，站不稳身子，觉得哪儿哪儿都在摇摆。走着晃，躺着也晃，我们不会在岸上走路了。”

菩提达摩说：“那是你们适应了海上，不适应陆地了。”

生巴达继续说：“我们这么走走停停，停停走走，补充一些淡水和食物，然后再走。大概在海上走了三年十个月的样子，才走到了中国。我们下船的那个地方叫广州，是中国的南方。师父，中国太大了，人也太多了。比咱们印度还大，人还多。”

菩提达摩问：“你们学习的中文能行吗？”

生巴达说：“行！买买度教的中文管用呢，只是各个地方说的话都不一样，不过大差不差，能够交流。他们说的话，我们能够听懂。我们讲话，人家也可以听懂。”

在一旁的买买度不由得生出自信：“我说没有问题，就没有问题。”

生巴达说：“各地讲的话不一样，写下来的字是完全一样的。反正我们走到哪里就找人说话，听不懂就比画，再听不懂就写下来，只要一写下来，人家一看就明白了。”又说：“师父，中国人识字的不多，大都会说不会写。很多人一看我们要写字，就摆摆手说不认字。”

菩提达摩听说很多中国人不认字，一点也不觉得奇怪。这和印度一样，贫穷人家是不读书的。不是不想读，是没有钱读。这就是众生。中国的众生和印度的众生一样。

生巴达接着说：“我们在中国的南方广州下船，然后走走停停，哪儿有寺院，就找寺院。中国的寺院真多啊，比我们印度的还多，而且寺院都盖得很气派，虽然比不上皇宫，但比老百姓住的房子又大又讲究。”

菩提达摩若有所思：“看来佛教在东土确实发展起来了。”

生巴达说："咱们印度去东土传教的僧人也多，走到哪儿都能够碰上，我们从南方走到北方，又从北方走到南方。只是不论寺院再多，也大都是小乘佛教，几乎没人讲大乘佛教。"

菩提达摩问："几乎全是小乘佛教?"

生巴达肯定地说："是。中国盖的寺庙遍地都是，学习佛教已经成为风气，几乎大部分中国人都信教了。只是信的什么教啊，叫我说连小乘佛教也不是。"

菩提达摩又问："为什么呀?"

生巴达说："中国人信教完全和印度人不同。咱们印度人信教是一种信仰，是一种归宿。中国人信教是一种要求，讲究有求必应。"

菩提达摩说："你详细说，这个很重要。"

生巴达说："中国的老百姓信教，基本上叫烧香磕头。头疼脑热生病了，就去烧香磕头。还有信众烧香磕头以后，吃香灰的。要升官发财了，就去烧香磕头，让佛祖保佑。生孩子娶媳妇，也去烧香磕头，也求佛祖保佑。也有信众直接叫佛祖为送子观音的。如果烧香磕头应验了，信众就会还愿，认为你灵验。如果不灵验，就不信你了，再去找别的寺庙烧香磕头。这就是中国人信教，中国的南方北方一模一样，都是这个样子。当然，我说的是老百姓，普遍是这样。"

菩提达摩默默听着，接着问："你们到中国，都干了什么?"

生巴达认真地说："我们到了中国，从南方走到北方，基本上就干两件事情，争论和生气。我的两个师兄，只要见到寺庙，就去找人家，说不到一起就吵架，回来就生气。开始还有人给我们饭吃，后来就没人给了。人家都说我两个师兄只会说空话说白话，全是没有用的话。我们经常没吃没喝，饿得前心贴后背，眼冒金星。我经常到野地里给师兄们找果子吃。由于没有吃喝，又经常生病，有时候连走路的力气都没有。我们那不是行乞游化，那活活是要饭。”

菩提达摩叹道：“看来你们是吃苦了。”

生巴达说：“我们在北方到处走，哪个寺院都不让我们挂单，还驱赶我们。我们又回到南方，一直走到庐山的东林寺，才让我们住下来。”

菩提达摩问：“东林寺为什么让你们挂单？”

生巴达说：“那天我们在东林寺外边，都饿晕了，是东林寺的和尚救了我们，给我们喝水喝米粥，这才缓了过来。到处都不欢迎我们，也不接待我们，大概这消息传来传去，我们也出名了。东林寺的住持看着我们落魄的样子，就说印度来传教的僧人很多，都是受人欢迎的。像你们这样子，哪个寺院都不接待，也很少见。”

买买度一旁插话：“他这是在嘲笑你们呢。”

生巴达说：“不是，他是认真说的。他想知道这是为什么。我师兄付陀就说这是我们活该，是我们自找的。住持就问，为什么活该？为什么是自找的？付陀师兄已经缓过精神，就坦然笑笑说，出家人为什么信佛？又为什么修行？都是为了跳出生死轮回的苦海，当佛当神仙快乐哩。我们老是对人家说实话，错了错了。出家人信佛和修行并不是为了快乐，是为了受苦受难。住持就追问，受的什么苦？受的什么难？我师兄付陀就说替众生受苦，替众生受难。我师兄耶舍也帮腔说，所以就没有人搭理我们，把我们当苍蝇一样赶来赶去。我们对住持说，请放心，我们歇歇就走，决不连累你们。”

菩提达摩问：“那住持如何说？”

生巴达说："没有想到，完全没有想到，住持听完就双手合十拜我们，一再说有缘有缘，等了多少年，总算等到了真佛。"

买买度问："这就让你们挂单了？"

生巴达说："不是挂单，是让我们住下来，给人家讲经说法。"

菩提达摩说："这么说，东土也有明白人。"

生巴达说："我们住下来，住持就问我们师承，付陀师兄就说师承菩提达摩，佛门第二十八祖，我们是菩提达摩的弟子。住持大喜，就把我们供养起来。"

生巴达说到这里，眼泪掉下来："只是两位师兄身体已经虚弱，没有几个月，就一起坐化了。师兄们临终交代我，一定要赶回来向师父报告。我回来时跟着其他僧人，走的是陆路。从中国大西北，翻过葱岭，回到了印度。陆路更不好走，太远太难了，还不如走水路。"

菩提达摩说："生巴达，谢谢你。你也受苦了。"

听完生巴达的讲述，菩提达摩为自己的弟子自豪。他们牺牲自己的生命，也不忘初心。这让菩提达摩感动。同时，他也觉得需要尽快到东土去，东土需要他，东土在呼唤他。

自从二十七祖般若多罗灭度以后，菩提达摩遵循师父教诲，四方游化，解决纠纷，重新安排僧众的修行内容，服务了无数的教众。在印度各个国家中，菩提达摩的威望也确实树立起来了，已经成为佛教的领袖。菩提达摩觉得应该出发到东土去了。拿定主意以后，他首先来向师父告别。在舍利塔前，跪拜在地。到东土去传教，去学习中国的经典文化，这是师父的遗嘱，也是自己的使命。他口中念念有词，向师父承诺："师父，我知道你能够听到我在说话。弟子菩提达摩，如今要到东土去，前来辞行。你说过佛教没有国界，不分人种，我一定不负重托，去东土传教，让佛教在东土发扬光大。”

菩提达摩告别舍利塔，在回精舍的路上，对买买度和生巴达说：“我要去东土了，很快就会出发。你们也应该走了。谢谢你们这些年的帮助。”

买买度很吃惊：“师父，你这是要赶我们走吗？我也要去东土。我愿意跟着师父，也好给师父做个伴。”

菩提达摩说：“这些年你教我中文，已经很辛苦。你和我的弟子们不同，毕竟没有正式皈依佛门，算不得出家人。此去东土千山万水，吉凶难料。你还有家人，应该回去了，这也是我的心愿。”

生巴达更不想走：“师父，当初异见王派我来照顾你的生活，我已经是师父的人了。我要跟着你到东土去，你走到哪儿，我就跟到哪儿。师父自己去，弟子确实不放心。”

菩提达摩格外认真地说：“生巴达，我们是平等的。由于我年长，你这些年照顾我的生活，我已经很感激。现在我给你自由，还你自由之身。你也应该有自己的生活，我不想欠你太多。我的主意已定。我一个人去。你们都放心，我会照顾自己。”

把弟子和随从遣散后，菩提达摩来到王宫，向侄子异见王辞行。异见王听说叔父要出发，非常不理解。异见王说：“叔父，你的两个弟子已经回不来了，你怎么还要去？能不能不去？”

菩提达摩诚恳地说：“我答应过我的师父，去东土传教是我的使命。我必须去。”

异见王说：“有叔父在，我就有主心骨。你就这么走了，可让我怎么办呢？太突然了，我还没有心理准备。”

菩提达摩慈祥地看着异见王，一种父爱之情油然而生。这侄子毕竟是他的后人，难免让他牵挂。菩提达摩说：“侄儿，你已经一心向佛，从善治国，如今国泰民安，叔父也看到了。继续造福苍生，这是你的福报。我对你很放心。再说，我还会回来的。也就分别十年八年，我就回来了。”

异见王已经两眼含泪：“叔父，我没有父王了，你就是我的父亲。你一定要回来。我等着你回来。”

菩提达摩承诺：“有侄儿在，我一定回来。”

异见王看到叔父菩提达摩主意已定，只好安排商船，送叔父出海。异见王亲自带着官员们，送到了海边。菩提达摩乘船已经驶入大海了，远远还能够看到异见王仍然站在海岸上，挥手送行……

航船行驶在大海上，无边无际的海浪一层层卷过来，拍打着船舷。海岸在慢慢退出视野，眼前是望不尽的大海波涛。菩提达摩自小在恒河里游泳，并不害怕水。但那只是江河，河岸永远依偎在身边，如今投身于这茫茫的大海中，还是有些莫名的陌生感和恐惧感。人和大海相比，太渺小了。航船漂在大海上，活像一片树叶。

船行半天以后，航海的生理反应泛上来。达摩感到肠胃在急促翻腾，胸口一阵阵难受想要呕吐，脑袋一阵阵眩晕如同梦幻。船员们送来酸辣的果实，让他含在口中。达摩谢绝了。他明白艰苦的时刻就要到来，尽快适应海上生存，才是唯一的办法。于是，他调整气息，在船舱里开始打坐，排除万般杂念，集中精神，进入禅定。

商船有自己计划的航线。进入海洋以后，走几天停几天，按照事先设定的航站，一站一站往前航行。两站过去以后，达摩已经没有了呕吐和眩晕的反应，和船员们一起，非常自如地生活在航船上。船员们也很惊异，菩提达摩适应海上的生活节奏很快。看着菩提达摩经常打坐，有时候在船舱里，有时候打坐在船舱外边的甲板上，谁也不敢惊动他。船员们都知道菩提达摩是异见王的叔父，还是佛门祖师，身份高贵，都很尊重他。他们哪里知道，菩提达摩正在通过禅定，开始感知大海。

航船继续前行。航船挂着船帆，借着风势，借着大海波涛的力量向前推进。禅定以后，达摩就开始深思冥想，他觉得这茫茫无边的大海再大，也是宇宙的一部分，并没有宇宙大。世上万物和天地在宇宙中一起运行，同一个规律。再说这大海，深受太阳和月亮运行的牵引，是完全伴随着太阳和月亮的运行而同步运行的。大海的潮涨潮落就是证明。这就和人一样，人也是宇宙的一部分一分子，并且同样跟着太阳和月亮的运行而运行。清醒和睡眠就是证明。菩提达摩忽然感到，这人和大海之间有没有天生的一种联系？多少书籍里边说过，人原来正式进化为人之前，也曾经生活在大海里，大海也曾经是人的家园。后来人从大海里走出来，到陆地上生活，才慢慢进化成人。如果这是真的，这肯定是真的，那么人的运行就和大海的运行之间一定会有天然的联系。找到这种天然的联系，重新连接上这种联系，人就会和大海融为一体，运行自如。因为人回到大海如同回到家园，应该没有隔膜和排异。

菩提达摩在禅定中慢慢悟到了，大海为什么永远波涛汹涌，这是大海在呼吸。

大海里仍然生存着千千万万种生物，它们为什么在大海里生活自如？这是因为大海里的生物，随着大海的呼吸而呼吸。

这时候奇迹发生了。船员们亲眼看见，正在甲板上打坐的菩提达摩，徐徐展开双臂，如同伸展开两只翅膀，先是腾空而起，而后缓缓下落沉入海面……

菩提达摩跳海了！

船员们个个惊呆，不相信眼前发生的事情。一阵子手忙脚乱之后，又想不到对策，只好瞪着眼睛四处张望、寻找，希望在海面上发现菩提达摩的踪迹。然而大海静悄悄，继续翻卷着波浪，航船继续前行，到处看不到菩提达摩的踪影。

船员们开始意识到发生了惊天的意外——异见王的叔父投海了，佛门第二十八祖师菩提达摩投海了！一种惊慌的情绪笼罩在每一个船员心上。

大约过了大半天时间，在太阳已经偏西，晚霞烧红西天时，意外又发生了，只听哗啦一声大响，菩提达摩忽然从大海里一跃而出，稳稳地落在了船尾的甲板上。这时候船员们围观过来，发现菩提达摩继续打坐着。菩提达摩意识到有人在围观他，这才睁开眼睛，向大家点点头说："没有事情，大家别担心，我一直跟着咱们的船。"

菩提达摩找到了大海的呼吸。

达摩刚刚跃入大海时，不由自主游了几下，好像一种本能。并没有游多远，他就发现自己身单力薄，和大海相比，自己太弱小了。如果和大海搏击，只能是个笑话。他立刻停下游动的手脚，双手合十，打坐在海浪中。他准备试探，能不能禅坐大海。

达摩觉得自己的整个身体发沉如同石块，迅速向下沉去，越来越深。他有意识地开始张嘴，吸进海水再吐出去；吸进海水，再吐出去。反复吐纳之后，他觉得身体下沉的速度降了下来，但是仍然在继续向下沉去，海底如同深渊，深不见底。不知过了多久，就在他以为自己要沉入海底时，在那一个瞬间身体不再往下沉了，脚底似乎触摸到了海底的硬物，就在此刻，他发现自己的身体轻轻弹起来了，就好像有莫名的力量如同两只手开始托举着他，将他顶了起来。忽然他感受到了，有力量在推动着他，随着波涛的节奏向前涌动。他彻底放松下来，就势顺着这力量的起伏，并不用什么力气，完全是借力，甚至是异常轻松地活动起来了。他慢慢放开手脚，行动自如，格外舒适和自在。

他找到了，他找到了大海的呼吸。

他找到了，他找到了和大海呼吸的互动和共鸣。

他回来了，他回到了大海的家园。

菩提达摩继续吐纳着海水，借着大海的力量，轻松自如地游在了大海之中。他能够区别出，这种感觉和游泳不同，他是和鱼儿一样，和大海共呼吸同生存。自己完全变成了大海的一部分，融入大海里。自己就是大海，大海也就是自己。经历过这个阶段之后，他开始觉得全身轻松，并且神志清明，慢慢地，一股莫名的力量开始一点点沁入他的体内，他越来越精神振奋。他已经明白，他在感知别的生物时就有这方面的经验，大海开始为他传导力量，给他传递精神。

这只商船继续在大海上航行。经过数次以后，对于菩提达摩的“跳海”，船员们已经见怪不怪了。有时候是一个整天，有时候是几天几夜，菩提达摩就在大海中与航船同行。船员们还发现了更加奇怪的现象，菩提达摩起初和大家一起吃喝，后来他从海里回到船上，开始不吃不喝起来。在船员们看来，菩提达摩应该在大海里游泳筋疲力尽，却只见菩提达摩越发精神焕发，经常是红光满面。船员们不理解，也开始感到达摩祖师很神秘。

商船继续沿着航线一站一站前行，菩提达摩已经着迷大海。

一年过去了。

又是一年过去了。

又是一年过去了。

由于菩提达摩经常泡在大海里，他感觉海水已经洗净了他的五脏六腑，似脱胎换骨成为全新的一个人了。有时候长时间禅定在大海中，感觉如同小时候躺在母亲的怀抱里。大海给了他温暖给了他爱，给了他无穷无尽的力量。

三年多以后，航船到了中国的海岸。菩提达摩站在甲板上，点燃一炷香，向大海告别，心里默默起誓："放心吧，我一定不辜负你的恩情，此行至东土，服务众生，超度苦难，让佛教在东土发扬光大……"

第三章 chapter three

猜测的真相

p115 ▸ p205

◎

一　神仙的粥棚

菩提达摩到达中国的具体时间，过往的书籍上有多种记载。有的说是“梁普通元年，九月二十一日”，即公元五二〇年；有文本说是“梁普通八年，九月二十一日”，即公元五二七年。可见九月二十一日是一致的，到底是梁普通元年庚子岁，还是梁普通八年，存在差异。到达的地点没有争议，全部记载是中国的广州。其实广州那时候还叫羊城，就如同中国那时候还叫震旦一样，并且是当时梁朝最南边的州府。完全因为行文叙述和读者阅读的方便，我们就提前叫它广州。时任广州刺史萧昂，是当时梁朝皇帝梁武帝萧衍的侄儿。

菩提达摩来到中国的时候，正值中国分裂成南北朝时期，是中国历史上政权更迭最频繁的时期，同时也是多民族文化融合的时代，佛教已经在中国生根。那时候北朝为魏朝，以洛阳为首都。南朝为梁朝，以南京为首都。当然，那时候南京还叫金陵。南北朝之间的界线也比较模糊，并不十分明确，大致以长江为界。长江以南叫南朝，长江以北叫北朝。

菩提达摩上岸后，只身一人走向羊城。他看到路人衣服破旧，大都是穷人，却很好客，见他长着大胡子、大眼睛，高大威猛，不少人主动和他搭讪。当知道他是从印度来的传教僧人，对他更加热情。

菩提达摩碰上几个干过农活准备回家的人，一位叫赵大爷的老者就说："一看你就是善良人。别看你胡子长、眼睛大，但心善。"

菩提达摩说："谢谢赵大爷。我是传教的僧人。"

赵大爷问他："哪儿来的？传的什么教？"

菩提达摩回答："从印度来，来传佛教。"

赵大爷就说："你到哪儿去落脚？如果路不熟，我们可以送你去。"

菩提达摩说："还没地方落脚，只准备先去羊城。据说路途不远，不用送。"

赵大爷说："你不知道，羊城还远着呢，你今天是走不到了。如果你不嫌弃我们穷人，可以先到我家住一晚上，明天再走。"

菩提达摩思忖片刻，点点头："谢过赵大爷。我们走吧。"

这样，菩提达摩就跟着赵大爷往村子里边走。他们边走边谈，通过交谈，知道这羊城广州是南朝的州府之地。这州府最富有的是官家，其次就是佛教的寺院和僧人，最穷的还是老百姓。菩提达摩就问："赵大爷，你说官家富有，这个我可以理解。你说佛教的僧人也很富有，我不太理解。他们持钵行乞，怎么就成了富有的人？"

赵大爷说："持钵行乞？没有看见过。我们这里的僧人从来不持钵行乞。他们住在官家盖好的寺院里，吃喝由官家供养。寺院里还有自己的田地，租给我们穷人来种。他们不也算是富人吗?”

菩提达摩明白了，这里的佛教僧人和印度的僧人们不同，基本生活条件很好。菩提达摩就说：“官家由百姓们供养，佛教的僧人由官家供养，说白了还是由老百姓供养。老百姓的负担太重了。”

赵大爷说：“羊毛出在羊身上，自古穷的是百姓。咱南朝早年信道教，到处都盖的是道观，到处都是道士和道姑。如今改信佛教了，到处修建寺院，到处都是和尚和尼姑。穷的还是老百姓。”

他们边走边聊，走进了村子。村子里的房舍一片片的，有高有低，夹着几条小街道。路上有行人和牛，溜着墙走的有狗，远处还能够看到鸭子和鸡。走进赵大爷家里，发现这是一个小院子。四面都有棚屋，围成了一个完整的小院落。一见来了外国人，家人都出来看稀罕。赵大爷一一向菩提达摩介绍，有赵大娘，有两个儿子和媳妇，孙子和孙女，还有一个姑娘排行老小未出嫁。全家人挤在这座小院子里，显得非常亲热和温暖。两个小孩远远看着他，不敢走近。菩提达摩双手合十向大家施礼：“我叫菩提达摩，是印度人。打扰大家了。”

晚饭是聚集在一起吃的，食物很简单，粗糙的米饭和一点小菜。赵大爷和两个儿子，陪着达摩坐在一张小桌前吃饭，其他人端着饭碗各自找地方，有坐门槛的，有坐台阶的，还有蹲着的。有聚有散，热热乎乎。达摩猜想，这就是中国最普通的农民生活了。

吃过晚饭，好客的赵大爷兴致很高，马上吩咐家人：“来了客人，没有好饭，可以喝茶。烧水泡茶，我和客人要说闲话，不能没有茶喝。”

赵大娘和两个儿媳妇，就张罗着烧水泡茶。达摩好奇心大发：“什么是茶？是不是一种汤？”

赵大爷乐了：“没有想到你这个外国人不懂得喝茶。茶不是饭，也不是汤，茶就是茶。——我这么说怎么这么费劲呢！”

大儿子凑过来：“我把这个茶字写出来给师父看。”

大儿子用手指蘸上水，就在小桌面上写，一边写一边讲：“上边先写一个草字头。一般以草字头开笔，都和植物有关。下边是一个人字。人字下边是一个木字。这就是茶字。人字下边为什么是木字？说明人要上树摘树叶子，这树叶子就是茶。用水煮一煮，就是茶了。”

达摩似琢磨明白了：“哦，把树叶子放在锅里煮，再喝煮树叶子的水，就是喝茶。”

赵大爷一拍手：“大差不差，是这个意思。”

达摩来了兴致，因为他还从来没有喝过茶，就感到新奇又新鲜。茶端过来，达摩先放在油灯下仔细观察，发现茶汤稍许发黑，颜色很重。用鼻子闻闻，有一股清香。喝一口尝尝，有淡淡的苦味，苦味里散发着一丝焦香；再喝几口下去，嗓子眼那里开始觉得甘甜；连着喝了几小碗之后，头上开始冒汗，浑身觉得舒坦。

达摩兴奋了：“好喝好喝！敢问大爷，你们为什么要喝茶？这里边一定有学问。”

赵大爷不免喜形于色：“算是你问对人了。我敢说就我们村子里，还没有人比我更懂喝茶。我喝了一辈子茶。我这个人，可以没有饭吃，但不能没有茶喝。你说这里边有学问，这学问大着呢。”

大儿子这时插话：“菩提达摩今晚你不要睡觉了，我爸说起喝茶来没完没了。我要先退场，去睡啦。”

达摩接话："我可以不睡觉的。大爷说话，我特别爱听。"

赵大爷挥挥手打发大儿子走开，说："不想听就走，别砸我的场子。菩提达摩是外国人，来中国走一趟，没有学会喝茶，就不能算来过中国。"

达摩连声应道："是是，我要学会喝茶。"

赵大爷来了兴致："先说说这树叶子。我们喝的茶就是树叶子做的……"

达摩插话问："这树叶子还要做吗？怎么做？"

赵大爷说："别打岔。树叶子当然要做，不做怎么变成茶？这个后边再说，先说说这树叶子。——我这是说到哪儿了？"

达摩提示道："在讲这树叶子和茶的关系。"

赵大爷说："茶是树叶子做的不假，但并不是所有的树叶子都可以拿来做茶。算下来，有几种树的叶子可以做茶，我们就叫茶树。茶分春茶和秋茶。春天的茶嫩，秋天的茶老。现在是秋天，咱们喝的是秋茶。春天的茶喝起来嫩香滋润，秋天的茶喝起来稍显苦涩一些。"

达摩用心聆听……

赵大爷说："喝茶的好处是什么呢？好处多多，明目、润肺、泻火、提神、调理肠胃。还有，广州人喝茶主要对付什么呢？咱们这里靠着南海，降水多，湿度大，喝茶可以祛湿。这才是最重要的。"

达摩扳着指头说："明目、润肺、泻火、提神、调理肠胃，还有祛湿。祛湿最重要。"

赵大娘走过来帮忙续水，打趣说："这个老头，没有饭吃发脾气，没有茶喝就骂人。"

赵大爷坦然地笑笑："是这样的。老太婆，打人不打脸，揭人不揭短，就你会砸我的场子。菩提达摩是外国人，给我留点脸面。"

达摩早已听懂了二人对话，于是说道："我知道什么是脸面，就是人的尊严。"

赵大娘临走时又说："菩提达摩，你大爷在我们家里最有尊严。现在我炒的茶都不喝了，只喝两个儿媳妇炒的茶。"

达摩瞪起双眼，一时听不懂赵大娘的话。赵大爷说："现在我给你讲如何做茶。我为什么不喝你大娘炒的茶？她人老了，气脉弱了，她炒的茶两个儿子可以喝。我年纪大了，我要喝儿媳妇炒的茶。"

达摩问："这有区别吗？"

赵大爷说："做茶其实很简单，但是要认真。把嫩生生的茶叶摘下来，最忌在太阳下晒，一晒就晒死了。要放在铁锅里炒。这就是炒茶，关键就是炒茶。"

达摩说："我听懂了，把锅烧热，把树叶放在锅里炒，就叫炒茶。"

赵大爷说："是这个理儿。炒茶很讲究，要炒均匀，就要用双手不断地翻腾，我们叫搓。锅是热的，茶是嫩的，伸着双手去搓着翻腾，人的气脉和气血是不是也炒进去了？"

达摩很吃惊，想想说："妙，妙。妙就妙在人的气脉和气血，这是炒茶的精妙之处。"

赵大爷说："看起来你个子大，脑子倒灵光。你听懂了。所以，小伙子们炒的茶气脉壮、气血旺，喝起来就壮阳补气；儿媳妇和姑娘们炒的茶阴柔绵长，喝起来就补阴滋养。老年人炒的茶平和，适合年轻人喝。我这么一说，你明白了吗？"

达摩越来越觉得新奇，就说："这才是喝茶的精华。我现在明白了，你不喝大娘炒的茶，专喝儿媳妇炒的茶，这其中大有道理在啊！"

赵大爷讲高兴了，眉飞色舞地说："不是我吹，就我们村子里，不论谁家的茶，我只要喝两口，立马就能品出来是谁炒的。全村男女老少都喝茶，能够喝到我这个份儿上的，还真没有。人家都叫我茶神。你今天能和茶神一起喝茶，也算你有福啦。"

达摩说："这就是缘分。"

赵大娘在一旁说："吹，又吹。吹够了没有？"

赵大爷嘿嘿笑着："吹够了。不是我爱吹，你也看见了，是菩提达摩爱听。"

赵大娘说："干了一天活儿，吹起来也不嫌累。吹够了去睡觉，明天还上地。菩提达摩也累了，早些睡吧。"

赵大爷起身，向达摩拱拱手说："谢谢菩提达摩。我说话没有人爱听，人老了讨人嫌弃。好久没有说得这么高兴了。"

躺下之后，达摩久久不能入睡，心思还在茶上边。中国人喝茶能够喝到如此神奇，让他吃惊。通过喝茶，把人的生存和植物的生存紧密联系起来，直接连接两种生命的内在关系，这和禅定是一个道理。菩提达摩得到了意外的收获。

这才是禅。禅在人的具体生活之中。

第二天一早，菩提达摩告别赵大爷一家人，继续向羊城广州进发。他发现越接近广州，看到的穷人越多。走进广州城，虽然街市繁华，但是也看到好多沿街乞讨的乞丐。这是一个贫富对比鲜明的世界。富人明显少，穷人明显多，这和印度的社会形态很相似。看起来人类不论在哪儿生活，众生都沦陷在苦难之中。

菩提达摩沿街寻问，找到了一处寺院，名为白云寺。只见这白云寺果然盖得不同寻常，高大威严甚至有点富丽堂皇，和周围的房舍相比，显出了几分高贵。达摩看到有三三两两的僧人进出，神情冷漠，与其他平民区别开来，高人一等。就在这时，达摩迈上台阶准备走向寺院大门，寺院里的钟声响起，达摩就停下脚步，站在高高的台阶上。接着，就听到从寺院里传出了一阵阵诵经声。这诵经声悠扬肃穆，好像一朵祥云飘扬在芸芸众生的头顶上。

菩提达摩心里一动，不再向寺院大门走去，回转身来，就站在高高的台阶上，开口大声说道："大家听到寺院里的钟声和诵经声了吗？非常动听。因为寺院里的僧人们有吃有喝衣食无忧。我知道你们都是终日辛劳的众生百姓，还有你们这些乞丐，你们整天烦恼，看不到生活的希望。没有人关心你们。官家不关心你们，寺院的僧人也不关心你们。难道这就是该有的命运吗？"

听到此番话，路人或驻足，或张望，少顷，便纷纷向菩提达摩围拢过来。达摩看着人多起来，于是又提高嗓门说："有一个人没有忘记你们，一直没有忘记你们的贫穷和烦恼，这个人就是我佛释迦牟尼。释迦牟尼佛认为众生平等，没有高低贵贱之分，都是生命。所有的生命都应该得到尊重。什么是佛教？佛教就是博爱和慈悲，替众生受苦，替众生受难。"

围观的人越来越多，众人不禁为菩提达摩的话感动。有胆大的人不禁上前问道："你是谁？你是从哪里来的？"

达摩双手合十，诚恳地说："我叫菩提达摩，是佛教第二十八祖。我从印度来，来到中国传教，为的是弘扬佛法，帮助你们这些苦难的众生。我一看到这高大的寺院，就明白他们以前没有把真正的佛教讲给你们。真正的佛教是为众生服务的。佛教不仅是官家和寺院的佛教，更是我们众生的佛教。”

达摩不过是实话实说，却已经是句句惊雷，说到了老百姓的心坎上。围观的人越来越多，菩提达摩就势讲下去，激起听众的一次次掌声，如同雷震。这就惊动了寺院的僧人，很快，寺院的住持带着僧人急匆匆走出来，挤进人群，径直走到菩提达摩面前。住持躬身问道：“敢问法师，果真是西天第二十八祖菩提达摩?”

达摩双手合十：“正是贫僧。”

住持殷勤地说：“不知道法师到此，有失远迎。恭请法师入寺休息。”

达摩说：“天下佛教是一家。我本来就是来投你们白云寺的，刚才说法也是即兴，也是缘分。”

达摩跟着住持走进寺院，只见寺院房舍错落有致，很是讲究。空地上栽着奇珍花木，达摩认出有番石榴树，有榕树，还有菩提树。一树带来一片风景，使寺院庄严之中又透着灵秀。这和印度僧人的生活截然不同，印度虽然也有著名的寺院，但是大多数僧人，在树林里、竹林里或者山里搭棚建屋，生活环境相对简朴，被称为精舍。更有许多沙门，迷恋苦修，被称作苦行僧，自觉自愿过忍饥挨饿的苦行日月，这成为众多僧人的一种追求和向往。

达摩跟着住持走进后院一处大殿。先上的是茶，达摩从赵大爷那里刚刚学会喝茶，就喝了一小碗。跟着是一场素宴，七大盘子八大碗摆满了桌案。达摩看着如此排场，心中不悦，随口就说：“请问法师，你们深居如此华美的寺院，难道就没有看到寺院外边流浪的乞丐吗？”

住持回答：“自然看得见，天天看到他们。”

达摩反问道：“那为什么不布施他们？”

住持说：“这是两码事儿。我们在做的是弘扬和发展佛教事业，没有工夫去做照看乞丐的这些小事情。”

达摩说：“心里有大事业，就可以不关心众生疾苦，那么这些大事业就会成借口和空谈。慢慢积累下来，这些佛教的大事业就会成为骗人的鬼话。看着这宴席，想想那些乞丐，我有罪恶感。”

白云寺住持红着脸低下头，无言以对。白云寺信奉佛教，自然以释迦牟尼为尊，更明白佛祖已经涅槃，佛教正宗传人菩提达摩祖师就是佛教领袖。如今菩提达摩开口批评和指责他们，他们不敢分辩，甚至也不敢有怨言。

进入白云寺，菩提达摩就觉得回到了佛教僧人们之中，全是自家人。菩提达摩继续说：“布施分三种：一是财布施，二是法布施，三是无畏布施。请问，你们这是什么布施？自己有吃有喝衣食无忧，整天敲钟诵经，却不关心众生疾苦，还敲这钟念这经干什么呢？这不成摆设、成演戏了吗？”

大殿里一片死寂。菩提达摩感到了大家的难堪，就说：“我不是在难为你们，我说的是心里话。既然这饭做好了，不吃就是浪费。感谢你们，我吃一钵。大家分分吃了吧。”

紧张的气氛终于缓和下来。吃过饭，白云寺住持大着胆子提出来：“菩提达摩祖师在上，我代表白云寺所有僧人，恳请您说法讲经。既然您走到了白云寺，也让我们有幸得到您的教诲。”

达摩一口答应："我应该为你们说法讲经，这是我的责任和义务。这样吧，今天休息，我熟悉一下环境，明天开始说法讲经。不过我有一个要求，等说法讲经以后会告诉你们，也希望你们能够答应。"

住持忙说："答应答应。菩提达摩祖师，其实我们都是您的弟子，您让我们干什么，我们就干什么。"

第二天钟声响过，大殿里坐满了僧人。菩提达摩盘腿坐在讲坛上，准备说法讲经。

他先手举着几张纸晃了晃，说："今天我为你们讲《二入四行论》。昨天夜里，我已经把经文抄录下来，方便你们以后传阅。今天我不想照着经文的字面讲，担心大家听不懂。说法讲经是为了让人家听懂，不是卖弄学问。来中国之前，我在大海上漂了三年多时间。这三年里我一直在想，我到中国来传佛教，如何说法讲经？不瞒你们，我也很困惑。我学中文时间很长了，可以说已经会说会写，但毕竟不是我的母语，肯定有一些障碍。我说的中文，你们听起来会很吃力吧？这是一个问题。还有另一个问题，佛教的领袖，从佛祖释迦牟尼一直到二十八祖的我，大多博览群书，比如我自己，从小到大生活在王宫，泡在藏书阁里，通读了佛教经典。当然也有个别祖师，比如我的师父第二十七祖般若多罗，从小没有读过多少书，但是这不妨碍他对佛教教义的理解和领悟，许多的佛理精要，是他传授我的。他就使用另一种语言方式，也就是众生平时说的大白话，更加容易让人理解。比如他给我讲众生，就说众生都是佛，众生平等。一句话就讲明白了，而且很生动，听了就能牢记在心。于是，我发现一个问题，佛经大都是有学问的佛祖和祖师们写下来的，却要讲给许多没有学问甚至是文盲听，这中间就有了一个障碍。这就叫作学问的不平等，也可以叫作文化的不平等。”

菩提达摩停顿一下，继续说：“学问的不平等，文化的不平等，并不代表佛性和慧根的不平等。所以，没有学问、没有文化的僧人，不要自卑，不要有顾虑，这不能怪你们。如果我说法讲经你们听不懂，不是你们听不懂，不怪你们，而是我不会讲，要怪我。”

菩提达摩开始进入正题：“我上岸以后，遇到了一位老农民叫赵大爷。他教我如何喝茶，并给我讲喝茶的学问。喝茶本来是大学问，这是人的生命和植物的生命发生联系，又互为作用相互补充。这么深刻的学问，他几句话就讲明白了。他说喝茶能够明目、润肺、泻火、提神，还能够调理肠胃。广州人喝茶，主要是祛湿。他接着给我讲炒茶，人的气脉和气血随着热锅和双手翻腾着搓茶，已经炒进了茶里。什么样的人喝什么样的茶就会有不同的效果。这一下我明白了，说法和讲经也要像赵大爷讲茶一样，浅显易懂。我今天就尝试着用大白话来说法讲经，能记的记下来，记不下来也没关系，听听就好。其实佛经主要是心传，说法讲经并没有那么重要。”

在场的僧人谁也没有想到，菩提达摩祖师如此高贵的身份，却是如此平易近人，说话随和如同和人拉家常。大殿里静悄悄没有任何杂音。僧人们聚精会神，完全进入了菩提达摩的气场。

菩提达摩说：“现在我正式讲《二入四行论》。先讲二入，一是理入，二是行入。什么是理入？理就是道理。什么道理？佛祖和祖师们讲的佛理。因为佛祖和祖师们都是大德高僧，对于佛教领悟透彻，积累了经验和感受，还有自己的发现和创造，写下来就成了佛理。我们学习这些佛理，需要深刻领会，万一哪一天哪一会儿，弄懂了一句话或者几个字，我们就得道了。从学习佛理进入修行，这就叫理入。”

菩提达摩再次把那几张纸在眼前晃晃说：“这上面有几句很关键，我在这里读一下。藉教悟宗。凝心壁观。无自无他，凡圣等一。无有分别，寂然无为。这几句书面语言是关键词语，过后你们可以抄录，也可以一起讨论。”

菩提达摩观察僧人们的反应，效果甚好，就说：“我看你们都听懂了，这很好，说明赵大爷教会了我说大白话。”

僧人中竟然传出笑声。菩提达摩说：“想笑就放声笑，不要拘谨自己，听不懂也可以当面问我。咱们都是僧人，平等说话。”

僧人们可能从来没有听过如此深入浅出的说法和讲经，纷纷交头接耳，气氛活跃起来。菩提达摩也不急着往下讲，他要给僧众留下理解和消化的时间。

少顷，菩提达摩接着往下讲：“现在我们开始进入行入。行入比理入更加重要，理入是纲要，行入要落实。行入分为四行，我现在讲第一行，叫报怨行。记着，第一行叫报怨行。什么是报怨行？就是我们修行之人，如果受苦受难，不要有怨言。我们本来从往昔的无数劫中托生而来，我们的前生也许四处流浪、作恶多端，起多怨憎，危害无数。虽然我们今生没有作恶，宿殃果熟，就如同果实熟了一样。所以呢，我们应该甘心承受，逢苦不忧、无怨。这就叫作报怨行。听懂了吗？”

有僧人站起来回答：“听懂了，特别好懂。”

菩提达摩摆摆手，示意这个僧人坐下，接着说：“现在讲第二行。行入的第二行叫随缘行。什么叫随缘行呢？一个修行人，心里是众生，并没有自己。所有发生的好事和坏事，苦也好乐也好，苦乐齐受，这都是缘分。如果得到荣誉呀，名声呀，利益呀，也是因为种的因起的作用。今天得果，不算什么。缘分尽了又没有了。何喜之有呢？用不着空欢喜。这就说明白了，受苦受难没有什么，得名得利也没有什么。得失从缘，心无增减，喜风不动，冥顺于道。这就是随缘行。”

菩提达摩目光逡巡，他发现中国僧人的理解力不弱，于是接着往下讲：“现在我们讲行入的第三行，叫无所求行。这个第三行也比较好理解。世人常迷迷糊糊，处处贪一些名誉呀荣誉呀追求这些虚荣。真正的智者呢，追求的是真理，从来不把这些虚荣当回事，不在乎这些虚荣。反而心安心无为，形随运转，来什么就是什么，这就是万有斯空。反正都是空的，无所谓愿乐。因为功德这东西如同黑暗迷糊我的眼睛，如果经常追逐这些黑暗中的功德，三界久居，就如同坐在火宅里困苦而危险。有身得苦，谁能够在火宅里得到安乐呢？明白了这个道理，就放平心态，不再追求这些欲望和荣誉。俗话讲，有求皆苦，无求皆乐也。讲的就是这个意思。无求真为才是修行的本分。——我看看大家的反应，越听越明白了。”

菩提达摩不疾不徐地接着讲：“最后我来讲第四行。行入的第四行叫称法行。什么是法？就是我们全都明白的道理，不应该做的事情不做，不应该说的话不说。严于律己，严格约束自我。无染无着，无此无彼。法无众生，在法面前，人人平等。法无有我，也可以叫有法无我。智者，也就是追求真理的人，应该自觉自愿依法而行。法是什么？如同绳子，自己将自己捆绑起来，不乱说乱动，不做坏事。这就是真正的菩提之道。为除心中妄想，而无所行。这就叫法行。听明白了吗？”

菩提达摩讲过理入和行入，《二入四行论》就讲完了。在场僧人暂无动静，似乎还沉浸在听讲的氛围中，久久回味……忽然，有僧人哭出声来，抽抽搭搭的，弄出动静。菩提达摩并没有用目光去寻找这个哭泣的僧人，他直视着前方，目光深邃，平静地说道：“这是听明白了。心里边难受，能够哭出来，就说明悟道了。”

白云寺住持站出来，向菩提达摩表示谢意。住持说：“达摩祖师今天说法讲经格外不同，深入浅出，我们全都听懂了。达摩祖师开讲之前，对我们有要求，我一直还记着。不妨达摩祖师一并提出来，我们一并执行。”

菩提达摩说：“我本来想对你们住持私下里单独讲，现在公开在大家面前讲出来也好。我在开讲之前说过，我讲过《二入四行论》以后，会提出我的一个要求。现在我就提出来，你们如果认我这个法师，从明天开始，白云寺要在寺院外边广场上设下粥棚，先供奉乞丐们喝粥。这就是最好的行入。请住持法师分派僧众，谁人煮粥，谁人分粥，谁人搭棚，谁人维持广场秩序，可以一一安排。从今往后，这白云寺粥棚常设不动，如何？”

众僧人纷纷叫好。住持说：“达摩祖师在上，您的要求，弟子一定照办。只是这粥棚一开，要开到何年何月？寺院里毕竟财粮有限，将来万一供奉不起怎么办？请祖师明示。”

闻听此言，菩提达摩忍不住哈哈笑起来：“这真是笑话。粥棚未开，先顾虑重重将来供奉不起怎么办？乞丐们如今就没有饭吃，这些乞丐怎么办？两相比较，谁是众生？谁是自我？”

菩提达摩的这番话让住持无地自容……

菩提达摩话头一转：“不过，你是白云寺住持，你的顾虑也是为白云寺着想，并不是为了你自己。我想是这样，官家既然供养你们，你们还可以照收不误，然后转手供养乞丐们可好？万一将来粥棚无米下锅开不下去了，那就关了嘛。住持带着众僧持钵行乞，这有什么困难？我不是开玩笑，我不了解中国的僧人，在印度释迦牟尼佛经常带着僧人持钵行乞。我在印度完全以持钵行乞为生。这持钵行乞不是简单的要饭吃，是我们和众生重要的一种特别联系。这是我们僧人的功课。没有持钵行乞过的僧人，就不是真正的僧人。”

菩提达摩如此讲话，大家如梦方醒。住持大和尚也赶快谢恩。于是，住持马上行动起来，分派僧人各司其职，天黑时就搭起了粥棚。第二天粥棚开张，住持还找来一块长条红布，请菩提达摩题写了“众生粥棚”四个大字，悬挂在粥棚上。

众生粥棚一开张，就吸引了广州城里众多乞丐，纷纷赶来吃粥，热闹非凡。一传十，十传百，很快就轰动了羊城广州。好像谁都知道，来了西天二十八祖菩提达摩，菩提达摩在白云寺说法讲经之后，寺院就开了粥棚，供养乞丐。

广州来了活菩萨，动静闹得越来越大，这就自然惊动了官家。官差一级一级向上汇报，最终报给了广州刺史萧昂。

萧昂追问官差：“弄明白了？真的来了西天二十八祖？”

官差据实相报：“是的，西天二十八祖名叫菩提达摩。”

萧昂不相信这是真的：“真的来了？还说法讲经？”

官差回答：“昨天开始说法讲经，讲的是《二入四行论》。讲经结束后白云寺就开了粥棚。”

如今南朝上下正在大兴佛教，西天二十八祖菩提达摩到达广州开坛讲经，这是惊天动地的大事。萧昂为了确认，亲自带着官差，来到白云寺广场，目睹“众生粥棚”的招牌如旗帜迎风招展，乞丐们来来往往川流不息，欢天喜地，热闹异常。

广州刺史萧昂心里一动，便走进了白云寺，他要拜见菩提达摩。早有人通报寺院住持，住持迎出来，前边带路，走进后院大殿来拜见菩提达摩。这时菩提达摩正在喝茶。

萧昂先行施礼：“拜见菩提达摩祖师，在下广州刺史萧昂。不知菩提达摩祖师远道而来，失礼，失礼。”

菩提达摩听不明白，就问别人：“为什么失礼？”

萧昂这才想起来面对的是外国人，有语言上的障碍，马上补充说：“没有远迎，是为失礼。”

菩提达摩这下听懂了，就说：“我自愿来中国传教，并没有联系官家，官家并没有失礼。”

达摩祖师竟如此随和，萧昂不禁内心喜悦，便说：“现在就请菩提达摩祖师移步州府，也让我萧昂尽尽地主之谊。”

菩提达摩听明白了字面意思，并不很理解实际用意，把求助的目光投向了住持：“为什么要移步州府？地主之谊在哪里？”

住持上前，在达摩耳边说道：“刺史大人看到你高兴，想请你去他的州府做客吃饭。”

萧昂隐约听到住持的耳语，急忙补充解释：“接风接风，就是接风。”

菩提达摩连忙摆手说：“出家人没有虚礼，不吃饭也不移步。我是传教僧人，住在白云寺就很好，但不会长住。我还要去慧远法师创办的庐山东林寺看看。”

萧昂也不敢强请，连连施礼。告别达摩祖师以后，萧昂马上交代住持：“西天二十八祖菩提达摩来到广州，这是广州百姓的荣幸，也是天大的喜事。你一定要留住达摩祖师，千万不要让他离开。去什么庐山？我回去就向皇帝奏报，八百里快马加急相传，听候皇帝旨意。”

白云寺住持也明白事情闹大了，赶紧点头答应：“刺史大人放心，我知道轻重，一定尽力挽留。”

萧昂强调说：“你要记住，不是让你尽力，这是命令。官府常年供养你们，养兵千日用兵一时，没有我的命令，菩提达摩祖师不准离开白云寺半步。另外，我也会派兵看守，保护菩提达摩祖师的安全。”

送走萧昂刺史，白云寺住持站在原地，久久不动。他已经明白，这就等于刺史向白云寺下达了命令，要看住菩提达摩，不准他离开。然后由刺史请来圣旨，再来安排达摩祖师的行程。住持大和尚心里又惊又喜，喜的是达摩祖师光临白云寺，白云寺这就有了功德；惊的是刺史命令他看住达摩祖师，这和看住犯人有什么不同？他自然不敢将实话告诉菩提达摩，只好殷勤侍奉达摩祖师，静等皇帝消息。

而菩提达摩并不知道这些盘外之招，只觉得送走广州刺史，落得了清静。他准备接下来教习僧人们呼吸，只有学会了呼吸，才能够学习禅坐。虽然没有准备在这里长住，但他还是想教会僧人们一些心法，帮助僧人们开悟。

二 金陵的有和无

南朝原来信奉道教。道教源自老子，一直被尊为国教。自从梁武帝登基以后，由于梁武帝信奉佛教，一纸诏文传遍全国，举国上下改信佛教。那时候佛教从印度传来，正值兴盛，改信佛教的人很多，信奉佛教也成为一种时尚。

梁武帝登基以后，开始大兴佛事。一是招揽大德高僧前来传教和讲经说法，直接任命许多大德高僧为各大寺院住持法师。二是以举国之力修建寺院，仅京城金陵就修建寺院四百八十座；又为各大寺院修铸佛像，攀比之风兴起。有刻石的，有铸铜的，还有鎏金的，应有尽有。不仅如此，皇帝还经常亲自礼佛，参加法会。朝中大臣和王公贵族们，都叫梁武帝为“菩萨皇帝”。梁武帝也特别喜欢这个称呼，也常常以菩萨皇帝自居。

在众多大德高僧之中，梁武帝特别看重宝志法师。宝志法师来自北朝，据说天生异禀，可谓神童。少年跟随印度来传教的僧人学习佛教，道行深厚，不仅能够解释各种经文和佛理，自己还能够禅坐。大概菩提达摩来到中国之前，修行佛教之人以能够禅坐为最高境界。

梁武帝把宝志法师召来，亲自在皇宫接见了他。梁武帝当廷向他发问：“谁是我佛?”

宝志法师回答：“我佛释迦牟尼。”

梁武帝问：“我是何人？”

宝志法师回答：“您是菩萨皇帝，恩惠梁朝众生。”

梁武帝问：“学佛之人从何入道？”

宝志法师答：“学佛之人先学佛理，佛经洋洋数百卷，字字珠玑。”

梁武帝继续发问：“学佛之人从何入门？”

宝志法师回答：“先拜师父，在师父的指导下先学习呼吸，然后进入禅坐的最高境界。”

梁武帝问：“众多僧人，学佛以后果报是什么？”

宝志法师答：“永远跳出生死轮回之苦海，成仙成佛，从此进入西方极乐世界。”

梁武帝说：“耳听是虚，眼见为实。宝志法师能否现场进入禅坐，为我们示范？”

宝志法师答应：“菩萨皇帝有旨，宝志自然遵从。”

就在皇宫的别院里，梁武帝经常念经礼佛的地方，宝志法师点香礼佛，然后盘腿而坐，双手合十，闭上双眼，进入禅定。这一入关，不吃不喝，一动不动，就是二七一十四天。梁武帝几乎每天都来别院看望宝志法师。一直到出关这一天，宝志法师睁开双眼，起身向梁武帝施礼，有说有笑神态自若。这就把梁武帝征服了，梁武帝从此拜宝志法师为师兄，一起切磋佛理。宝志法师从此成了御用法师。

这几天宝志法师出外游化，梁武帝正在想念他，忽然有人来报，西天第二十八祖菩提达摩来到广州。梁武帝已看过侄儿萧昂奏报，不由得欣喜若狂，真是祥瑞吉照，就说：“西天第二十八祖菩提达摩来到我大梁，这是我大梁的福报。”

梁武帝立即下旨，邀请菩提达摩前来京城金陵。圣旨一出，御史派出八百里加急，飞马直奔广州。梁武帝思忖一下，又派人去寻宝志法师，让他速速回到京城，接待菩提达摩。

广州刺史萧昂奏报，梁武帝下旨邀请菩提达摩进京金陵，所有发生的这些事情完全瞒着菩提达摩。菩提达摩稳坐白云寺，寺院外边广场正开着粥棚，他在寺院内接待一批又一批信众。众生粥棚一开，成了广州城内爆炸性新闻和传说，几乎人人都知道西天二十八祖菩提达摩来到了白云寺。中国人喜欢迷信和起哄，于是百姓一拨又一拨向白云寺拥来。有人来给达摩祖师烧香磕头希求平安，有人来开光，有人来只为瞻仰达摩祖师。活佛来到了白云寺，产生了空前的号召力。

这天白云寺来了一位特殊的客人，赵大爷带着干粮专程赶来白云寺一探究竟。当看见面前的菩提达摩，赵大爷连忙下跪准备磕头，被菩提达摩隔空伸手托起来，赵大爷怎么也跪不下去。赵大爷也不明白为什么，索性也不再跪，看着菩提达摩一直嘿嘿笑着说："我就是想来看看，是不是你。"

达摩走过来，扶着赵大爷坐下说："就是我，大爷你没有看错。"

赵大爷说："大家传得有鼻子有眼，我越听越像你。你大娘也高兴了，就让我进城看看真假，还真是你啊。"

达摩微微一笑："本来就是我。"

赵大爷问："菩提达摩呀，你真是西天二十八祖？"

达摩平静地说："那只是一个虚名。"

赵大爷歪着头盯着眼前的人："你真是活菩萨？"

达摩说："大爷，你说笑了。"

赵大爷无论如何也不相信这是真的，又说：“菩提达摩，你下船以后刚到广州就遇到了我。我带你回家，你到中国的第一个晚上就住在我家啊！”

赵大爷由于激动，声音高亢，引来僧人和信众纷纷注目。菩提达摩说：“是啊，我第一天晚上就住在你家里，在你家吃的饭，还向你学会了喝茶。佛家讲缘分。这就是缘分。”

赵大爷说：“谁说不是呢！我还教会了你喝茶。”

达摩诚恳地说：“你不但教会了我喝茶，还给我讲了许多制茶和炒茶的道理。赵大爷，如果论喝茶，你是我师父。我永远不会忘记。”

赵大爷兴奋得不知道说什么好：“是的，是的，你喝茶确实是我教的，可是我不敢自称师父……”

达摩说：“赵大爷，你是茶神啊。”

赵大爷一下子惊呆了，忽然大叫着转圈儿：“我是茶神，我是茶神！大家听到了吗？达摩祖师亲口说我是茶神！”

从此以后，赵大爷就成了茶神。广州人口口相传，有一个茶神叫赵大爷……

皇帝的圣旨很快到了广州。广州刺史萧昂不敢怠慢，手捧圣旨立刻带着官差来到了白云寺。圣旨一到，白云寺僧众和信众跪倒在地，黑压压一片。菩提达摩没有看到过这种阵仗，自然觉得奇怪。经过寺院住持解释，这才明白皇帝下旨要他进京去面圣。

菩提达摩看看住持大和尚，再看看刺史萧昂，再看看圣旨，再看看众多的僧人和信众，一时不知所措。菩提达摩小心地问：“皇帝下达这么一块写字的黄布，就是圣旨吗？他让我进京面圣，我就必须要去吗？”

住持大和尚连忙讲："那是自然，必须去。皇帝金口一开，不能够儿戏。全天下的子民，必须遵从。再说皇帝请你，这是天大的荣耀啊。"

刺史萧昂伸手示意住持大和尚不要再讲下去，他忽然意识到菩提达摩是外国人，需要对他讲清楚道理，于是上前说："普天之下，莫非王土。皇帝是真龙天子，金口一开，就是皇令。你虽然是外国人，既然来到中国，在我梁朝就要入乡随俗，遵循我梁朝礼俗。你不仅要进京，还得马上起程，不敢迟延。如果迟延就如同怠慢皇令，万万不可，否则后果严重，你将无立锥之地。因为你是外国人，我才这么详细讲给你听。不知道下官讲明白了吗?"

菩提达摩点点头："我听明白了。请原谅我不懂得中国规矩。我并不是不想去，没有抗拒皇令的意思。我只是想问明白。其实我很想去，想见见这位梁朝皇帝。"

知晓了菩提达摩的所思所想，刺史萧昂又高兴起来，补充说："全怪我们没有说清楚，不知者不罪。请达摩祖师谅解。"

菩提达摩知道需要马上起程，就说："请你们稍候一下，我去拿来行李，咱们就走。"

皇帝下了圣旨，要接达摩祖师进京面圣，消息如同一阵风吹起来，全城的人都知道菩提达摩要走，纷纷出来相送，人山人海。菩提达摩在白云寺广场坐上马车，环视着簇拥而至的众生，不住地合掌施礼。这一刻他万分感动，众生最知道感恩，只要你为众生做过一件事情，众生就会感谢你。在这一点上，天下众生不分种族，不分国家，心心相印。

马车驶出广州城，行进在田野中间。南国山水秀丽，风景如画。菩提达摩开始整理自己的思绪……和印度明显不同的是，中国人信奉王权，远远超过宗教。王权支持宗教，宗教才能够生存和发展。宗教依附于王权，才有生存和发展的空间。但是，菩提达摩自己信奉的佛教，是独立于王权，甚至超越王权的。那么佛教在中国如何发展？依附于王权，就严重丧失了独立的精神和信仰。和王权对立，就会产生矛盾和麻烦。确实是一个崭新的问题。菩提达摩原来准备，只在广州逗留一下，如果有时间，就去庐山东林寺。自己的两个弟子灭度在东林寺，他想去看看。然后过江，直奔北朝。师父有交代，魏朝才是目的地，因为魏朝才是中国的文化中心。如今看来，先去庐山东林寺已经没有可能，只能先到京城金陵，面圣以后重新安排行程。

菩提达摩一行人走走停停，白天行进在田野之间，夜晚宿营驿站。沿途各地接待殷勤周到。前边有皇旗开路，后面有车马相拥，一行人浩浩荡荡奔向金陵。

菩提达摩沿途虽然被前呼后拥，但他冷眼旁观，还是看到了许多矮小破旧的房屋和村庄，田野里辛勤劳动的农民，大路上衣着破烂的穷人。梳理出来，已经对梁朝进行了概括，表面繁荣，平民百姓仍然生活在疾苦之中。

经过长途奔波，终于远远看到金陵城了。马车驶至一处高坡，御史建议停下来，远观一下京城的风景。在御史的指引下，菩提达摩看到了晴空之下，金陵城依偎着浩渺的长江，城里城外，群山起伏，多湖萦绕，山水画卷非常美丽。特别是那巍峨起伏的钟山，如同一条巨龙盘踞在此，显出了首都金陵的王者气象。

菩提达摩忍不住点头称赞：“好地方，好风光。”

菩提达摩进城这天，正是十一月一日。他九月二十一日到达广州，距今一个月有余……

菩提达摩怎么也没有想到，梁武帝萧衍会带着满朝文武大臣出城迎接。文武大臣列队两旁，后边拥着的才是看热闹的金陵市民。谁都盼望一睹西天二十八祖的风采。人潮拥挤，街道被挤得很瘦。菩提达摩一行走进城门时，礼炮声轰隆隆响起。菩提达摩看到如此豪华的欢迎仪式，也不敢再坐在马车上，立马走下马车，一边步行一边向众人双手合十施礼。他远远看见皇辇，就径直走向梁武帝。梁武帝乘坐在皇辇之上，菩提达摩双手合十说："陛下亲自迎接，贫僧万分惶恐不安，感激不尽。"

梁武帝也从皇辇上下来，向菩提达摩拱手："在此恭迎法师，这是我的福分。"

这时候礼炮声止，鼓乐奏鸣，满朝文武大臣齐声欢呼："欢迎祖师，欢迎菩提达摩。"

梁武帝直接牵着菩提达摩的手，反身走上皇辇，一路前行，接受沿街人群的欢呼。菩提达摩由此看出来，梁武帝确实是一位信奉佛教的皇帝。

梁武帝先是安排御史陪同达摩祖师参观金陵寺院，待明天早朝，皇帝亲自在朝堂正式接见达摩祖师。

梁武帝如此隆重安排，自有深意。他知道天下佛教信奉佛祖释迦牟尼，只是释迦牟尼佛已经涅槃西天，甚至二十七祖以上的祖师也已经涅槃西天，如今现世的也只有菩提达摩祖师了。如果来人果真是第二十八祖菩提达摩，他可是释迦牟尼佛正宗传人。如今能够来到金陵，真正是大福报。于是，他愿意以国礼来迎接菩提达摩。

前有御史引路，菩提达摩乘坐的皇辇继续前行，挨个参观金陵寺院。

由于梁武帝事先巧妙安排，各个寺院接待风格不同。有僧众列队欢迎的，有正在诵经的，有敲钟后打坐的，欢迎方式各不相同。但是，在菩提达摩看来，基本方式方法一致，由皇家亲自安排寺院执行。各个寺院都盖得分外豪华，甚至有几所近似皇宫一般。由于寺院完全是皇家供养，僧众也千人一面，服装整齐划一，一个个寺院如同演戏一样。菩提达摩眼尖，几乎在每个寺院都看到了，有单独划出来的大殿供奉着菩萨皇帝的画像，僧众专人念经祈福梁武帝这位菩萨皇帝长生不老，万寿无疆。再去想梁朝的众生疾苦，菩提达摩暗暗心惊肉跳，觉得有些荒唐。

于是，菩提达摩参观寺院时，只是双手合十，频频还礼之外，没有多说一句话。走到任何寺院，菩提达摩都面无表情，不喜不忧，平静如水，如同没有来过、没有看过一样。天黑后，御史把达摩祖师送到客栈歇息后，赶忙回宫向皇上报告。

听过报告，梁武帝问："你们一个下午，没有听到达摩祖师说一句话?"

御史如实禀报："没有，确实没有。"

梁武帝又问："他的表情如何？是被我们这皇家寺院吓着了，还是惊着了?"

丞相在一旁说："和我们梁朝相比，印度算是一个穷地方。释迦牟尼佛当年也只是住精舍，并没有住过皇家寺院。我想我们皇家寺院的气派可能是镇住了达摩祖师。"

一个御史说："香至国也只是一个小国家，肯定不会有这么多的皇家寺院。"

梁武帝思忖片刻："说，你们继续说。"

一个御史说：“自从和皇上分手以后，他就再没有说过一句话。看了这么多的寺院，脸上没有任何表情。这是为什么呢？是不是哪儿出了问题？”

另一个御史附和说：“反正不太正常。”

丞相大人说：“我想到了，但不敢说。”

梁武帝说：“但说无妨，恕你无罪。”

丞相大人说：“有没有一种可能，来中国传教的印度僧人无数，是不是有人冒充菩提达摩？”

梁武帝说：“你的意思是……这个菩提达摩不是真的？”

丞相小心地说：“我不敢说，只是心里怀疑。”

梁武帝说：“怀疑无罪，反正也没有证明。如果这个菩提达摩真是一个假家伙，咱们梁朝这回丢人可是丢大了。”

丞相说：“也没有啥。我们梁朝信奉佛教可是真的。”

梁武帝也说：“说得好。梁朝信奉佛教是不欺人的，这就和菩提达摩真假没有关系。不过你们放心，明日朝堂之上，真假一试便知。我就不信了，一个假家伙，敢闯我们南朝的朝堂。”

菩提达摩入住客栈后，才得以安定下来。

他从广州一路前行，进入京城金陵。意料之外的是，梁武帝竟然弄出这么大的声势阵仗，欢迎和接待他。这也说明，梁武帝信奉佛教是诚恳的，是出自内心的。但是，王权毕竟是王权，王权信奉的宗教都是要为自己服务的，是为自己王权的利益服务的。印度的王权其实也是这样，只不过从来不明着说出来。中国的王权明火执仗，倒也光明磊落。使菩提达摩惊异的是，梁朝京城竟然建立了四百八十所寺院，供养成千上万的僧人。皇帝化身佛菩萨，让信众为自己烧香磕头，发愿祈福，确实有点荒诞。信奉佛教本来是清苦的修行，清洁的精神，弄成这般杂耍演戏一样，菩提达摩不禁暗自苦笑。因为他没有能力改变这一切。如果拨乱反正，不知道从何下手。

那就喝茶。达摩对自己说。房间里已备好茶叶茶碗，还有烧水的用具。几口茶水下肚，达摩感到了舒坦。他觉得此次来中国，最大的收获是学会了喝茶。他觉得喝茶非常神奇。他喝几口茶水，咬住一枚茶叶品尝，马上就联想到了茶树，再追着品味，似乎品到了树叶上边的清风和阳光，甚至夜晚的月色和露珠。

达摩的内心渐渐平和下来。他明白他并没有能力改变这个世界，却有能力为众生服务。为众生服务，永远是他的目标。

明日朝堂上不会安宁。他有预感。他忽然想起来中国老百姓的一句大白话："猪是猪，羊是羊，猪毛贴不到羊身上。"看缘分吧。他这样想。

达摩和衣躺下，但又觉得不舒服，重新坐起来，双手合十，盘腿而坐，闭上双眼。他更加习惯这样休息。就在刚刚入定时，他似乎感受到有一双眼睛，在远处观望着他，并且是一双水汪汪的女人的大眼睛。他闭着眼定神去看，又恍恍惚惚。他想起来了，这双眼睛闪闪烁烁一个多月来一直观望着他。他觉得奇怪，这会是谁的眼睛，这般明亮，却又捕捉不住？就慢慢带着这双眼睛进入了梦乡。

第二天早朝，梁武帝起了个大早，稳坐在龙椅上，等待着菩提达摩的到来。满朝文武分列两旁，大家挤眉弄眼，悄悄私语。因为人言可畏，从昨天夜里真假菩提达摩的话题传出来，就引起了大臣们的议论纷纷。有自恃学问的大臣跃跃欲试，已经打着腹稿，准备在今天的朝堂上舌战菩提达摩。

菩提达摩被领进大殿时，天刚放亮。菩提达摩神态异常平静。他仰视着坐在龙椅上的梁武帝，双手合十，先行施礼，然后又转身左右，向文武大臣们施礼。他非常明白，在这朝堂之上，除了皇上，没有其他人的座位。他就再退两步，站在两列文武大臣们中间，等待着发问。

先行开口的是一个尚书："请问达摩祖师，佛教经典到底有多少卷？"

菩提达摩回答："一般说法凡六百卷，并不精确。"

尚书又问："据说达摩祖师出家以前是香至国的三王子，从小泡在藏书阁里，读过所有的佛教经典吗？"

菩提达摩回答："大都读过。少年时心智未开，感悟不深。"

尚书说："那就是说面面俱到，而一知半解了？"

菩提达摩点点头："基本是这样。"

一个老臣站出来问："我们也读佛经，经常礼佛，可是佛到底在哪里，我一直看不见啊。"

菩提达摩回答："佛在我心。"

老臣追问："心又在哪里？"

菩提达摩回答："心在我佛。心外无佛，佛外无心。"

一个武官说："这不是说废话吗？绕来绕去，我都听糊涂了。"

丞相这时站出来说："不得无礼。敢问达摩祖师，你说你是佛教第二十八祖，是谁传你的第二十八祖？"

菩提达摩回答："我师父二十七祖般若多罗传承于我。"

丞相问："第二十七祖般若多罗现在何处？他传你有没有文告？"

菩提达摩回答："我师二十七祖已经灭度，传我衣钵没有文告。"

一个武官说：“这不是死无对证嘛。”

菩提达摩点头：“是的，没有证人。”

丞相发问：“我也读佛经，但一知半解，希望达摩祖师不要见笑。没有文告，只传衣钵，也许是佛教传承的特殊方式。敢问祖师有没有法证，也就是信物？”

菩提达摩说：“我佛法证一般不宜传看。如若你们实在要证明什么，我穿上便是。”

于是，菩提达摩当场把随身带着的袈裟穿在身上。大家围过来观看，左瞅瞅右瞧瞧，看不出多讲究多豪华，毕竟时代久远，已经很旧了，和皇帝的龙袍更无法相比，甚至比大臣们的华丽朝服也好不到哪里去……

菩提达摩解释说：“不到法会和佛节，我也很少穿。衣钵相传一千多年，二十多代祖师传下来，确实很陈旧了，让官家们见笑了。”

说完，菩提达摩当堂脱下袈裟，认真地将袈裟叠起来，用外布包好，又挎在了肩上……

梁武帝开口了。皇上一开口，全场静默。梁武帝问：“达摩祖师既然为第二十八祖，万人仰慕，如今来我中国传教，不知道带来多少卷佛经？”

菩提达摩回答：“并未带来一卷佛经，也可以说一字未带。”

此语一出，朝堂哗然。一个来传教的佛教祖师没有带来一卷经书，自称连一字也没有带来，那么来传什么教？来念什么经？再看达摩祖师这副尊容：胡子比别人的头发长，眼睛比鸡蛋大，又脏不拉唧，人高马大倒像是一个野莽汉子。大家开始怀疑，难道这真是一个假家伙？

梁武帝说：“别的就不说了，自我登基以来，建造寺院，供养僧人成千上万，以举国之力弘扬佛法。请问达摩祖师，我这么做，在你看来这算什么功德?”

堂上文武百官齐刷刷看向菩提达摩，听他如何回答。谁也没有想到，达摩祖师平淡地回答：“没有功德。”

这还了得！敢这么轻视皇上，戏弄真龙天子！这是犯了大忌！

朝堂上的气氛一时紧张，文武大臣抬眼看皇上，只见梁武帝已经天颜暴怒。皇上大声追问：“我盖寺院无数，供养僧人无数，你敢说我无有功德?”

菩提达摩好像并不为所动，仍然平静地说：“无有功德。”

梁武帝接连受辱之后，怒形于色：“达摩祖师，我也是读过佛经的，我来问你，何为圣谛第一义?”

谁料想，菩提达摩说话更加难听：“廓然无圣。”

梁武帝已经失态，又大声说：“既然本无圣谛，我非圣人，也无圣言。那么请问，此时在我面前站着的这个你，又是谁呢？这个你总应该能够回答我吧?”

菩提达摩平淡无奇地回答：“我自不识。”

梁武帝狂笑：“你不认识你自己?”

菩提达摩仍然说：“我自不识。”

完全砸锅了。

梁武帝朝堂接见菩提达摩弄成闹剧。

菩提达摩自知待下去也无趣，双手合十施礼以后，主动缓缓退出朝堂，走出宫外……

见菩提达摩退下，丞相打圆场了：“皇上完全没有必要生气，这不过是一个假家伙。”

散朝后，梁武帝还在郁闷，接下来如何选择，使他左右为难，就这么放菩提达摩离去，还是先把他抓起来？毕竟是外国人，似乎抓起来不妥。但是，当着满朝文武大臣的面，自己遭到戏弄，这口气实在是咽不下去。正在这时候，御史来传，宝志法师回来了。梁武帝像抓住了一根救命稻草，命令御史快传宝志法师进宫。

当宝志法师出现在皇上面前时，只听皇上还在叫喊：“这叫什么西天二十八祖？欺人太甚。肯定是一个假家伙。”

宝志法师　边劝皇上息怒，　边听皇上细说前情。梁武帝细说前情时虽然仍在生气，倒也没有添油加醋，实打实说了一遍。

宝志法师听过以后，一时无语，而后摇摇头说：“没有错呀。”

梁武帝说：“你是说我没有错，还是说他没有错？”

宝志法师说：“你们两个人，皇上和达摩祖师，都没有说错。”

梁武帝说：“你不要做和事佬。就这，他还没有错？”

宝志法师说：“皇上消消气，容老衲慢慢给你解释。你说达摩祖师来传佛教没带来一本佛经，甚至也没有带来一个字。你想他已经是佛门祖师，自小博览群书，几百卷经文早已在胸，有什么可带呢？再说了，他自己说的话就已经是经文，还让谁来带？我这回出外游化，已经打听清楚了，达摩祖师在广州开讲《二入四行论》，为了让普通人能听懂，讲的全是大白话，还说是跟着广州人喝茶时，刚刚学会的语言表达方式。他明确讲，如果讲的经文佛理大家听不懂，不是佛理深奥，是自己不会讲。他这次在我们梁朝的朝堂上面对的是文武大臣，自然惜字如金。因为他面对的不是老百姓，他也在使用书面语言。”

梁武帝说："别说那些没有用的，只说他为什么一字没带？是不是看不起我们梁朝人？"

宝志法师说："他真的是一字没带。我听说达摩祖师特别讨厌语言障碍，讲究心传心授。难道皇上忘了释迦牟尼佛当年灵鹫山法会一字未讲，拈花一笑就传法了吗？"

梁武帝一惊："想起来了。这么说一字没带并没有羞辱我们？"

宝志法师说："这哪里是羞辱，是诚恳，实话实说，他这是在尊重我们。"

梁武帝说："这个一字没带不说了，尚不算羞辱我们。那我梁朝修建几百所寺院，供养成千上万的僧人，他竟然说我没有功德。我当时以为听错了，又追问了一句，他还是说我无有功德。你说这是不是在羞辱我？"

宝志法师笑笑说："这才是关键词语。没有功德，讲得多好。皇上你是谁？如果你仅仅是一个皇上，盖寺院供养僧人，这就是大功德，而且功德无量。可这是文武大臣们才会说的话嘛。皇上你是谁？你是菩萨皇帝，菩萨是佛家，佛家讲的是服务众生，自己是什么？自己是空嘛。老是记着自己的功德和利益是什么，是着相、是挂碍、是欲望、是世俗嘛。达摩祖师能够对你讲没有功德，是把您看成了我佛中人。他是进一步讲清菩萨皇上你要忘记功德，让你空嘛！菩提达摩祖师是把皇上当作佛家人哪！"

梁武帝是聪明人，一点就透，立时恍然大悟："我让达摩祖师参观寺院，他没有说一句话，一定是看到了寺院里为我烧香、磕头、念经的百姓，他今天面对我才会专门说'廓然无圣'，又专门说他自己'我不自识’。”

宝志法师说：“太妙了。修行之人凡圣归一，有什么圣谛圣言？他不是不识自己，他是说自己已经无我无他只有众生，这才‘我不自识’啊。”

这时候梁武帝才真正醒悟过来，后悔受了大臣们的怂恿，认为菩提达摩是个假家伙，不识庐山真面目了。不过，梁武帝觉得还有挽回的余地，连忙叫来御史，准备吩咐他们出去寻找达摩祖师，一定要把达摩祖师找回来。

无论如何，梁武帝是真的信奉佛教，以皇帝之尊，发现错误就马上改正，这也是很难得的。

宝志法师拦住御史说：“不要去，先让我想想，达摩祖师如今会在什么地方。”

宝志法师马上想到，达摩祖师从海上来，到达梁朝应该只是逗留一下，他的目的地应该是魏朝洛阳，因为洛阳才是中国文化的中心。但是，他又不方便明说，只是说：“如果你们要追，就去长江边吧。我估计他要过江到魏朝去。只是追也无用，如果他真要走，别说几个御史和追兵了，就是合国之力也不一定能够追回来。”

梁武帝一挥手：“就听法师的，往长江边上追。”

看着御史带人追出去，梁武帝思前想后，非常懊恼，对宝志法师说：“真人不露相，我怎么没有想到呢？”

宝志法师劝说：“这不能怪皇上，又是事发突然，这凡事都讲缘分吧。”

再说菩提达摩走出皇宫，来到金陵的大街上，回头看看，发现并没有人跟出来，这说明没有人再保护、再监视他了？他寻问路人，去长江边如何走，然后沿着路人指引的方向，向着长江边走去。他刚才在皇宫这么一闹腾，知道闯下了大祸，马上感到了危险。唯一安慰的是，虽然这梁武帝好大喜功，希望自己长命百岁、万寿无疆，又自恃菩萨皇帝，但是信奉佛教却是真心。如果换成别的皇帝，也许就把他抓起来了。还有，也是看在梁武帝信奉佛教是真，自己才如实说。他仔细回想，觉得自己是实话实说，并没有顶撞皇上，到现在他也不明白，皇上为什么会大发雷霆呢？他对中国的王权如此霸道，也感到不可理解。

达摩正在路上走着，忽然有人从身后牵住了他的衣服，说：“我可找到你了……”

达摩回身一看，是一位陌生的年轻女子，衣衫虽旧，却眉清目秀，透着灵气。

达摩定睛再看，也觉得脸熟，可一时想不起来到底在哪儿见过。这女子盯着达摩问：“你再好好看看，我是谁？”

达摩摇摇头：“对不起，这些时日见人太多了，中国人又大多长得很像，我认不出。”

这女子笑着提醒说：“教你喝茶的赵大爷家里……”

达摩一下子想起来了：“哦，我在你家吃过晚饭。你真的是赵大爷的女儿？”

这女子也笑了，说：“我叫赵阿珠，家里排老小。”

达摩疑惑地问：“你来金陵做什么？这里距广州很远哪。”

赵阿珠鬼精地一笑：“来找你菩提达摩呀。”

达摩连忙问：“找我？你来找我有什么事情呢？”

赵阿珠落落大方说："我来嫁给你呀。"

这一下把达摩说得头大了。达摩倒不慌张，一边带着她继续赶路，往长江边走，一边说："不要开玩笑，你认真说，到底为什么来金陵？"

赵阿珠说："谁跟你开玩笑！你别想着我赵阿珠嫁不出去，找我提亲的人多了去了，我都没有看上。可是我一看到你，我就知道我要嫁的男人出现了……"

达摩走后，赵阿珠一时失魂落魄。她想从此跟着达摩走，只有赵大娘看出了闺女的心事。赵大娘支持她，为她备了干粮，赵阿珠就暗暗跟着达摩上了路。先跟着到了广州城里白云寺，达摩在寺内，赵阿珠就晃荡在寺院外边，白天到众生粥棚喝粥，晚上就找地方靠着睡一会儿。达摩坐着马车走进金陵城，赵阿珠一直尾随着……由于进了金陵城后，赵阿珠发现一直有人暗中看护达摩，害得她没有机会接近达摩。一直到达摩从皇宫里走出来，再也没有人跟着看管了，赵阿珠看准时机才追了上来。

达摩恍惚想起似有一双眼睛一直追随着自己，可又飘忽不定，让他捕捉不住，原来是赵阿珠。达摩知道这是碰上了多情的女子，就开始慢慢开导她："你傻啊？你难道不知道，我们出家人不能娶老婆呀？"

赵阿珠说："知道。你是来传教的，我知道我不能光明正大嫁给你，你也不能娶我。"

达摩问："那你还追来干什么？"

赵阿珠对达摩扮个鬼脸："你别看我穿的衣裳旧，如果弄一身新衣裳，再把脸洗干净，我是不是一个美人坯子？"

达摩也笑了："不用打扮，你现在就很漂亮。眉清目秀，身材又好，你确实是一个美人。”

赵阿珠自信地说：“我知道你会看上我。”

达摩说：“阿珠，你知道我多大岁数吗?”

赵阿珠说：“我知道你年纪大，比我哥哥大，没有我爹爹年纪大。”

达摩说：“你说错了。我是一个外国人，你看不出来年纪大小。我其实比你爹爹的年纪还要大，而且大得多。我给你爹爹叫大爷，那只是一个尊称……”

赵阿珠打断他的话：“你在骗我。”

达摩说：“出家人不打诳语，我没有骗你。”

赵阿珠说：“就算你的年纪大，你也是一个男人。年纪大的男人才会疼老婆。我不嫌弃你年纪大，你还嫌弃我年纪小啊？男人找老婆没有嫌弃女人年轻的，你骗不了我。”

达摩乐了：“你这么有把握？我会娶你?”

赵阿珠说：“我当然很自信。不自信我能够从广州跟过来?”

说到这种地步，达摩明白需要认真对待了。达摩边走边讲：“我生于王宫，我也曾经是王子——王子你知道吗?”

赵阿珠说：“知道，不就是皇帝的儿子吗?”

达摩说：“多少美丽的姑娘都想嫁给我，都被我拒绝了。因为我信佛，我是出家人。你还不明白？这出家人出了红尘，就自然断了姻缘，六根清净，再也不近女色了。我很感激你，希望你理解。”

赵阿珠说：“知道，我全都知道。我跟着你只是想和你生一个孩子。有了孩子，我回头就走。我娘说有本事抱着孩子回来，没本事就死在外边不要回家。我这个要求不高吧?”

达摩知道这姑娘铁了心，自己遇到了麻烦，口气变得更加郑重：“我自己不近女色是自觉的，没有人强迫我。所以，怎么可能跟你生孩子。这个没有商量的余地。”

快走到长江边了，达摩这么说算把话说绝了。赵阿珠伤心得哭起来了：“我长得又不难看，你的心却不动。你不是男人！”

达摩停下脚步，用手抹去赵阿珠脸上肆意的眼泪：“好阿珠，回家去吧。今生我们没有缘分。不是我们阿珠不漂亮、不动人，是我们阿珠碰上了一个和尚。”

达摩说过自己先笑了，赵阿珠也笑了。赵阿珠说：“这回我可是真信了，你是一个真和尚。”

达摩从怀里摸出来两片金叶子，递给赵阿珠：“我侄儿就是国王，我们家是有钱人。这两片金叶子送给你，除了做回家的盘缠，出嫁时还能够买嫁妆，还可以再盖座新房子。我保证你还花不完。留着钱好好过日子吧。”

赵阿珠将金叶子接在手里，来回抚摸着金叶子说：“我只是听说过，还从来没有见过真的金叶子，今天也算有眼福了。不过，这金叶子摸摸就行了，我不能真要，还给你。”

达摩说：“为什么？我给你的，这金叶子就是你的了。”

赵阿珠说：“你糊涂不是？没有这金叶子，我阿珠一贫如洗，扮个要饭的就安安全全回广州老家了。如果拿上这金叶子，岂不引祸上身？只怕死在半路上也不知道咋死的。”

达摩没有想到赵阿珠还有如此的见地，只好收起金叶子，重新揣进怀里。达摩说：“我们就在这儿分手，我还要过江。”

赵阿珠从身上解下一个小布包交给达摩："这是我专门给你炒的茶叶，无论如何你要带上。"

达摩接在手里，心里边热乎乎全是感动，说："好，这茶叶我带上。"

这时候，远远看到御史带着追兵赶来了，还大声叫喊着菩提达摩的名字。

赵阿珠急了，一手拉起达摩："这里远近没有船，追你的人马上就要到了，你如何过江？要不我带你跳江吧，我水性好，我送你过江去。"

达摩不慌不忙地说："不必了，我有我的办法。再见，我走了。"

看着达摩走向江边，赵阿珠大声喊道："我每年都炒茶捎给你。我能打听到你在哪儿，你在哪儿，我就捎到哪儿。"

追兵已经距达摩很近了，也就不到百十步的样子。达摩到达江边。只见他走近一丛芦苇，弯腰折断了一枝长长的芦苇，扔到了江水中。

只一根芦苇，只是一根芦苇。

达摩回头看一眼追兵，从容地向着赵阿珠挥了挥手，然后张开双臂一跃腾空而起，稳稳地落下来时，双脚正踩着那根芦苇，如箭一样射向了汹涌的江心……

御史带追兵赶到了江边，全都看傻了……

直到看不见达摩的身影了，御史才带着追兵回朝复命。

梁武帝惊愕地追问："就踩着一根芦苇？"

御史说："我们全都看见了，就踩着一根芦苇。"

梁武帝长叹："这才是神仙！失之交臂，失之交臂啊。"

宝志法师在一旁说道："皇上亲自执手接待过达摩祖师，这也是天大的缘分呢。"

梁武帝似醒过神来：“我早晚要立一通碑，流传后人。这毕竟也是缘分呀！”

三　卖当洛阳

菩提达摩跨过长江，平安到达北岸。他需要往洛阳方向走，沿途寻问，得知路途还很遥远，于是一路持钵乞食，从容前行。

这一天路过徐州，走在田间大道上，他忽然想起当初师父般若多罗的诗偈：“路行跨水复逢羊，独自栖栖暗渡江。日下可怜双象马，二株嫩桂久昌昌。”

船到达广州羊城，进京面圣又跨过长江。前两句果然应验。达摩恍然大悟间，对师父深感信服，不由得觉得神秘，师父又没有来过中国，灭度之前竟对他此行了如指掌。这难道不是冥冥之中的一种联系？他又忽然想到，这“日下”可不就是洛阳（落阳）吗？那“双象马”又指什么？“二株嫩桂”又指哪里？菩提达摩越走越精神，如同师父与他同行一般。

虽然看过金陵王城，可到了洛阳王城他还是被镇住了。洛阳比金陵更加繁华。

入城不久，在一个面食摊上，菩提达摩吃了一碗粉浆面条。和南朝的食物不同，这洛阳人爱吃面条。他爱打听，听人家讲这粉浆是做豆腐剩下的发酵水，又酸又苦，几乎是废物利用，又拿来煮面。粉浆和面条为主要内容，再加上黄豆、芹菜末、韭菜花，最后加一勺辣子油，搅拌在一起，吃起来酸香，口味独特。吃过粉浆面条，达摩被旁边擀面条的妇人吸引了。只见擀面杖腾腾作响，把一坨面擀成了一大片，如同展开一块圆白布。他发现旁边的盆里，还有一大块和好的面，就好奇地问：“这团面要做什么？”

妇人说：“这是在醒面。”

达摩又问：“什么叫醒面？”

妇人颇有耐心：“刚刚和成的面还糊涂着，不明白叫它来干啥哩，就放在这里让它想一想醒一醒。醒过来的面擀起来才筋道。”

这个醒面把达摩惊着了。让面团躺在这里想一想再醒一醒，这就是具体生活中的禅意。联想到赵大爷的喝茶，达摩觉得中国的老百姓有智慧有性情，生活中处处闪烁着灵性。

达摩吸取在南朝的教训，再不主动对别人说他是西天二十八祖菩提达摩了。有人看他模样，就说他是“西域僧人”，他就点点头默认了。有人说他是波斯来的商人，他也就点点头默认了。他已经暗暗拿定主意，如果混不过去，他就说自己是菩提多罗。这是他的曾用名，说起来也不算欺骗，反正不能再说自己是西天二十八祖菩提达摩了，容易招来祸事。

走进洛阳城区，经常看到域外的人，达摩已经不再觉得自己特殊和孤单。他对皇宫没有兴趣，当然是先看寺院。经过路人指引，他来到了最为著名的皇家寺院永宁寺。

可以说，从印度到中国，永宁寺是他见过的最宏伟、最高大、最精致的寺院。走进永宁寺，四处都是游人。他先看过几处大殿，又来看九层宝塔。这九层宝塔竟然高达九十丈，塔上还安放着金宝瓶。在金宝瓶下方还有一个承露的金盘。周围环垂着许多的宝铃，如果有风吹来，宝铃就会发出响声，可传遍方圆十余里。他走进另一座大殿，发现这里供奉着一座丈八金佛，其周围还供奉着稍矮些的十座金佛。这是一座主殿，可真让人大开眼界。

达摩已得知建造这座寺院的施主，正是魏朝的皇太后胡氏。按照中国人的惯有意识，胡氏行善建造寺院，应当是保佑自己延年益寿长命百岁。达摩已经熟悉中国人的意识，信佛信教都要求现世现报，得到好处。印度人信教那种祈求来世福报的行为，在中国几乎看不到。

有一个大殿里正在举行法会，上百个信徒盘腿而坐，聆听大德高僧说法讲经。菩提达摩心动，就混了进去，在信徒们中间盘腿而坐。他想如此辉煌的皇家寺院，说法讲经的大德高僧一定是高人，达摩恭敬地双手合十，开始认真听讲。

讲坛上一位老僧正在说法，达摩一看就知道来自印度。老僧正在讲“四念处法”：“只要我们认真修习，就能够安住这娑婆世界而不起妄念，就能够忍贪欲，忍寒热饥饿、蚊虻蚤虱，身心苦恼一切能忍。”

达摩一听就知道在讲小乘佛法，也只是在讲基本佛理，还远远不如当年跋陀师父讲得好。讲到停顿之处，信徒们齐声叫好，感恩法师。达摩在印度也从来没有见过这位法师，估计他也没有见过达摩。达摩就小声询问身边信徒，得知法师叫菩提流支，在洛阳颇有名望。法师菩提流支已是永宁寺住持，深得皇家礼遇，经常出入皇宫，去为胡太后说法讲经。据信徒讲，由菩提流支翻译的佛经已经有十几卷之多，魏朝皇帝也经常抄写他的译文，赏给文武大臣们学习。

达摩觉得已经没有必要再坐下去听讲，就悄悄走出来，一直走出永宁寺，来到大街上，这才长长叹一口气。如此辉煌皇家寺院还在讲基本的小乘佛法，他深感惋惜。于是，他觉得没有必要再看别的寺院，就沿街闲逛。

达摩自然是个警觉敏感的人，自从他走出永宁寺，他就发现身后一直跟着一个年轻人。回忆一下，他觉得自己走进永宁寺后，这个年轻人就跟着他了。那时候游人太多，可能自己没有在意。走出永宁寺，他用眼角余光已经确认，这个年轻人跟在身后边，也没有紧随，只是相隔不远。达摩走，他也走，达摩停下来，他也停下来。达摩停住脚步，回头看了一眼年轻人，只见年轻人英俊潇洒，不卑不亢。达摩就向他点头致意，他也向达摩点头致意，落落大方。于是，达摩确认这年轻人没有恶意，也许是对他这个外国人好奇？就不再理会，继续闲逛。

听到读书声，达摩循声走上一座二层小楼，原来有人在讲《周易》。达摩坐下来听了一会儿，讲的都是卦理。达摩听不太懂，就退了下来。行至另一处，有人在讲老子，达摩也坐下来听了一会儿，大致讲老子已经是太上老君，天上的神仙，专门分管炼丹之类。接着他又发现了一处在讲孔子，他也坐下来听，大致讲孔子的委屈，历代皇帝为了管理国家在使用孔子学说，用歪了，用偏了，这和孔子孔圣人没有关系，丝毫不影响孔子的伟大……

达摩退出来，拐进很偏的一条街。街道两旁竟全是书店和书摊，达摩来了兴致。他发现大多数的书他都没有读过，就买起来。一趟走下来，已买了一大包书，于是捆起来用布包好挎在肩上。走出书店街，他还扭头回望了一眼，他喜欢这个地方，他要记住这条街道。他在想，这里可能是他以后经常来的地方。

那个年轻人依旧跟在他身后，他走到哪里，那人就跟到哪里，成了他的影子。既然没有恶意，达摩也就没有理会。

远处又有锣鼓声响起，达摩来到了一处热闹地段。达摩发现一圈人围住一个场子，又一个场子，叫喊声此起彼伏。达摩不明白发生了什么事情，好奇地挤进一个场子，只见圆圈中间站着一个大汉，脱了上衣，手里提着大刀，对着自己的光身子乱砍，却不见一处伤痕和伤口。围观的人一阵阵拍手叫好。然后这大汉扔了大刀，端起铜锣，沿着圆圈请人们扔赏钱。只听这大汉喊道："大爷大叔大哥大嫂，有钱捧个钱场，没钱捧个人场。谢过了，谢过了。"

达摩觉得很好玩，就把买书时找的碎银子扔进了铜锣，惹得大汉连连点头谢恩："一看你这波斯商人就是有钱人，祝你好运，恭喜发财！"

达摩随口便问身旁的人："这是干什么的？"

"卖当的。一会儿就卖药。"一个声音及时地传到耳边。

达摩回头一看，果然是这个年轻人。达摩主动点头致谢。

年轻人说："不必认真，卖当的都这样。"

达摩问："什么是卖当？"

年轻人回答："这么简单说吧，上当受骗知道吧？你给他钱，他保证让你上当受骗。这就是卖当。"

达摩愣住了："还有花钱来买上当受骗的？"

年轻人说："这是一个行当。也不能说全是假的，真真假假，虚虚实实，一个愿打，一个愿挨。"

这个时候，只见场子中心，光身大汉托出一个蒙着红布的木盒子，开始叫卖："大力丸，大力丸，大家来买好好玩。我这个大力丸祖传三代，老中医炮制。男人吃了女人受不了，女人吃了男人受不了，男女都吃床板受不了。”

达摩忍不住笑出了声。

达摩挤出来，又挤进另一个场子。这个场子好像没有人用刀砍自己，正在托着红布包好的东西叫卖：“新安县的消食丸，专治小孩肠胃不适。童叟无欺，货真价实啰。”

达摩挤出人圈，不再看热闹。他想找一个安静的地方，梳理一下思绪。老实说，“卖当”这个词语，刺激了他。印度和中国，走遍多少市场，买卖什么的都有，他在洛阳第一次看到了卖当的。

这个年轻人还在跟着他，越跟越近。走到一处僻静地方，达摩突然回头就问：“你总跟着我干什么呢？”

年轻人迈步向前说：“我没有恶意，我只是想帮助你。你一个外国人，总有用得着我的时候。”

达摩说：“我知道你叫姬佛光。你是洛阳名士，讲课的、听课的，许多人都认识你。你是有学问的人，跟着我有什么用？”

姬佛光拱手施礼：“名气再大也没有师祖名气大，学问再深也没有师祖学问深。”

达摩说：“看起来，你知道我是谁？”

姬佛光说：“一苇渡江，名震天下。南朝北朝，无人不晓。我没有说错吧？”

达摩伸手拦住说：“我还不想抛头露面，请你理解。”

姬佛光说：“我理解。吸取南朝教训，师祖进入洛阳低调行事，学生非常理解。南朝朋友传书给我，达摩祖师肯定会到洛阳，学生一直在等一直在找，总算找到了。我没有别的意思，只是想拜法师为师，学习佛教。”

达摩明白了此年轻人的苦心用意，但还是说：“我确实不能收你为徒，因为我并不了解你。”

姬佛光说：“学生理解。我愿意等，等你了解我，等到什么时候都行。”

达摩似被打动，转缓了语调：“我到洛阳不认识一个人，我也需要你的帮助。”

姬佛光说：“尽管吩咐，这也是我应该做的。从现在开始，学生就一直跟随你。你让我干什么，我就干什么。”

话说到这种程度，达摩高兴起来。他明白，只要自己到了洛阳，总有被发现的可能，就说：“姬佛光记住，我现在叫菩提多罗，这是我少年时用过的名字。能瞒一天是一天，先用菩提多罗这个名字吧。”

姬佛光说：“老师放心，学生不会多嘴。走着说着，车到山前必有路。”

二人边走边聊。达摩忽然问：“刚才那汉子用刀砍自己，是真功夫吗？”

姬佛光回答：“应该是真的。这在中国，是从道家传出来的功夫。中国人叫气功。气功又分外气和内气。外气功是硬功夫，就像那个汉子用刀砍自己。内气功讲心法。我仅略知一二，皮毛罢了，并没有练过。”

达摩说：“按说练这种功法，不论内气和外气，都是很深奥很深厚的功法，他怎么就拿出来卖当呢？”

姬佛光说：“他师父肯定不允许他拿出来显摆，拿出来卖当太过分了。可是人人都要养家糊口，生存的困难谁都要克服。”

达摩摆摆手说：“我理解了。他没有错。其实我不太关心他的功法，这是个基本功法，我也了解。我关心的还是卖当这个词语，它太过有趣、太过精妙了，我第一次听到。”

姬佛光说：“也许并没有特别之处，老师是外国人，对中国的许多语言感到新奇。等听得多了，时间长了，就习惯了。”

达摩说：“不不，让我们的讨论来到另一个层面上。卖当卖当，我说这分明是假的，你一定要买，结果就可能买了一个真的。卖当卖当，我说是真的，让你来买，结果你可能花钱买了一个假的。真真假假，虚虚实实。真中有假，假中有真。虚中有实，实中有虚。你不觉得这就是人间世吗？”

姬佛光一下瞪大了眼睛……

达摩继续说：“永宁寺的菩提流支在卖当，讲《周易》的在卖当，讲老子的在卖当，讲孔子的也在卖当，包括我也可以说是来卖当的；当然卖当的也在卖当。偌大的洛阳城，大家不都在卖当吗？所以，我来洛阳是来对了。这是一个大市场，大家都来这里卖当。洛阳真是一个好地方啊！”

姬佛光张大嘴巴瞪大眼睛，说不出话来。他受到了震撼……

达摩说：“你这是怎么了？我说错了吗？”

姬佛光扑通一声跪地：“老师在上，请受学生一拜。”

达摩伸手把他拉了起来：“大街上别来这一套。我说过不接受。我接受你的时候，会明白告诉你。”

姬佛光红着脸说：“对不起老师，学生刚才失态了。”

达摩说："下不为例。我们在讨论问题，你突然来这一下子，还不把我吓着了？"

虽然这么说，姬佛光感觉内心又跟达摩贴近了一步。他暗自下了决心，一定要拜菩提达摩为师，哪怕等一辈子，他也要等。

两个人继续前行，姬佛光建议，今天先在洛阳住下来，商量一下，再行安排。达摩同意。姬佛光带路，找到一家极其简朴的旅社，开了一间房，两张床，两人同居一屋。姬佛光本来要给达摩开一个讲究些的单间，达摩拒绝了。达摩说："我这些天哪住过旅社？夜里就找棵树靠一靠入睡。有一间房两张床很好，我们还可以说说话。"

住下以后，达摩相对轻松下来，提议喝茶。这些天在路上奔波，他已经许多天没有喝茶了。

达摩说："我这里有茶叶，你给泡茶，咱们两个人一起喝茶。"

姬佛光泡好茶叶，先端给达摩祖师，然后他自己也喝了一口，大吃一惊："老师，你这是广州茶。味道醇厚，是焦香，特别好喝。"

达摩说："你还挺识货，一口就能喝出这是广州茶。"

姬佛光说："南朝与北朝人都爱喝茶，但是北朝人的茶叶粗糙简单，有时候直接煮竹叶喝。南朝水多，风光秀丽，出好茶叶。北朝人也大都喝南朝茶。我经常和人喝茶，这点水平还有。你这茶叶不仅是广州茶，还是秋茶。当然，秋茶没有春茶好喝。"

达摩掂起那一小袋茶叶说："就这么多。过长江的时候，人家送的，喝完就没有了。我到中国学会了喝茶，现在已经断不了。喝完了，你给我搞茶叶去。"

姬佛光说："老师放心，这点能耐我还是有的。洛阳城里喝茶的人并不多，几乎没有专门卖茶叶的。偶尔有卖茶叶的，都在药店或者杂货店里。我们有一个喝茶的小圈子，我知道上哪儿弄茶喝。我们平常喝的，也是南朝茶叶。”

经过一整天奔波，天色渐晚。姬佛光要去给达摩祖师弄饭吃，被他拒绝了。达摩说：“我今天已经吃过粉浆面条，我一天一顿饭，过午不食。”

姬佛光自己也不好单独去吃，只好说：“我也不吃了。其实我也出家修行多年，也经常过午不食。”

达摩说：“闲着也是闲着，讲讲你自己，讲给我听听。”

姬佛光也正想向达摩介绍一下自己，也算向师父正式递上申请书，就说：“我老家相距这里不远，是荥阳虎牢关人。家里也不穷。从小喜欢读书，看遍《周易》、老子、孔子、庄子，还有孟子。只要能够找到的书，全都读过了。不敢说有多大的学问，在洛阳城也小有名气。佛教传入中国后，我又出家修行，拜洛阳龙门香山寺一了法师为师。这一晃就是八年。今年被师父赶了出来。一了师父说我应该出来游化，长些见识，再拜高僧为师。我有一个朋友叫宝志法师，在南朝可以说是御用法师，是他传书给我，说我的机会来了，达摩祖师已到洛阳，让我一定找到你，拜你为师。”

达摩说：“我在南朝听人讲过宝志法师，我在金陵期间，他正好出外游化，无缘见面。看起来你也是学问在身，又是名士。你能不能把中国经典文化梳理一下，讲给我听听？”

姬佛光说：“这个不难。中国经典文化，以《周易》为首，我们中国人叫群经之首，距今三千多年。《周易》之后是老子和孔子的学说，距今一千多年，和释迦牟尼基本同一个时代。晚一点的是庄子学说，继承老子一脉，人称老庄。再晚一点是孟子学说，继承孔子，人称孔孟。”

达摩问：“在《周易》之前呢？还有没有已经形成文化形式或者文化符号的?”

姬佛光说：“有。那就是河图洛书，只是两个图形，民间管它叫天书。我倒是见过，可没有研究过。几乎就没人懂。”

达摩说：“我记住了，河图洛书。在这之前，还有没有?”

姬佛光说：“基本上就没有了。河图洛书据说距今已经五六千年了，可能还早，说不准。再早只是一些神话传说之类，没有文字记载，完全是口口相传的一些神话故事。”

达摩说：“那你讲一个听听，我很关心上古的经典文化。没有别的意思，也不是考你，反正闲着也是闲着。”

姬佛光说：“老师你躺下来，我也躺下来。我躺着讲，你躺着听。这样不影响老师休息，听着听着能够睡着了，这样最好。”

达摩说：“好主意。我躺下了，你开始讲吧。”

姬佛光说：“讲什么呢？就讲一个广为流传的故事吧，后羿射日。传说古时候天上有许多太阳，是十个还是九个？记不准确了。应该是九个太阳，九在中国文化里是一个大数。天上有九个太阳，整天烤得人们受不了。天热得如同火炉，无法生活。百姓天天叫苦连天，这样的苦日子什么时候才是一个头呀？——老师，你听着吗?”

达摩说：“我听着呢。天上有九个太阳，多有意思。”

姬佛光接着说：“这时候一个英雄出现了，他叫后羿。有人说他是夏朝人，有人说更早，是五帝时期的，反正是上古时期吧。这个后羿擅长张弓射箭，箭法超群，百发百中。他就站了出来，要用手中的箭射落天上的太阳，帮助人们脱离火海。”

达摩主动说：“他是射箭英雄，要为百姓射落天上的太阳。”

姬佛光说：“于是，他来到了东海边，登上一座大山。他每天张弓搭箭，追着太阳跑。太阳从海边升起来，他就先追到海边等着。太阳升上高山，他就跑上高山去射。终于，射落了一个太阳。人们就欢呼，歌颂自己的英雄。然后，又射落了一个太阳。人们又欢呼歌颂。他就这样一个个地射落了八个太阳，这时候一个人出现了，对他说还应该留下一个太阳，要不然天黑下来就不会亮了，人们就看不清走路的方向，会永远生活在黑暗之中。后羿就此罢手为我们留下了最后一个太阳。这就是后羿射日的传说故事，我在小时候就听父母讲过。”

达摩说：“确实是英雄，一连射下来八个太阳，不是英雄是什么?”

姬佛光说：“民间传说呗，神话嘛，都这样。”

达摩问：“你相信吗？这个大英雄你相信吗?”

姬佛光说：“也不知道是相信还是不相信，一代一代就这么讲下来了。”

达摩说：“我相信。我相信中国历史上确实出现过这么一个大英雄。”

姬佛光说：“相信有，就有吧。”

讲完这个神话故事，姬佛光有点困了。他在蒙胧睡意中，忽听达摩祖师说：“姬佛光快起来，我想通了。”

菩提达摩随之坐了起来。这么一喊，姬佛光闻声也坐了起来：“哪儿到哪儿想通了?”

达摩开始兴奋地讲：“上古时候，人们看见每天升起来一个太阳，就不知道这天上到底有多少太阳，是后羿，是后羿第一个怀疑、第一个发现这天上只有一个太阳，今天升起来再落下去，明天再升起来又落下去，只有一个太阳在这儿转圈呢。是后羿发现的。他不是一个射箭英雄，他可能连射箭都不会。他只是一个伟大的发现家。你们中国人为了纪念他，才把这个射箭的英雄行为安在了他头上。这是一个民族的记忆方式。太妙了。中国人是这样记忆历史的。这就是没有文字、没有图画符号之前，最佳的口口相传的记忆方式。”

这回轮到姬佛光没有睡意了。他完全被菩提达摩的猜想和推断迷住了，也吓着了。因为在达摩之前，人们讲了多少年、多少代，从来没有人这样想过。菩提达摩是一个外国人，他对中国历史文化的猜想和推断让姬佛光惭愧，他开始对菩提达摩愈加敬仰。

达摩并没有发现姬佛光的情绪变化，他继续着自己的兴致勃勃。达摩说：“姬佛光，你讲得太好了。你把我的想法改变了。我现在需要你的帮助，从明天开始，你先把这些经典书籍给我搞全了。什么河图洛书，什么《周易》，什么老子、孔子呀，我全要。我先把传教的事情放一放，我要学习了解这些中国的经典文化。我已经想明白了，如果不了解中国的经典文化，盲目来传教，就等于盲人指路。”

姬佛光说：“老师，这个容易，我答应你。”

达摩问：“姬佛光，你刚才叫我什么？”

姬佛光不解：“我喊你老师呀，你这么大年纪，我又想拜你为师，我不应该叫你老师吗？”

达摩说：“错了错了。不是你喊我老师，应该我喊你老师。从明天开始，我要在你的指导下，学习中国的经典文化。你才是我的老师。”

姬佛光说："老师，你要喊我老师，就是在骂我。"

达摩想了一下，说："也对，毕竟我年长。那就这样，我喊你姬佛光，你喊我菩提达摩。谁也不喊谁老师，我已经沾光了。"

姬佛光看着达摩这时候如一个返老还童的孩子，也笑了："菩提达摩，我们应该休息了。"

"姬佛光，现在睡觉了！"

两个人的笑声回荡在凝重的夜色中……

四 "河图洛书" 的姥姥

第二天清早，姬佛光要带着菩提达摩出去喝汤。姬佛光说："老师——我还是叫你老师吧，直呼你的名字太别扭了，你不要在意就是了——有人说到洛阳没有吃过粉浆面条，算没有来过洛阳。你已经吃过了。若没有喝汤，也算没有到过洛阳。我现在就带你出去喝汤。"

达摩问："早上就要喝汤？喝什么汤？"

姬佛光说："洛阳有一景，早上全城人都在喝汤。这是一种生活习惯，有牛肉汤、羊肉汤、驴肉汤，还有丸子汤、豆腐汤、凉粉汤，反正全城人都在喝汤。我请你品尝，很好喝的。"

达摩没有拒绝，说："喝汤可以，不能沾荤。"

姬佛光说："这个我明白。咱们去喝豆腐汤，这是素汤。"

两个人往外边走，姬佛光边走边说："你昨天夜里睡得很好。我一直没有睡好，老想着你说后羿射日的话。”

达摩问：“我说的什么话？是我说错了吗？”

姬佛光说：“不是你说错了。我在想，一个外国人，对中国历史文化竟然如此敏感，举一反三推演出多种可能性。我本是中国人，还自称文化人，还是什么洛阳名士，对我们祖先创造的文化反而没有多想过。我是不是特别笨，只知道死读书，一直不开窍？”

达摩释然一笑：“不要自责。也许正因为我是一个外国人，对中国的文化有新鲜感，才会比较敏感，思考的就多了。”

姬佛光说：“你给了我新鲜的思考角度，也给了我思考的胆量。从现在开始，我也要重新审视我们祖先的文化。”

豆腐汤泡饼，达摩连吃带喝，头上直冒汗，连连说好喝。姬佛光告诉他可以添汤，喝几碗都不加钱，这是洛阳喝汤的规矩。达摩不再添汤，说不能贪这个便宜，自己的肚子说了算数。于是，两个人拐到书店小街，按照姬佛光梳理的书目，重新买了一大堆书。打包起来，姬佛光挎在肩上。达摩要与他分担，姬佛光坚持不让，说：“老师，这个就不要争了，谁让我年轻呢。”

两个人一路说着话，走到一棵老槐树下停下来，商量到何处落脚。

达摩说：“反正要离开洛阳城，离开那些寺院。洛阳太热闹了。但又不能走得太远，还要经常回来买书。你想地方吧，你对洛阳比我熟悉。你来安排。”

姬佛光说：“我想到了一个好地方，说出来你听听，觉得好再去。这出城不远，也就几十里路，有一座嵩山，山里很安静，风光也好。山里有一个少林寺，不太出名，僧众也不太多，也就一百来人吧。住持大和尚叫慧光，我认识，也算老朋友。慧光拜在永宁寺住持菩提流支门下，也算菩提流支弟子。据我观察，菩提流支不怎么待见他，他只能算挂在门下。这个地方适合你。你又想藏身，又想读书，这是一个好地方。你觉得如何？”

达摩问：“少林寺？哪几个字？”

姬佛光捡起一粒石子，写在地上。达摩看过，默然想起师父的诗偈里有“二株嫩桂”四个字，二木为林，嫩桂为少，这不就是少林寺嘛，当下点头说：“就是这里了。不过有一个要求，我要单住。条件艰苦一些不怕，地方我要自己选。可以吧？会不会有麻烦？我老是害怕给别人添麻烦。”

姬佛光说：“这个我来安排，保你满意。以后干这些俗事，就让我来。”

达摩看看四下无人注意他们，就从怀里掏出一叠金叶子，递给姬佛光说：“这些金叶子你拿上，我拿着也没有用处。这里边有你刚才为我买书的钱，剩下的你都拿上。从今天开始，你来做我的管家。你不会推托吧？”

姬佛光没有想到达摩怀里边揣着这么多钱，一时间不知道如何是好，就说：“老师，你也太胆大了，这么多钱你全都给我，就不害怕我带着这些金叶子跑了？”

达摩淡淡地说：“你不会。我相信你，还得谢谢你。我明白让你来管这些杂事太麻烦，不过我也无人可信，只有你了。”

姬佛光也不再推托，收起金叶子，两个人重新起身，赶往嵩山少林寺。

俗话说有钱能使鬼推磨。况且姬佛光又精明能干，赶到少林寺，菩提达摩歇着喝水的工夫，姬佛光就让慧光安排好了一切。这个名字叫菩提多罗的流浪域外僧人，形单影只让人可怜，从此就挂单在少林寺，但他并不参加少林寺僧人的功课和活动，自己在后山上选了一个地方修行，每天由少林寺杂役僧人送饭送水。姬佛光把二百两银子放下，算是供奉少林寺的香火钱。这既算是交易，也算是慧光给姬佛光的一个脸面。你好我好，两厢情愿，一拍即合，双方都十分满意。

告别慧光住持，由少林寺僧人带路，姬佛光和菩提达摩来到后山选地方。越往山上走，树林越密，越发安静，风景越来越美丽，一直走上五乳峰。就在山峰下边，达摩发现了一个山洞，洞口处长着杂树和蒿草。达摩手拨着蒿草走进山洞，发现这山洞一丈多深，抬头再看洞顶，洞顶高悬，怪石峥嵘，千姿百态。达摩一时联想到了印度深山里的佛龛，越看越喜欢，马上对姬佛光说："好，特别好。就是这里了。"

只要达摩祖师满意，姬佛光不再多语。于是，姬佛光马上安排："老师你休息，我和他们下山，安排人把这个山洞整修一下。"

达摩拦住说："不整修，就这样了。"

姬佛光说："我起码给你整几个草垫子让你打坐、让你睡觉吧，拿来瓦罐和茶碗你能够烧水泡茶吧，整几件简单家具让你有地方放书吧，再给你修一个洞门吧，没有洞门不安全哪。"

达摩想了想同意了，说："好。你比我想得周到细致，你就看着整一整。如何整修，你做主吧。打坐的，放书的，烧水喝茶的，全都要。你就看着办吧。但是，你千万记牢了，不要修洞门。我就喜欢这没有洞门，直接面对山峰和蓝天，修一个洞门就煞风景了。"

姬佛光一一记下："听老师的，你放心，我去去就回来陪你。"

达摩说："不要急，干这么多事情，今天搞不完，你明天后天来也可以。反正我急着看书，我有事情做。你要慢慢来。"

姬佛光带着年轻的小和尚走后，达摩就打开书包，来整理书籍。他看看姬佛光开的书目顺序，排列在前的是河图和洛书。但是，他们在书店小街并没有买到更多的有关资料。河图和洛书也只是两张图。因为书比较冷门，只有几本没有正经封皮的旧书，只有一些先人谈河图和洛书的片片段段。书很薄，也就是几页纸。关于洛书的还有一点，关于河图的内容更是少得可怜。菩提达摩把这些资料集中起来，在地上摊开，集中阅读。这个阅读中心自然还是几张图。他先来看洛书的天书九宫格。他发现在一个正方形大格子里边，平均分出九个方格子，每一边是三个格子，每一个方格子里都填着数字，一共是九个数：一二三四五六七八九。他发现正中心格子里填的是五，这样不论是纵是横，加起来都等于十五。

这是要特别说明什么？

一九五加起来是十五，二八五加起来是十五，三七五加起来是十五，四六五加起来也是十五。这样三个数相加，为什么全是十五呢？而且九个格子代表九个宫，这个宫在讲什么呢？为什么是九个格子，而不是更多或者更少呢？

达摩顺手又拿起来一张图。这个图可以说与刚才的图没有区别，只是把数字转换成了小圆点。比如刚才那张九宫格中心格子里是五，这里画出来的却是五个小圆点。这些小圆点又代表着什么呢？为什么把数字又转换分解成了圆点？

达摩翻过来倒过去地看，中国古人对这些圆点和数字以及对这些格子的呈现形式，他越看越迷茫，越看越入迷……

达摩借着亮光看到天黑，都没有想明白。像一个迷宫，没有出口，也没有入口。

天黑定了。姬佛光果然没有回来。达摩想到底还是事情太多，张罗起来麻烦，这是可以理解的。达摩走出洞口，来到山洞外边小小的一块平地。这时候夜风吹动松林，响起了呼呼的松涛声。远处的山沟里有细细的流水，更像是琴弦，叮咚在响。抬头望见一张巨大的黑色幕布，满天的星斗灿烂着夜空。达摩出神地观望着天上的星星，看着看着，心里一动似想到了什么，这就看进去再也跳不出来，着迷进天上的星群之中……

第二天清早，姬佛光上山来了，带来更多的人，还有一些物件。他们开始简单整修这个山洞。割草，整理地面，安放排列书籍的小木柜子，摆放装杂物的荆条筐子。一个比较大的陶缸，用来盛水。用几块石头，迅速支起来一个小小的灶台，用来煮水泡茶。放进来了三个草垫子，两个圆的用来打坐，另一个长条的做了地铺。当然还准备了被褥、床单和枕头。这一切归置好了以后，山洞里边马上起了变化。经过这么简单一收拾，可以说应有尽有。达摩双手合十向大家施礼，谢过众人。等到其他人走后，姬佛光亲自点火，为达摩煮茶。只见他煮的是绿绿的竹叶子，达摩喝了几口，一种竹子的清香自口而入。这是一种新鲜的味道，也是一种新鲜的体验。同是清香，和南朝的茶叶完全不同。

姬佛光说：“老师，你觉得怎么样？这就是我说的竹叶茶。没有任何炮制，完全是野茶。这山里有一片片竹林，一年四季都可以采着喝。”

听了姬佛光的介绍，达摩又仔细品品茶，说：“还是清香，但不是一种香味。竹叶茶也很好喝。谢谢姬佛光。”

姬佛光说：“我从昨天到今天一直在想，我也想明白了。我现在说给老师听听，看看是不是这个道理。”

达摩说：“太好了，等于你为我上课。讲中国的经典文化，肯定你比我理解得更加全面和深刻，讲得要好。”

两个人坐下来，正好各坐一个草垫子。姬佛光说：“我先从《周易》讲起吧，既然《周易》是中国经典文化的群经之首，那就从《周易》开始讲。”

达摩点头赞许，鼓励姬佛光：“放开来讲，把你想到的全说出来。”

姬佛光说：“其实我不是在讲，是向老师汇报我的想法。我们中国人习惯称我们的祖先，只是说伏羲爷。以前的祖先都省略了，只从伏羲讲起。《周易》最早就是伏羲爷做的。《周易》有三易，第一易叫《连山》，第二易叫《归藏》，第三易才叫《周易》。伏羲爷做《连山》只是画了八卦图，并没有文字解释，因为那时候还没有发明文字。伏羲爷做这个八卦图，距今三千来年或者四千年吧。在这之前呢，伏羲爷在中国西部的天水，只是一个部落。他听闻黄河中下游河洛地带物产丰富，更加适合生存，就带领部落向东。那是五六千年以前的事情，大概算一下，距离他画出八卦图，有两千七百年左右吧。”

姬佛光停顿一下，像是在整理思绪，接着说：“上古时代，部落与部落之间唯一的交流形式，就是战争。伏羲爷东征西战，四面出兵，战无不胜。回头再来选地方做都城，选中了地处中原东部的淮阳。这就又打回来，在淮阳建立了中国第一个都城。这时候他才开始建设文化，制定社会制度和秩序，来画八卦图。先前我没有想过，昨天让你刺激一下，我想到了，这时候伏羲爷已经活了起码两千七百岁，或者三千多岁，这可能吗？这是第一个问题。我个人认为不可能。我现在开始怀疑，这是先人的记忆方法误导了后代人。这么看伏羲爷就可能不是一个人，而是一个部落首领的称谓，那么这个伏羲爷可能是几十个人的组合。认真说不应该叫伏羲爷，应该叫伏羲文化时代，或者叫伏羲文化时期。这可是受你的启发，我想到的。”

达摩说：“讲得好，继续讲。你开始动脑筋了。”

姬佛光说：“现在问题来了，伏羲爷连年征战，他有时间研究这八卦图吗？这又是一个不可能。八卦图应该是那个时代先人共同的研究成果，只是把功劳记在了伏羲爷的名下。我们也应该说祖先们的记忆方式有问题，但这种方式容易记忆，口口相传，便于集中记忆，又有什么不对呢？只是我们作为后代人来追踪来研究，来梳理脉络来打探真相，我们就应该怀疑了。”

达摩说：“好极了！姬佛光你很聪明。我们印度也一样，对于口口相传的历史，几乎找不到真相，或者说就没有真相。只有我们后人对于真相的怀疑和猜测。”

姬佛光说：“老师，我还想到了第二个问题，更加严重。这和《周易》没有关系了，却关系到我们中华民族的传承，我也想讲给你听听。这好像与文化没有什么关系。”

达摩继续鼓励他说：“讲，我喜欢听。了解一个民族的历史，才能够梳理清楚这个民族的文化脉络。我们思考问题，面积不能够太窄。你讲吧，你讲什么，我都爱听。”

姬佛光说："这伏羲爷之后呢，最有名的是三个人：蚩尤、黄帝和炎帝。三大部落，各据一方，又开始战争。这三大部落力量最大最强的是蚩尤，共有九九八十一个小部落，又特别能战斗，当时他被称为兵神。三大部落总部都设在中原，就是为了争夺在中原地区的生存权利。先是黄帝带人和蚩尤开战，一连数次，都以失败告终。这时候炎帝是观战派，看着两个部落战斗，并不参加。这黄帝打不过蚩尤，就想到了炎帝的力量，联合炎帝一起来打蚩尤。这就把蚩尤打败了，并杀了蚩尤。"

达摩若有所思，说："上古时候，战争好像是唯一的文化交流形式，没有什么道德呀正义呀，这个我们要理解，生存就是一切。"

姬佛光说："打败了蚩尤，对他的部落和人马基本上采取三条政策。当然先是杀一批，不投降就一律杀掉，消灭有生力量；接着就是收一批，就是把投降的人分类处理，男人收起来当奴隶，女人收起来分给别人当老婆生孩子；剩下的这第三批人，当然是不投降又抓不住的，就赶出中原，也可以叫逃出了中原地区。蚩尤的人本来就多，部落失掉中原，只能够逃向四面八方。那时候由于中原地区周围，生存环境相对恶劣，并不适合人们生存。从此，蚩尤的人逃到四面八方，艰苦创业为生存奋斗。慢慢也就安定下来，这就形成了中原地区周围的少数民族和部落。"

姬佛光开始扳着指头说："逃到南边的人呢，到了南中、荆州、广州等地，再远一点到了交州等地，中原人一概称呼他们为南蛮子。逃到北边的人呢，如契丹人等，再远到了高句丽等地，中原人称呼他们为北狄。逃到东边的人呢，跨海而去，到了一些岛屿，例如琉球等地，中原人叫他们为东夷。逃到西边的人呢也有很多，到了龟兹、高昌等地，中原人叫他们为西戎。于是，几千年来就形成了一个自然格局，这四面八方的少数民族全与中原人为敌，中原人也称他们为匪为寇。战争从来就没有停止过，相互征伐，以汉武帝时期达到高潮。可以说民族融合是在战争中完成的。”

姬佛光越说越激动：“我发现中国的历史，从来就是胜者王侯败者贼。其实从来没有正义和道德，只记录胜利者，不同情弱者。特别是对待蚩尤，那是我们正宗的祖先哪。就因为当年被黄帝和炎帝打败了、杀害了，我们后代人甚至就不再承认他，主动忘却他，只吹捧黄帝和炎帝，竟然把蚩儿省略了。你说可笑不可笑？这个问题的严重性是，我们华夏民族如果这么永远分化下去，这要打到什么时候？永远地这么打来打去，死伤的受苦受难的还不都是芸芸众生吗？”

达摩仿佛第一次正眼看姬佛光，说：“你开始变化了，你开始有关切、有胸怀，开始思考大问题，开始为天下众生着想了。不过，这种打来打去的战争形式，就是一种生存现状。适者生存，也许这就是客观规律。在人们的精神意识层面，也许有一个适者生存的客观规律。不管你喜欢还是不喜欢，你都要面对。不过，人们通过战争，各个角落的小民族联合起来，就会形成一个大民族。你看到如今南朝北朝，尽管分化和对峙，但是你们都说自己是中国人。我们印度也一样，也有许许多多的小国家，也都说自己是印度人。也许人们呢，在这种残酷的生存过程中得到了锻炼，慢慢积淀产生了文化，这也许还是规律。可以这么说，分化割据都是过程，只有文化是永远的。”

姬佛光说：“老师看事情总比我站得高看得远。其实，我以前从来没有这样想过，经过你这么一刺激，我才开始胡思乱想。”

达摩说："这种形式就很好。我们一起研究中国的上古文化，相互讨论相互影响，比一个人琢磨好。你看你这么一讲，就使我了解了你们中国的历史。什么样的历史，发展什么样的文化，这也是必然的。"

姬佛光非常关心达摩祖师的具体生活，问："老师休息得好不好？这里安静，环境也很优美，就是太艰苦太简陋了。"

达摩说："没事没事，我还就看中这个地方了。你昨天走后，我一直在看河图洛书。两张图道理差不多，起码是一样的逻辑。搞明白一个，顺着思考的方向继续走，另一个自然也就明白了。所以，我一直在读洛书。可以说看得我天昏地暗，开始怎么也看不懂，找不到这个迷宫的入口，如何努力也走不进去。后来天黑了，我就休息，来到山洞外边看树看山，最后抬头看起天上的星星。一看星星，观看天象，我就看出头绪来了。越是仔细观察，思路越清晰，最后还真是看出门道来了。今天一大早，我就来扒这些相关的资料和旧书，终于找到了线索。"

姬佛光说："请老师讲讲吧。自己民族的经典文化，我竟然没有读懂过，真是丢人。还号称什么洛阳名士，有时候想想，我也是欺世盗名。"

达摩说："不要自责。因为人们普遍关心既得利益，没有人关心这些经典文化。我敢说这洛阳城，也并没有多少人能够看懂。并不是他们看不懂，压根就没有人想看，没有人主动来关注这些。和我们印度一样，物欲横流，天下一样。"

达摩停顿了一下，继续说："我讲讲我的理解可以，我要说一个前提，然后再进入上古文化。这个前提是，古人和今人，谁更加聪明？是古人比我们这些后人聪明吗？古人的书我们总是看不懂，为什么？不要回答我。记住这个前提，以后再讨论。现在让我们先进入洛书。"

达摩指着九宫格的图案说："你先看看这九个格子九个宫，纵横连接在一起，怎么相加得到的总数都一样。这并不是古人在为难我们，也不是专门设计的迷宫和局，也不是古人出的什么难题，也不是天书，因为这就是天上现成的星象图。"

姬佛光说："我好像听别人说过这么一嘴，说有一个什么天象图。别的我就没有记住。"

达摩点头说："还真的就是星象图。我昨天夜里观天象，试着去数天上的星星，一数这才知道，天上的星星就是这个样子。你再看看这张画着圆点的图，这张图上画的圆点数目和这张九宫格的格子里边填的数目一模一样。为什么？因为这一个圆点就代表一个星星，古人是数着星星画着圆点填写出来的。并不是迷宫，一点也不神秘。"

达摩说："我从头给你讲。这一个星星加上九个星星再加上中间这五个星星等于十五个星星；这两个星星加上八个星星再加上中间这五个星星等于十五个星星；这三个星星加上七个星星再加上中间这五个星星等于十五个星星；这四个星星加上六个星星再加上中间这五个星星也等于十五个星星。这种相对应的平衡的星星的格局，叫布局也行，不是古人自己设计的，是天上现成就有的。你看这个神奇吧？"

姬佛光慢慢跟着达摩的指点，也看出了门道，感叹道："还真是神奇。"

达摩说："这说明什么？这说明宇宙之中，万物万种生命都是一起运转的，都有自己运行的轨道和预定的路线，然后又组合在一起，共同形成了这个比较合理的平衡的格局。于是，这个合理的平衡的格局不是专门设计的，也不是偶然巧合形成的，而是宇宙在运行之中万物万种生命自我形成和天然的存在状态。神奇吧？我们觉得神奇，其实它是一种客观存在的规律，自然而然形成的。”

达摩说：“中国人太聪明了。中国的先人为这些一起运行的星星图像起了名字，叫左青龙、右白虎、上朱雀、下玄武。”

姬佛光说：“这几个名字倒是经常听人家说，一般都是阴阳先生看风水，拿着罗盘，总是说左青龙、右白虎、上朱雀、下玄武。我不知道这就是星象图。”

达摩说：“这就是说古人由于经常夜观天象，看着看着时间一长，左边这一群星星聚集在一起，自然形成了一个形象，特别像一条青龙，于是就叫它左青龙。右边这一群星星聚集在一起，自然形成了一个形象，特别像一头白虎，于是就叫它右白虎。上边这一群星星聚集在一起形成了朱雀展翅飞翔的模样，就叫它上朱雀。下边这一群星星聚集在一起比较复杂，基础是五个星星形成了乌龟的样子，身上还盘着一条蛇，是两个形象组成的，就叫它下玄武。这个玄可能指蛇，这个武可能指的是乌龟。这四边四个星象图，其实也是一种想象，是人们一种大胆的想象。你往像处看，就越看越像。你要分解来看，也可以说不像。这是人们一种主观意识的形象化反映。”

姬佛光沿着达摩的指引，盯着这些圆点的图形，还真是越看越像……

达摩说：“我看到这里就想到了一个问题。你说这天上的星星是因为看到了大地上行走的动物模样，故意效仿摆成的这个模样吗？还是地上的动物，由于看到天上的星星组成的图案，按照天上的星星模样故意生长成这般模样？”

姬佛光问："老师为什么会这么想？"

达摩说："这不是猜测，因为同在宇宙之中运行，这天上的星星和地上的动物两者之间是有某种联系的。两者之间在同一宇宙中运行时，怎么能不相互影响、相互传导呢？由此可以看出来，不仅是这两者之间，就连我们自身，就连所有的动物和生物，同在宇宙之中运行，相互之间必然一直发生着紧密的联系。没有一个生命体是独立运行的，就连一块石头也一样，它也是有生命变化的，也是和万物万种生命一起运行的。因为，我们是一个生命共同体，都生活在宇宙之中。中国人发明了洛书，这不得了。这就是发现了这种联系，甚至是发现了这种相互影响、相互联系、相互传导的规律。这就是洛书的伟大之处。"

姬佛光说："老师你也太神了，怎么往这个方向思考？"

达摩说："不是我要这么想，因为这就是客观存在啊。现在我问你一个小问题，古人为什么总是喜欢夜观天象？有事无事就往天上看，这是为什么？是闲着无事吗？"

姬佛光说："也可以说古人天生就比我们聪明，爱动脑筋呗。"

达摩摇摇头说："没有那么复杂。古人也不是爱动脑筋，这完全是因为生存所逼迫的。古人喜欢看天象，不是个别古人，我怀疑古人人人都会看天象，这是因为具体生活逼迫的。就往简单处说，明天是不是会刮风下雨？古人要往天上看，一看就明白了。先明白了明天会不会下雨，再来决定去哪儿打猎，走什么路线，从哪儿出发，再从哪儿返回。这其实很简单，夜观天象就为明天的出行做了计划和安排。这一下你明白了？古人看天象是生活需要。但是，这看天象形成了习惯，经不住老是这么看呀看的，就看出大门道了。日积月累下来，就形成了宝贵的经验。这经验就是财富，就是创造文化的财富，慢慢就发展就发现就形成了洛书。”

姬佛光说：“好像应该是这样。这就发明了洛书？”

达摩说：“当然，这只是我的猜测和推论。但是，思考的方向应该没有错误。接下来我要给你讲让你更加吃惊的现象。我今天早上扒旧书，扒着扒着，有两本没有封面的书，就是最破最旧的这两本书。你说是买书时人家卖书的搭给你的，没有算钱。这两本旧书不得了，它为我揭示了更加神秘、更加关键的学问。在这两本旧书上，中国的先人竟然会记载了这些星象的变化，和如何变化的规律。”

达摩看着姬佛光呆呆得如同一个小孩，就说：“这些星星聚集在一起，它们什么时候喜欢发光发热放射出自身的能量？中国的古人叫这种自然现象为旺相。旺相这个词语太妙了，没有任何语言比这个更形象和贴切。而且这本书上说，如果按一年四季来计算，可以叫大旺相。左青龙喜欢在春天旺相。这就说明春天的万物复苏，春暖花开，不仅仅是太阳的功劳，左青龙也在发挥着它的作用，它也向天下万物放射和传送了自身的能量和力量。右白虎喜欢在秋天旺相。春种秋收，秋天是收获的季节，右白虎也在发挥着它的作用，它向天下所有的生命放射和传导了成熟的能量和力量。上朱雀喜欢在夏天旺相。春生夏长，万物生长，昌盛异常，几乎所有的生命都打开了自己的光和热，这与上朱雀关系密切，它也向天下的所有生命传导了自己的激情。下玄武喜欢在冬天旺相。春生夏长秋收冬藏，冬天来到了，天下的万物万种生命都收起了自己的欲望，开始蓄积自己的理想和希望，安静地藏起自身，保存实力酝酿梦想，这个下玄武做出了贡献，它为万物万种生命传送了自己的智慧和定力。

这些大旺相虽然时间和季节不同，但都关联到生命的变化。你说神奇不神奇？”

达摩继续说：“刚才说的是大旺相。一年四季叫大旺相。还有中旺相，就是一个月之中，月初、月上、月中和月末，这个为中旺相。运行规律和形式在逻辑上和大旺相是一样的。还有小旺相，那就是在一天之中，早、中、晚，道理和逻辑一模一样，这叫小旺相。那么就可以得出一个基本结论，这些星星的大旺相、中旺相和小旺相与万物万种生命相连，特别是和人的生命关系密切。人的生命会由于星象的变化而受到不同程度的影响，这个是肯定的。那么问题来了，被动和主动的呢？”

姬佛光问：“什么是被动？什么是主动？”

达摩回答：“被动就是等着接受，反正自然有自然的运行规律，你不接受也得接受。至于怎么接受和接受效果完全听天由命，任上天摆布。主动接受就不同了，如果人们事先明白了星星们的运行规律，主动调整自我生命状态，主动迎合星星们的旺相的节奏和能量，吸收和运用这些功能，会出现什么效果？人就会先知先觉。是不是这个道理？所有的一切都可以改变。所以说，这个洛书太伟大了。中国人太厉害了。”

姬佛光听入迷了。没有人这样为他讲过洛书。作为中华民族的文化起源，他也从来没有想到有这么重要这么神奇。姬佛光由衷地说：“不是中国人厉害，是老师你太厉害了。”

达摩摆摆手说：“不要说奉承话。其实我已经意识到，我能够这么想，也只是接触到了中国经典文化的皮毛。我会接着深入下去，这是宝藏，我已经感受到了。我的师父以前对我有交代，中国出了许多圣人，有着非常古老的经典文化。我来传教是使命，来学习和研究中国古老的经典文化，也是使命。现在我回过头来问你，是古人聪明还是今人聪明？”

姬佛光说：“这还用说嘛，当然是古人聪明。”

达摩说：“你这么回答，说明你还没有认真思考。不能够这么说，这个结论太过粗糙和武断。其实，没有可比性。我这几十年禅定静思，早就猜测到了一个区别，人类在进化的过程中，为了生存不自觉地采用了实用主义和功利主义，被动和主动地退化掉了许多自身的功能和天赋。最简单的例子，你看鸟儿还在天上飞，人已经不会飞了。我大胆猜测，人最初是会在天上飞的。就是这个道理。所以拐回来再说古人和今人的比较，古人看天象，是人人都会看的，那是古人的习惯和基本技能。现在我们今人，谁会夜观天象，就成奇人和高人了。我不知道中国，在印度就是这样。不是今人没有古人聪明，是退化了。所以，我可以说，存在于《周易》之前的河图洛书，就源自古人的夜观天象。如果中国的古人是河图洛书的娘家，那么天上的星象就是河图洛书的姥姥。我随便打个比方，这么说着容易理解。”

姬佛光乐了，小声哼起来：“星星走，我也走，跟着星星找舅舅。”

达摩问：“你唱的是什么？”

姬佛光说：“儿歌呀。我从小就唱这儿歌，爷爷奶奶教我唱，爹爹妈妈也教我唱。我从来没有往深处去想。”

达摩说：“这儿歌就有来历，口口相传。”

姬佛光说：“太可怕了，原来经典文化也无处不在。”

达摩也乐了：“泡茶，泡茶，我想喝茶了。”

五　形而上的礼帽

半个多世纪以来，对中国从古至今的社会形态的划分，一直没有变化。不论是历史学家，还是在学校的课本上，一直以来全是从原始社会、奴隶社会、封建社会、新民主主义社会到如今的社会主义社会。近几年来，陆续有一些历史爱好者，对于封建社会的社会形态开始质疑，认为只有周朝和春秋战国是标准的封建社会形态。自秦汉以后的社会，由于改革了社会制度，已经和前朝大不相同，就不能叫封建社会了。

“封建”，意谓“封土建国”“封爵建藩”。西周和春秋战国时期，各个分封之地的地主基本上等同于一个藩属国的国王。干脆就叫国王也没有关系。这些藩属国的分封地，有土地所有权，并且有自己的臣民，有各自为政的经济收入，竟然还养有自己的军队。在自己的分封地之内，政治、经济和军事，完全由自己做主，自成一统，基本上等同于一个小国家。名义上臣服于天子，实际上完全独立为政。这样的分封制度，在理论上叫有封有建，责任权限明确，的确是标准的封建社会。只要天子不召，各个分封地之间互不来往，和平共处。这样的分封制度，也有一些隐患，后为分封地的藩王们共同联合起来，起兵讨伐中央集权，一举灭掉了周朝。

正是因为吸取了前朝的教训，秦国就开始改革。从商鞅发起，经吕不韦，一直到李斯，曾经大刀阔斧在秦国实行了郡县制，废除了以前的分封制。这个改革在当时石破天惊，大大削弱和伤害了众多贵族的利益。因为从此以后，分封到各地的地主，名义上称呼没有变化，却没有了以前的财富和权力。虽然基本生活完全供养，远远高于平民生活，也不需要具体劳动，生活优越没有变化。但是，不再有土地所有权，也不再有臣民管理权，更不能私养兵马。地方上设有郡县级的地方官员，来专门管理地方事务，与分封的地主已经无关。地方官员只层层对上负责，最终对中央集权负责。这就消除了分封的贵族阶级起兵造反的隐患，从而形成空前完善的中央集权制度。改革为秦国以后的发展和壮大，奠定了政治和制度的基础。于是，秦国发达强大起来，最终统一了天下。

秦朝统一天下以后，继续严格实行郡县制度。接着，又统一了度量衡。最后由宰相李斯亲自出马，统一了文字，从此废除了各个小国家建立和创造的差异文字，统一使用秦文，也就是共同使用秦篆。

治国用重典，在秦朝统一天下的过程中，甚至在统一之后的严格管理上，在理论上一直尊崇儒家和法家，最终确立了儒家的权威地位，从此确立了孔子的圣人地位。

汉朝虽然在军事上打败了秦朝军队，推翻了秦朝的统治，却完整地继承了秦朝的社会制度和管理模式，中央集权制更加完善，地方郡县制更加层次分明、更加严苛。汉朝在汉武帝时达到高潮，创造了汉朝的辉煌。

虽然汉朝没有忘本，并推崇老子，但是在治国理念和制度管理方面，也仍然是以孔子的儒学为主。

于是，就有一些现代历史学家质疑，秦汉以后，有封无建，不能称作真正的封建社会。理由也并非牵强附会，并没有形成最后的理论成果。

如果不再叫封建社会，应该叫什么社会？一直没有定论。没有定论也好，可以继续讨论或者是继续争论。理论的事情就是这样，需要经过长期讨论经常争论，也许才会出现理论成果。

回头来说秦汉。秦汉时期为了管理社会的需要，统治阶级就把法家和儒家理论拿来当工具，并且最后确立了儒家的权威地位。但是，统治阶级在使用儒家理论为工具的过程中，确实有无限放大的地方，什么都拿孔圣人做旗帜，确实有拉大旗做虎皮的主观现象，甚至放大到栽赃的程度，也是可以理解的。其结果呢，这就严重伤害了许多文化人自由浪漫的天性，不少文化人就在私底下喊出“苛政猛于虎”，以对抗和反抗，慢慢就形成了文化人的怨声载道。有压迫就有反抗，这是历史发展的规律，也是文化发展的规律。

这些以士大夫阶层为代表的文化人，对于统治阶级的怨声载道，一直发展到东汉末年到了高潮。叫作文化反抗也好，叫作文化反弹也行，许许多多的文化人开始释放出自己的能量。不过，秀才造反，三年不成。他们能够闹出多大的动静？无非是在文化态度上和言谈举止上，开始主动放弃和主动轻视孔子和儒教，重新对于中国经典文化的代表《周易》、老子和庄子的学说燃烧出空前的热情。历史上对于这三种经典文化叫作三玄，处处谈三玄，掀起了热衷三玄的高潮。

于是，印度的佛教文化，大致就在这个时期传进了中国。干柴烈火，一点就着，来自印度的传教僧人，一批又一批来到中国，经过翻译的佛教书籍随处可见，从皇家到民众，兴起了佛教热。

文化的传播也需要一定的时机，这便是接受外来文化的文化形态和民族心理。面对着眼花缭乱、五光十色的佛教，在部分有钱有势文化比较低的阶层，选择了建筑佛寺，甚至开凿石窟的方式，自认为广行善事，为自身修建功德，延年益寿，又梦想长生不老。发展到后来，认捐佛像，刺血写经，做水陆道场，剃度出家，吃斋念佛。另有一部分文化人，以士大夫阶层为代表，则偏重修身养性，精神寄托，也热得一塌糊涂。这时候南朝的梁武帝带头修建寺院，仅金陵就修建了四百八十所寺院。此时北朝并不甘落后，甚至更加疯狂，仅就都城洛阳，也修建了大大小小寺院一千多所，推波助澜。在信奉佛教方面，南朝和北朝似展开了竞争一样。

其实，如果仔细区分，在兴起佛教热时期，南北朝却有明显的不同。南朝以梁武帝为首，皇家一马当先，带动了全国的佛教热。北朝的孝明帝比较理性，大力支持，态度诚恳，支持笃信佛法的灵太后胡氏主持修建永宁寺就是明证。同时，在都城洛阳，痴迷研究《周易》的大有人在，也有自己的文化圈子。研究老子和庄子的人也同时存在，并且有不少文化活动，甚至有自己的文化团体。继承和发扬孔子学说的也仍然存在，并没有任何官方的限制和指责。这种各种经典文化共存的状态，形成了洛阳的一道风景。这就展现了孝明帝的文化胸怀，使古城洛阳成为时代的文化中心。

这时候菩提达摩来到了洛阳。虽然南北朝还处于相互对峙、相对封闭状态，但是梁朝和魏朝之间的民间信息传播仍然活跃。洛阳人很快就知道释迦牟尼的正宗传人、第二十八祖菩提达摩来到了中国。他从海上乘船来，先到广州，再到金陵，由于和梁武帝言语不合，一苇渡江，已经来到了北朝。因为一苇渡江轰动天下，洛阳人就开始四处打听菩提达摩的行踪和下落。这么大的佛教领袖来到了洛阳，为什么无声无息？到底是来了没有？这些消息传着传着，自然传进了皇宫。

孝明帝对御史说："你们查一查，菩提达摩到底来到洛阳没有？"

御史连忙说："民间传说很多，我们立马调查。"

孝明帝交代："佛教第二十八祖，是大人物，举足轻重，况且又是一个外国人，又在南朝受到了惊吓，不要盲目乱找。不能够鲁莽，要仔细调查。洛阳这么大，不要引起风吹草动，千万注意民间影响。"

"皇上放心，皇上旨意我牢记在心，明白分寸。"御史告别皇上，转身就命令手下人，需不动声色，暗访密查，迅速找出菩提达摩的下落。

孝明帝的生母胡太后自幼受姑姑的影响，信奉佛教，此时也得到了消息，自然喜出望外，也安排手下人开始查访……

永宁寺住持菩提流支也得到消息，虽然同是印度人，他并没有和菩提达摩打过交道，只是听说过菩提达摩的许多事迹，知道他是印度的佛教领袖。如今听说菩提达摩忽然来到了洛阳，心里开始不安。前些年，达摩的两个弟子曾经来到洛阳，目中无人，开口闭口大谈大乘佛教，他竟然被他们教训过。他暗自串联来传教的印度僧人，把他们二人赶出了洛阳。再者自己身为皇家寺院永宁寺的住持，深受皇太后的信任，也曾经公开和孝明帝说法讲经，现在从印度来的传教僧人中，他已经是权威人物。如果菩提达摩现身洛阳，自己势必落下风。于是，他也安排人寻找菩提达摩，只有先找到他，才能够准备对策。

这样，三股势力都开始查找达摩的下落，很快就找出了眉目。他们先后找到了姬佛光，然后又找到了少林寺住持慧光。

姬佛光精明干练，事先有心理准备，就装疯卖傻地说："我是结交了一个来自印度的传教僧人，看他形单影只，无处挂单，出自同情，我把他介绍到了少林寺。看这僧人模样，不像是菩提达摩。”

有人追问：“这个传教僧人叫什么？”

姬佛光说：“问过他，叫菩提多罗。”

少林寺住持慧光也说：“我和姬佛光相识多年，是朋友。是他介绍来的。也只是一个挂单僧人，绝不是菩提达摩。”

有人就问：“菩提多罗说法讲经没有？”

慧光住持就说：“从来不说法讲经。看着像是一个可怜僧人，衣裳又破又旧，眉毛胡子很长。从哪里看，也不可能是二十八祖菩提达摩。”

来人追问：“人在何处？”

慧光师父就说：“就在后山上，自己找了一个破山洞，整天在山洞里打坐。”

来人又追问：“和什么人来往？”

慧光住持说：“也就是姬佛光经常来看看他，别人还真没有见过。”

来人让慧光住持带路，来到后山登上五乳峰，看到菩提达摩正在山洞里边打坐。只见菩提达摩盘起双腿，双手合十，双眼微闭，打坐在草垫子上。来人走上前来，菩提达摩一动不动，呆呆地就像一截木头。

来人问慧光住持：“他能说话吗？”

慧光住持说：“你叫叫他试试，我也不知道。”

菩提达摩打坐着不语，现场一阵静默……

来的人不甘心，伸手试探着推推菩提达摩的肩头，推不动，重得像一块石头。他干脆对着菩提达摩大声喊：“你是谁？你叫什么？我在问你哪。”

只听菩提达摩回答：“僧人菩提多罗。”

来的人开始不耐烦起来，对慧光住持说："走吧走吧，也算见过了。说到天边，这也不是菩提达摩。"

等到这些人下山以后，姬佛光悄悄上山，来向菩提达摩通报消息："老师，几股势力都在找你。专门来找我的人，就来了一拨又一拨。"

菩提达摩问："哪几股势力？都有谁在找我？"

姬佛光说："永宁寺住持菩提流支手下人在找你；皇太后手下人在找你；皇帝亲自安排御史，也在找你。"

菩提达摩"哦"了一声说："让他们找去吧，我又没有说谎，我就是菩提多罗。"

姬佛光说："会不会出什么事情？我在担心你的安全。"

菩提达摩说："不用担心，我很安全。我就在这儿，哪儿也不去。"

姬佛光说："老师，这能够瞒多久？早晚人家会知道的，你就是菩提达摩。"

菩提达摩说："瞒是瞒不住的，该来的总会来。来了又如何？不来又如何？"

姬佛光说："我害怕他们找来找去，打扰你的清净。"

菩提达摩说："清净在心里边。我已经开始读《周易》，专心得很，心无外物。"

外出查访的人陆续回到洛阳，及时向上汇报。只是找到了菩提多罗，没有找到菩提达摩。只有菩提流支心里明白，菩提多罗就是菩提达摩。让他困惑的是，菩提达摩既然来到了洛阳，为什么不公开自己尊贵的身份？为什么不去寺院找他们？为什么不先来找官家自报家门，让人家接待他？不合常理。到头来他自己瞎摸到少林寺挂单，少林寺又不是很有名望的寺院。然后呢，不声不响找一个破山洞打坐。他这是要干什么？菩提流支费尽心思地猜，也不明白菩提达摩的葫芦里边到底卖的什么药，于是内心更加不安。

两天以后，菩提流支被皇上召进宫。他断定与菩提达摩的事情有关。这次召见一反常态，是在一间偏殿里，孝明帝正坐在茶桌前等他。菩提流支连忙上前施礼，膝盖也发软，他想跪下来。孝明帝拦住他说："你是出家之人，又不是大臣，跪拜之礼就免了。"

菩提流支双手合十，向孝明帝行礼，然后站着等候圣旨。

孝明帝伸手相邀，请菩提流支坐在茶桌对面："南朝送来的好茶，请法师品尝。"

菩提流支主动说："皇上日理万机，亲自召见僧人，僧人感恩。"

孝明帝笑笑说："其实这皇宫里的人都在忙，只有我是闲人。闲来品茶，忽然思念法师，冒昧请来，还请法师见谅。"

菩提流支喝一口茶，连连说好："皇上亲自召见，这是僧人的福分。"

菩提流支经常出入皇宫，见过大场面，倒也不慌不忙，神态自若，静候皇上发问。他心里明白，皇上亲自召见，绝不是喝茶这么简单。

孝明帝茶碗在手，一边把玩一边问道："请问法师，菩提多罗是谁？"

菩提流支早有心理准备，皇上既然开口问他，说明已经查访清楚。如今找他来，一为确认，再者就是看他的态度。菩提流支好像也不假思索，开口就说："菩提多罗就是菩提达摩。"

孝明帝好像也并不惊愕，只是说："这么说只是一个人两个名字了？"

菩提流支回答："回皇上，菩提达摩祖师出家之前在王宫生活。他曾经是印度南部香至国的三王子，从小叫菩提多罗。自幼饱读经书，才华出众。出家以后先拜跋陀法师修行，也仍然叫菩提多罗。后来告别跋陀法师，又回到王宫，孝敬国王。再后来遇到二十七祖般若多罗，这才重新拜二十七祖般若多罗为师，般若多罗为他改名菩提达摩。他是第二十八祖，释迦牟尼正宗传人，在印度佛教中他是领袖，许多人知道他的经历。”

孝明帝点点头说：“还是法师说得明白。敢问法师，你和达摩祖师在印度时相互之间有过来往吗？”

孝明帝不慌不忙切入正题，菩提流支也不卑不亢如实相告：“印度也很大，有许多的小国家，和我们的梁、魏等国近似。达摩祖师一直在南，我一直在西，因此无缘来往。再说我辈僧人与达摩祖师无法相比，达摩祖师是灯塔，我辈僧人只是一只萤火虫一样，一直无缘见面。”

孝明帝说：“法师这是自谦了。我皇家寺院永宁寺住持也是大德高僧，闻名天下。”

菩提流支说：“那是皇上抬爱。我想菩提达摩来到中国，自然也是为了传教，皇家寺院永宁寺适得其所。如果菩提达摩来到永宁寺，贫僧甘愿让贤让位也是理所应当。”

孝明帝笑着摇摇头说：“永宁寺是皇家寺院，不能够随便更换住持。我相信达摩祖师既然来到了中国，恐怕也不是来当这个住持的。”

孝明帝言语轻松，也算安慰了菩提流支。菩提流支是明白人，马上说：“如果皇上有意，贫僧愿亲往少林寺，去请菩提达摩。”

孝明帝轻描淡写说：“这个，就不用了。谢谢法师好意。”

告别皇上，菩提流支回到永宁寺，心里仍然忐忑不安。皇太后一直恩宠永宁寺，天下皆知。皇上虽然也偶尔请他说法讲经，但明显感觉出来皇上只是在走过场，只是表明一种态度，并不上心。孝明帝看着温和，却深藏不露，圣心难测。菩提流支从来没有见过孝明帝这种人中龙凤，别人想什么他好像完全明白，他自己想什么，永远没有人知道。

菩提流支有时候也劝自己，自己不过只是一个域外来的传教僧人，没有必要这样左思右想、患得患失。但是，皇家寺院永宁寺住持的位置太过显赫，身份尊贵到官员们都礼让三分。金银财宝滚滚而来，无穷无尽。这些年来，他确实已经习惯了这样的生活，做梦也害怕失去这一切。不知道从何时起，他活得小心翼翼。无论如何，菩提达摩忽然来到洛阳，使他感到了威胁。就在见过皇上以后，菩提流支长时间内心不能安宁。我应该如何应对？有什么特别的对策吗？他反复思考……

几天以后，御史带人又来到了少林寺。他们先找到慧光住持，明确告诉他，皇上说了，在少林寺挂单的域外僧人菩提多罗，就是佛教第二十八祖菩提达摩。这让慧光住持意想不到，连忙询问："这怎么可能？确认了吗？怎么确认的？"

御史大人说："皇上怎么确认还要请示你吗？皇上已经下旨，请菩提达摩进皇宫，皇上要亲自召见他。"

慧光住持只有连连认错："贫僧有罪，竟然有眼无珠。"

御史大人说："带路吧，我们要亲自去迎接菩提达摩。"

一行人走上后山，登上五乳峰。菩提达摩此时正在读书，看到一行人站在洞外，于是手掂书本，迎了出来。菩提达摩双手合十，对慧光住持施礼："住持亲自上山，贫僧感激不尽。"

慧光住持忙向菩提达摩介绍御史大人："这是皇上派来的御史大人，皇上要请你入宫，亲自接见你。慧光有眼不识泰山，还望见谅。"

菩提达摩不慌不忙，一点也不感到意外，先对慧光住持说：“菩提多罗就是菩提达摩，僧人并没有说谎，住持见谅。”

慧光住持说：“都是慧光没有见识，慧光失礼。圣旨已到，还请菩提达摩祖师启程。”

御史大人上前展开圣旨，宣读一遍，这才说：“请达摩祖师启程。这山路不好走，轿子在山下等候。”

菩提达摩说：“这圣旨一到，我就必须要启程吗？”

御史大人感到意外：“圣旨已到，难道达摩祖师要抗旨吗？”

菩提达摩说：“这魏朝皇上，只是你们的皇上，并不是我印度人的皇上。我一个域外僧人，又是一个出家人，你们不能够命令我，是不是需要和我商量？”

这就大大出乎所有人意料，大家面面相觑，不知道如何是好。天下之大，难道还有人见到圣旨，不奉诏吗？

菩提达摩说：“我如果同意，可以跟你们启程。如果我不太方便呢，也可以不去。这么说吧，出家之人，已经不习惯去见皇家和官家。你们就这么回去告诉皇上，菩提达摩感恩，圣意心领了。由于我正在读书，不方便出行。”

御史大人见菩提达摩态度坚定，也不敢强迫他下山，僵持了一会儿，只好自己下山。这让慧光住持非常难堪，普天之下，圣旨已到，还有不奉诏之礼吗？他可是从来没有见过，连连向御史大人赔罪，不知所措。到头来，还是御史大人安慰他：“慧光法师，这又不怪你。我们回去如实禀报给皇上吧。”

御史一干人抬着空轿子，赶回了洛阳。进了皇宫，就如实向皇上禀报，菩提达摩没有请回来。

孝明帝好像并没有感到意外，说道："这就说完了？"

御史低头说："下官无能，菩提达摩无礼，没有请来。"

孝明帝说："谁说你无能了？谁又说达摩祖师无礼了？达摩祖师出家之人，又是域外僧人，本就不是我魏朝臣民，为什么一定要奉诏？达摩祖师说得句句在理。我是想知道过程和细节，你明白吗？"

御史老实回答："皇上息怒，臣不明白。"

孝明帝也让御史逗笑了："比方说，你们看到的山洞什么样子？这个你也不明白？"

御史说："这个明白。山洞在后山五乳峰下，一个天然形成的破旧山洞。四外没有任何房舍，到处都是树林。山洞也不太深，也就一丈多深不到两丈的样子。山洞里边地上有几个草垫子，可能为打坐和睡觉准备的。有几块石头支了一个锅，还有一个瓦罐？是一个瓦罐，旁边还摆着一个大点的瓦缸，盛水用的。到处摆放的是书，我瞄了一眼，都是汉字书，也不是佛经。他手里还掂着一本，和我们说话时一直也没有放下来。"

孝明帝问："手里掂的什么书？"

御史摸着脑袋回想着说："挺厚的，啊，我瞄了一眼，是《周易》。我确定是《周易》。"

孝明帝很细心，又问："你忘了说山洞的洞门，是木门？还是挂的布帘子？或是草帘子？"

御史说："这个我可是看清楚了，没有门，也没有帘子，就那么敞开着，什么门也没有。"

孝明帝深思着点点头，像是自言自语也像是对御史说："这就对了。这才是达摩祖师。只是，他为什么不说法讲经，却躲进山洞里读《周易》呢？你说说这是为什么呢？"

御史一时不确定是否要回答皇上的问话，犹豫不定间，只听孝明帝又说："是这样，过个三五天吧，你们再去请一次。记着，一定要礼貌，不得无礼。"

御史领命告辞。孝明帝看着御史的背影自言自语："有点意思……"

整个过程，姬佛光并没有在场。待他把情况了解得一清二楚了，悄悄摸上山来，见菩提达摩。他也纳闷不解，菩提达摩竟然把皇上召见这么隆重的事情，处理得如此轻描淡写。

姬佛光说："你把我吓死了。你就不怕皇上派来的人把你抓去？"

菩提达摩淡然一笑："怎么会。皇上不是你姬佛光，他是皇帝。"

姬佛光说："我还是后怕。那可是圣旨啊！"

菩提达摩说："圣旨又如何？不就是一块黄布吗？我反而觉得，经过这么一闹，我在这里更加安全了。"

姬佛光说："你是不知道，把慧光法师吓得够呛，好把我埋怨。我注意到了，他好像还有别的压力，只是他不说。"

菩提达摩说："我比你明白。这才是他更大的压力。"

姬佛光问："什么压力？来自什么人？"

菩提达摩说："过一段时间，你就知道了。"

姬佛光说："老师，你就这么不奉诏，就这么完了？能够糊弄过去？"

菩提达摩摆摆手："不会，过几天他们还会来。来了再说吧。这几天我正在读《周易》，这《周易》太不得了，只是不认识的字有许多，还有许多地方看不明白。你既来了就别走了，赶快帮助我。”

姬佛光说：“这个太容易了。《周易》我也不知道读过多少遍，不能说倒背如流吧，正读也是畅通无阻的。我的理解能力在解卦上，几乎每一卦，我都熟悉。”

于是，菩提达摩就把看不懂的地方找出来，一一向姬佛光请教……

几天以后，御史带着圣旨又来了。由于已经来过一次，御史大人不再让慧光住持带路，直接上了后山，就往五乳峰上爬。得信的和尚连忙向慧光住持报告，慧光看到停在山脚下的轿子，赶紧带人追了上来。快到菩提达摩住的山洞时，慧光终于追上了御史大人。御史大人也不客气，只是摆摆手，就算是打了招呼，一起来到菩提达摩住的山洞。

这时候，菩提达摩一个人正烧水煮茶。瓦罐里边煮的是竹叶茶，水在沸腾，竹叶茶的清香飘散出来。看到来人，菩提达摩一点也不意外，就说：“我这里也没有地方坐，就站着说吧。你们怎么又来了？”

御史大人一改惯例，不再大声宣读圣旨，而是把圣旨双手呈给菩提达摩。菩提达摩看过圣旨，面色平静地说：“菩提达摩谢恩。圣上心意已领。你们也都看到了，我正在读书，确实不方便走动。”

御史大人对菩提达摩恭敬有加地说：“皇上见达摩祖师心切，派下官二次来请。请达摩祖师移步，还是去一趟好。下官跟着皇上这么多年，还从没见过皇上这么反复请过客人。”

慧光住持可怜巴巴地望着菩提达摩，也连连说：“皇上已是第二次请你，祖师还是启程吧，轿子就在山下。你如果不去，连我都没法向皇上交代。”

菩提达摩祖师笑着问慧光：“你见过皇上几次？”

慧光法师马上红了脸："祖师说笑了，我哪能有福分去见皇上呢。"

菩提达摩祖师说："那你就不用交代了。"说完，他又对御史大人说："请向皇上回禀，我正在读《周易》，或者说我正在研究中国的经典文化。读过《周易》后，我还要读老子、孔子和庄子。中国的经典文化确实博大精深，我一个外国人，感到非常震撼。我现在去见皇上，还不知道说些什么。我来中国的使命是传教，但是在我还没有了解中国的经典文化之前，我不会说法讲经，因为我不知道如何讲。如果我研究过中国的经典文化之后，发现中国并不需要佛教，可能我就不传教了，直接回国去了。有这个可能。我不是在开玩笑。你们回去就这样实话实说，皇上不会怪罪你们的。"

御史大人已知道此行的结果会像上次一样，认命般不再勉强。临走时，御史大人送给菩提达摩一包茶叶，说："皇上对我交代，如果祖师因故来不了，就把茶叶放下。南朝送来的茶叶，祖师一定喜欢。这可是皇上亲口说的，不敢隐瞒。"

菩提达摩接下茶叶，非常高兴地说："谢过皇上。这个我喜欢。一定代我谢过皇上。"

御史告别菩提达摩，回到洛阳，进皇宫复命。这次有了经验，御史把见到菩提达摩的过程讲得非常细致。特别是菩提达摩的原话，几乎一字不漏复述给了皇上。御史讲得明白，皇上听得认真。御史讲完了，皇上久久没有说一句话。

御史大气不敢出地看着皇上，诺诺地说："皇上，我哪儿又说错了吗？"

皇上长吁一口气："这和你有什么关系？我在想一个来传教的外国

人，二十八祖菩提达摩，这可是活佛啊，也不说法也不讲经，突然痴迷于中国的经典文化，口口声声在称颂我们中国的经典文化，闭口不谈自己的佛教。你见过很多来传教的僧人，有这样的吗？我是没有见过。不论是中国人，还是外国人。我说的外国人不仅是来自印度的僧人，也包括所有来到我们中国的外国人。西域人也好，波斯人也好，都没有菩提达摩祖师的文化胸怀，说话朴实无华，为人谦和，莫测高深。好啊，只要他长住我嵩山少林寺，就是我魏朝的福分。”

皇上忽然话头一转：“你给我记牢了，三个月之内，不要再去打扰达摩祖师。三个月之后，你再去看望他。是代表我去看望他，不是请他来皇宫做客，是送礼物。我有礼物送给达摩祖师。”

说完，皇上若有所思地把目光投向别处……

就在御史大人走后的第二天，发生了一件奇怪的事情，菩提达摩吃饭中毒了。本来，菩提达摩每天只吃一顿饭，过午不食。通常在太阳快走到头顶时，由少林寺伙房杂役僧人上山送饭。通常是杂役僧人看着菩提达摩吃完，再收拾碗筷拿下山。这天菩提达摩只吃了几口，就放下了碗筷，因为他发现饭中有毒。他马上调息自己，开始呕吐，把吃下的食物吐出来，然后多次漱口，折腾了好一会儿。小杂役不明白发生了什么，菩提达摩手指着饭碗只说了“有毒”两个字。

小杂役吓得脸色发白。毒害达摩祖师，这是天大的罪过。小杂役跪下就哭，不知所措。达摩扶他起来，连忙哄他：“你哭什么？这和你没有关系。”

小杂役说：“怎么能和我没有关系？是我送的饭。我的罪过大了，住持非打死我不可。”

达摩倒显得很平静，把碗里剩下的饭倒在洞口处的石板上，让小杂役来看。只见石板上吱吱冒着白沫，证明确实有毒。达摩让小杂役打扫干净，在山洞外挖一个土坑，把有毒的饭和呕吐物埋起来，并叮嘱小杂役："别让鸟儿吃了，再害死鸟儿。"

达摩对他说："别对任何人讲，就装作不知道。你走吧。"

小杂役吓得两腿发软："我不敢回去，祖师救我。"

达摩说："只要你不说，就没有人知道。走吧，我送你走。"

小杂役回到少林寺，左思右想，越想越后怕，还是把这件事情报告给了慧光住持。慧光住持能够掂量这件事情的轻重，悄悄地一个个审问少林寺伙房的僧人。审来审去，没有发现问题。又回头审问送饭的小杂役，小杂役这才想起来，送饭到后山时半路上遇到两个人，拦住他一定要看看送的啥饭。慧光住持心里豁然明白了，就是半路上碰见的人在饭里下的毒药。慧光住持交代一干僧人，此事勿外传，由他自己处理。

如今皇上两次下诏，请菩提达摩进宫，消息不胫而走，传遍了洛阳城，几乎人人皆知，达摩祖师就在嵩山少林寺。竟然有人这时候对达摩祖师下毒，此事非同小可。无论如何事情发生在少林寺，慧光住持明白，即使他浑身是嘴也说不清楚，死活与少林寺脱不了干系。皇上如果怪罪下来，不是罚轻罚重的事情，弄不好就会掉脑袋。慧光住持思前想后，便找来姬佛光商量。

姬佛光也吃了一惊："慧光住持确认，此事当真?"

慧光点点头："反复确认，此事当真。"

姬佛光问："达摩祖师什么反应？什么意见?"

慧光住持说："达摩祖师反复交代，此事别外传，先瞒下来。祖师大人大量，没有追究计较，还哄劝吓坏的送饭小和尚。”

姬佛光说：“皇上两次下诏，天下皆知。敢顶风作案，毒害祖师，这股势力也来头不小。先按达摩祖师说的话行事，待我上山看过祖师后再来找你。”

姬佛光告别慧光住持，走上后山，爬上五乳峰，来看菩提达摩。一见面，菩提达摩笑问：“慧光住持没有主意了，找你商量?”

姬佛光说：“老师明鉴，确实如此。我就不明白了，谁会有这么大的胆量?”

菩提达摩乐呵呵地说：“该来的来，该去的去，躲是躲不过的。”

姬佛光说：“我让慧光住持先听你的，像什么事也没有发生一样。看看以后还有什么动静。”

菩提达摩说：“你做得很好。既然来了，还会来的，来了再说。”

姬佛光心里一惊：“老师是说……他们还会再次下毒?”

菩提达摩平淡地说：“恶念既起，来势汹汹，怎么可能半途而废?”

姬佛光开始担心祖师安全：“老师，我们也得有对策啊。要不要先换个地方？这里不安全了。”

菩提达摩说：“你放心，这里很安全。也不用对策。没有对策，就是最好的对策。不说这些了，你还得帮助我办一件事情，你去洛阳书店街再找找，我这里有关河图的资料太少，我还想补补河图的课。”

姬佛光说：“这个好说，我明天就去办。”

菩提达摩说：“你不用担心我，没有人能害了我。我读《周易》正读得高兴，满脑子都是《周易》。你快去找慧光住持吧，他还在等你。”

告别菩提达摩，姬佛光回到少林寺，转述了菩提达摩的话。慧光住持的心情一下子沉重起来。如果再次发生下毒的事情如何办？看来少林寺已成为是非之地，不如自己早做打算，以免连累自己，如果罪恶加深，就来不及了。

一个月后，下毒的事情又发生了。这次发生的过程奇巧，但是手法雷同，还是在饭里下毒。虽然被警觉的菩提达摩发现，但性质恶劣，少林寺再也不敢隐瞒，慧光住持急匆匆赶到洛阳，将两次下毒经过，先报告给皇宫御史大人，又报告给了永宁寺住持菩提流支。

御史也觉得事关重大，不敢耽误，直接报告了皇上。

不料皇上听过报告，似轻描淡写一样说："就这么个事儿？还发生了两次？再发生一次，也毒不死达摩祖师。"

御史不解："要不要立案侦查？"

皇上说："达摩祖师若被他们毒死，他就不是达摩祖师了。"

御史说："臣下不明白。"

皇上说："你当然不明白。你要明白了，你就来当皇上了。"

御史跪地说："臣下有罪，请皇上惩罚。"

皇上说："你有什么罪？"

御史说："不知道，请皇上明示。"

皇上说："既然不知道，那就比知道了好。你退下吧，就当你没有禀告过，该干什么就干什么去。"

慧光住持拜在菩提流支门下为徒，报告完案情经过，慧光就等着师父训斥。因为事情毕竟发生在少林寺，他是有责任的。意外的是，菩提流支"哦"了一声后，就没有顺着话头说下去，反而岔开了："你在少林寺当这个住持几年了？"

慧光连忙说：“开始是代理，后来经过师父发话才担任住持。已经六个年头了。”

菩提流支说：“事情既然发生了，就发生了。皇上日理万机，也不一定会在意这些小事。无影无踪，如何查？我看你为此担惊受怕已多时，我倒有一个想法，永宁寺事情太多，非常需要你这样能干的人。你可以辞去少林寺住持，回到我身边来。”

慧光施礼谢恩：“谢过师父，弟子愿意回到师父身边来。只是少林寺那边怎么交代？”

菩提流支说：“这还用我教你吗？先等这阵风吹过去，事态平稳下来，找个借口还不容易吗？”

慧光得了菩提流支的许诺，回到少林寺，装作没事人一样，开始混日子。

投毒一事由于没有人格外关切，也没有立案侦查，慢慢放凉下来……

菩提达摩仍然在山洞，要么打坐，要么读书，要么煮茶……

中国的菩提

第四章
chapter four

p207 ▸ p297

◎

一 《周易》过眼

两次投毒未遂，似未对菩提达摩的生活造成影响。他正在专注攻读《周易》，被《周易》围困。

几个月来，他已经通读了三遍。个别章节，反复阅读已经不知道多少遍。这几天他放下《周易》，集中看姬佛光买来的关于河图洛书的资料。他觉得河图洛书既然诞生在前，应该先行理解透彻，对他理解《周易》肯定有所帮助。果然，他在关于河图的资料里找到了灵感。

和他原来猜想的一样，河图和洛书从逻辑上讲，是彼此相通的。河图更加直白，告诉你这就是天象图，是夜观天象的图像。通过阅读典籍和夜观星象对比，证明以前的思考方向、探求路线并无错误。只是有多种解读，各不相同。

有一种说法，河图的天象图是圆的，洛书

的天象图是方的。那么河图就代表天，因为天是圆的。洛书就代表地，因为地是方的。中国人有天圆地方之说。这种说法虽然牵强，甚至有点夸张，却是中国人臆想的形象。

有一种说法更加新鲜，先人从天上的银河里看到许多星星组成了一条龙，组成这条龙的星象图才是河图。所以，河图的“河”并非传言中的黄河，而是指天上的银河。这种说法显然更加浪漫。

中国人真是敢于想象，也真是敢于评说。你这么说，他就那么说。东边说理，西边听风，站的角度不同，各说各有理。达摩觉得这才是讨论文化应该有的态度，开放，自由，没有束缚，没有相互攻击，甚至也没有人尝试着进行归纳和概括。这就使阅读也充满了愉悦和自在。想听谁的就听谁的，想怎么理解就怎么理解，可以天马行空。于是，达摩就逐渐找到了自己思考与理解的方向和路线。

同样是夜观天象，中国的天象学家似乎和印度的不同，虽然面对的是同一片天空，面对的还是这些星星，由于观察的方位和角度不同，相互之间竟然会有许多的差异。夜观天象的目的，印度先人好像偏重于占卜问卦。而中国先人更加突出确定方位和计算时间，占卜问卦次之。在这点上，中国比印度的天象学要客观。到底是不是这样？达摩也明白，这么讲不一定准确，也只能是个人感受。

有一处阐述得特别重要，是从河图洛书里的数字讲起。洛书里只有九个数，就是一二三四五六七八九。而河图里是十个数，就是一二三四五六七八九十。这说明河图显然放大了洛书的面积和范围。而且有一张图，是把河图和洛书套起来，图标重叠在一起，似乎说明了两者之间应有逻辑关系。

在典籍里专门指出，河图的数一二三四五六七八九十，一三五七九是阳数，二四六八十是阴数。阳数相加得数为二十五，阴数相加得数为三十。那么，这个阳数和阴数相加在一起，得数就是五十五。因此总结说，天地之数就是阴阳之数，既然相加得数是五十五，那么这个“五十五”就是天地之数。这里把天数设为阳数，把地数设为阴数，“五十五”这个数就成为天地之和，于是，万物生命就在这五十五之和里行阴阳，或者诞生或者变化或者生长或者灭亡自己的命运。这个“五十五”天地之和，就成了生死场。

看到这一处解释和阐述，达摩就明白了，是河图和洛书形成了天地之和的一个结构。从这个结构里，推出了阴和阳，又推出了四象，这就指向了最后形成《周易》里八卦的方向。

看到这里，达摩停下来，粗略地计算了一下时间和年代，河图洛书问世之后的两千到三千年，八卦图才诞生了。这个推演过程应该是合情合理的。河图和洛书就如同两座灯塔，为后人指明并照亮了通向周易八卦图之路，又如同两条血脉，河图和洛书一直在向周易八卦图输血。

也有中国人根本不这么看，他们认为河图和洛书与周易八卦图没有任何关系，并且大胆地推测起来，也许是先出现了周易八卦图，才出现了河图洛书。这么讲还有一定的证据，证据就是一直在说周易八卦图之前，文字还没有发明出来，先人都还在结绳记事，怎么出现河图洛书呢？河图洛书里有明确的数字，这些数字就是明证。这么讲也有一定的道理，并不是胡说。但是，达摩认为，这是在讲歪理、硬抬杠。因为这个讲法只是具有破坏性和解构性，并没有建设性和结构性，也没有相互之间的逻辑关系。

因为上古历史，就是完全没有文字记载，也没有可靠的物证，本来就是口口相传的传说。这些传说就是历史。你不能以今人去要求和规范古人，你不能够就因为这只是一些传说，就一概地认为因为没有现代人认为的证据它就没有发生过，完全否定它，或者说它是误传和假说。这种推论太过武断和莽撞。因为在没有文字之前，人类记忆历史的方法，就是口口相传的传说。别说中国，印度也是一样。全世界任何民族都是这样记忆历史的。于是，达摩坚持认为，方法只有一个，从中间找到传承的合理的逻辑关系，就可以大胆认定，这就是真相。

于是，达摩把河图洛书收起来，接着再来对付《周易》。

达摩自小博览群书，最会读书并且善于读书，但是这一次捧读《周易》，他觉得遇到了拦路虎，是一个空前的挑战。通读三遍以后，他已经认定，《周易》确是中国的群经之首。《周易》内容广博，从天地人，到宇宙之间的万物生命的变化，几乎全部涉及。再说深度，从宏观宇宙的天地变化，到具体人的生活情节和命运转换，无不详述。达摩第一次通读过后，只感到吃惊和震撼。通读三遍以后，又反复阅读个别章节和段落，达摩给自己的这次阅读体验，总结出两句话，第一句是越读越清晰，第二句是越读越糊涂。

越读越清晰，是建立在对《周易》的宏观感受和把握，从河图洛书到《周易》，这之间梳理起来的脉络一清二楚，可以说越读心里越亮堂。

越读越糊涂，是指如果你一头扎进《周易》的卦象，研究如何运用《周易》的卦象，那就是重重迷障一头雾水，陷入迷茫，似无出头之日。

达摩马上明白，别说几个月或者几年时间，自己如果用一辈子来研究《周易》，也未必能够走出困境。阅读的过程，只能够帮助你增长智慧，积累各方面的学问，越学越深入。于是，达摩就大胆猜测，别说他一个外国人有语言障碍，就是在中国的读书人里找，也没有几个人敢说自己精通了《周易》。因为《周易》确实是群经之首，也是百科全书。

于是，菩提达摩认为，既然已经通读了三遍，就不用再读了。如果执迷不悟再读下去，就会像走进迷魂阵，找不到出口，再也走不出来了。现在需要放下书本，进行宏观的概括和分析，梳理出主要的脉络，为《周易》在中国经典文化的坐标上定位，就可以了。就如同夜观天象，面对迷乱的星空，你需要很快找到北极星，找到北极星就找到了方位和方向。

跳出来这样的思考以后，达摩觉得思路立马清晰起来。他放下书本，开始生火煮茶。一边喝茶，一边看山上的石崖和树木。天上云卷云舒，洞前鸟飞虫鸣。他开始仔细回想……

河图洛书问世两三千年以后，出现了《周易》。当然，最初并不叫《周易》，而是叫八卦图。后人勉强起了一个名字，叫八卦图为《连山》。《连山》是《周易》的第一易。为什么叫“连山”？好像没有人对此解释过。为什么和山有联系？仅从字面上来尝试着理解，是山连着山，山山相连，山里有山，山外有山，山无穷尽。尽管这么讲不一定准确，也可能不是古人的原意，却可以糊弄一下自己。而且，八卦图刚刚出现的时候，中国还没有诞生文字，只是一些图案和符号。那么也可以推测和理解，这些以图案形式出现的八卦图，这《连山》的最初面貌，有人能够看懂吗？或者说有几个人能够看懂？或者是大部分人能够看懂吗？又或者是人人都能够看懂吗？

达摩倾向于后者，应该是中国的古人都能够看懂。这是一个大胆的推断。达摩认为，中国古人的夜观天象，首先是生活习惯，并不是后来人做的学问和研究。从生活的实用需要出发，古人夜观天象是为了计算方位和时间，属于基本的生活常识，并不是后世人眼里的经典文化。这其中没有假设没有神秘，却包含着人类自身的进化问题，有许多自然功能，被古人熟练掌握，但几千年以后，后世人慢慢忘却和丢掉了与天地与宇宙的沟通和交流的能力，是人自身的退化，或者叫人在进化的过程中慢慢放弃了这些文化财富。

有一个细节，中国古人在演绎八卦图时，普遍使用了一种工具——蓍草，蓍草属蒿草科，长得又细又高。古人采来蓍草，把草茎掐断成一节节，做成蓍草棍，然后在地上摆弄，演绎着八卦图。这个细节向我们暗示，八卦图在古人生活中的随时、随地和随意，非常生活化，兼具通俗性。

于是，就可以推论和猜想，这个八卦图并不是一下子画出来的，而是经过多少年多少代人的努力，慢慢琢磨出来的。这个八卦图也不是一两个人的创造和发明，而是千千万万的人用蓍草棍演变出来的，最后形成一种比较固定的模式后，才被称作文化成果。然后呢，就把这个文化成果记在了伏羲头上。记在伏羲头上也很自然，因为八卦图是在伏羲时代出现并且完成的。为了记忆方便，自然就以伏羲画出八卦图为节点。再者，伏羲是部落首领，掌握着生杀大权，不计在伏羲头上行吗？谁敢说是自己画出了八卦图？这么说不要命了吗？

《周易》的第二易叫《归藏》。达摩认为这个名字也相当讲究，是归来还是归不来？是归去还是归不去？是藏起来还是逃不出去？归无归处，藏无藏处。归有归处，藏有藏处。单从字面理解，这个名字的含义已经非常丰富和深奥。据说，《归藏》诞生在中国的夏朝，夏朝人已经开始比画着创造文字，有人就在八卦图上添写了一些文字。这可能就算是第一次有人用文字来解释八卦。不过，多少年多少代传来传去已经失传，菩提达摩从旧书堆里只找到了有关的四个字“夏朝亲亲”。

这“夏朝亲亲”到底是什么意思？有人就解释说，中国在夏朝时期，权力中心是以母亲的血缘为中心的。具体说如果皇上死了，由谁来接着当皇帝？不是后世人认为的儿子，而是皇帝的弟弟。因为弟弟比较于皇帝的儿子，距离母亲的血缘更加接近。

另有人解释说，《周易》到《归藏》时期，已经有人完全用文字为每个卦起了卦名。比方说坤卦，比方说乾卦，一直到八卦，卦卦都有卦名。而且还介绍，从《连山》到《归藏》这前两易，坤卦在上，乾卦在下。这个说法非常可信。和“夏朝亲亲”联系起来看，也应该是坤卦为上卦，乾卦为下卦。

还有人解释说，《连山》时期，伏羲只是画出了八卦。到了《归藏》时期，这才有人为八卦推出了六十四卦。一卦生八卦，八八六十四卦，符合逻辑关系。并且介绍说这六十四卦，已经卦卦都有了卦名。重要的是，还有非常简单的文字解释。虽然这些文字解释已经失传，但毕竟已经发生过。这种说法也可信，事物毕竟是发展的，一代又一代人接力一样，来推演《周易》，更有人们传承和推进的意味，也符合逻辑关系。

更有另一种解释，伏羲最早画出了八卦图，后来又推出了六十四卦，才起名叫《连山》。只是因为没有文字，还没有卦名。到了《归藏》时期，因为有了文字，先为六十四卦起了卦名，然后一卦又推出了六爻，共同推出了三百八十四爻。因为文字很少，基本没有文字注解，只为一些重要的卦简单注解了文字。这个说法比较激进，似乎也有道理，却无从考证。

这样易来易去，一直易到第三易，这才到达《周易》。这时候从年代上推算，已经到了中国的周朝。一个说法是，就因为《周易》经过三易，“易”到了中国的周朝，才叫《周易》。这个说法虽然直白，但略显潦草。《周易》的每一易都无比深奥，不会如此直白。

周朝的都城在洛阳。周朝是在周武王灭了商朝之后，建立起来的一统天下的王朝。其实在周朝建立之前，有一段周国的历史，君王是周武王的父亲周文王。周国建立以后，新国开元，万象更新，出现了空前繁荣昌盛的局面。为了建设新的生活秩序，用来指导百姓的具体生活实践，中国历史上又一次出现奇迹，周文王的儿子周公姬旦在洛阳郊外垒木圭，立木表以观测太阳运行的过程，为太阳的影子记载精确的刻度，创造了人类第一次尝试记载和计算时间的模式，并在此基础上进行推演计算后，创立了虽显粗糙和简单但实用的历法，定出二十四节气。这就是中国历史上著名的“周公测影”。从此以后，人类第一次有了自己的天文台草图和模型。

达摩以此推测，这时候的周文王早已熟读了《连山》和《归藏》，并受到启示，亲自指导建立了“周公测影”。这时候夜观天象已经不能满足周文王的野心，他才直接观察和测量太阳的运行过程，就与夜观天象形成了相互印证、相互补充。因为几乎是同时，周文王一边测量太阳创造历法，一边开始用文字详细注解《周易》。周文王真是一位学识渊博的君王。在中国历史上，这样博学的君王，非常少见。

有一种说法，从《连山》到《归藏》只是推出了六十四卦。周文王在为这六十四卦用文字解释以后，又把每卦推出了六爻，总共推出了三百八十四爻。并且周文王在注解时，把八卦颠倒过来，乾卦为上卦，坤卦定为了下卦。因为这时候早已从母系社会进入父系社会。于是，后人为了纪念周文王的文化贡献，把第三易改名为《周易》。此“周”说的是周文王，不是说周朝，此周非彼周。

在周朝时代，文字的创造得到发展。周文王为《周易》所作的文字注解，肯定是非常详细和明白的。当时的古人看到这些注解的文字，一定觉得一目了然，通俗易懂。这个估计不会有错。因为周文王对《周易》注解的目的，就是为了运用起来方便。只是随着社会的向前发展，文化发展的速度加快，文字的专业指向越来越分工明确，细分的功能越来越明晰，过往的文字又变成了一字多义的古文。于是，在周文王去世几百年以后，人们很少能够看懂周文王的注解。这时候周文王的注解文字，反而形成了理解《周易》的障碍。

于是，孔子出现了。自西周至春秋战国时期，是中国历史上产生圣人的高峰时期。当时，已经声名显赫的孔子，为了帮助人们方便阅读和运用《周易》，和当年周文王的动机一样，又开始对周文王注解《周易》的文字，再行注解。孔子总共写下了十篇长长的文章，对周文王的注解文字，又一次进行了详细注解。这就是历史上著名的孔子十大传，有的也叫系辞传。自此后，后人再读《周易》，就不用读周文王的注解了，只需读孔子的十大传。《周易》传到后来，周文王的注解已经失传，只留下了孔子对于《周易》的注解。达摩阅读《周易》，只是为了寻找和梳理中国经典文化脉络，才在旧书堆里扒来扒去，希望从源头到如今能够串联起来。

达摩就坐在山洞前边，一边喝茶，一边翻书。当然也偶尔起身转转，然后又坐下来。看看天上的飞鸟，有的鸟儿在树枝之间飞来飞去，有的鸟儿伸展翅膀飞在高空，看上去一动不动，像是俯瞰着大地一样。都说这山里很静，达摩从来就没有觉得这山里静下来过，总是有山风吹来吹去，哗啦啦响，吹得这山里生动异常，变化无穷。

达摩把一本书拿起来，翻翻放下来。把另一本书又拿起来，翻翻再放下来。然后把这些书排列组合，如同为人类排除干扰组合成向前发展的历史走向，也如同在乱麻中找到了线头，他已经非常接近找到打开《周易》的钥匙。他开始慢慢整理起思绪……

中国人看《周易》，差不多一个目的，大都是为了掌握和运用。这从姬佛光身上就得到了印证。姬佛光已经玩得很熟练，完全可以为别人打卦占卜。那么开始是八卦，一卦再生八卦，就画出了八八六十四卦。然后呢，一卦又生出了六爻，总共就画出了三百八十四爻。那么这八卦是什么？这六十四卦是什么？这三百八十四爻又是什么？

基本可以概括起来说，这就是宇宙之间天地人自然变化的规律。

无论你如何变化，你永远逃不出这八卦，逃不出这六十四卦，逃不出这三百八十四爻。这样，《周易》的玩法就找到了，或者说找到了游戏规则。

你只要把客观条件和现状的实证讲出来，《周易》就可以用占卜打卦的方法，在地上用蓍草棍为工具，为你排列组合，就能够打出卦来。然后根据打出来的卦象和卦理，就能够讲明白你的过去、现在和未来，发生过什么，正在发生什么，将要发生什么，一目了然。竟然就是这么神奇。

而且有趣的是，谁都可以来玩。帝王可以用《周易》打卦，预测未来战争的时间和地点，天下会发生什么样的动荡。平常人也可以用《周易》打卦，看看你找的这门亲事是吉是凶，就可以决定自己的婚姻走向。老百姓出行甚至也可以打卦，看看今天出门办事情，是利是害，是吉是凶，决定自己的行动。反正只要你想到什么，都可以用《周易》来打卦，然后帮助你再决定自己的行为。而且效果极佳，基本上准确无误，很少出现偏差。这就是《周易》的魅力，或者叫魔力。

而且可怕的是，这个玩法，这个游戏规则，不是你随便拿一把蓍草棍握在手中，听人来问以后，就那么往地上一扔，扔出来的卦象是什么就是什么。或者计算多少，或者是看形象。绝对不是这么个玩法，这个只是碰运气。说得好听一点，叫撞大运看天意也不打紧。真正的玩法非常严格，是通过精确的计算才能够得出卦象。拿在手里的蓍草棍有长有短，短的草棍正好是长的一半，非常规范。这些蓍草棍只是道具。通过精确计算，应该摆长的摆长，应该摆短的摆短，最终形成了一个卦象。

当然，每个卦象都不一样。但是，任何一个卦象，都逃不出八卦的卦象，都逃不出六十四卦的卦象，都逃不出三百八十四爻的爻辞。

那么，问题出现了。这预先设计的八卦的卦象、六十四卦的卦象、三百八十四爻的爻辞，又是如何诞生的呢？或者继续追问，诞生这些卦象的依据和条件从何而来？似乎只有这么追问，才能够追溯到《周易》的源头，找到《周易》的秘密和真相。

达摩追着这个源头，先找到了坐标。找到了支撑《周易》这座经典文化大厦的坐标。或者说基本上找到了结构《周易》的原理。

首先，《周易》基本上继承了河图洛书的现成的文化遗产，那就是天象的图标。在《周易》以前的几千年几万年时间，中国的古人经常夜观天象，记载和积累了天象的变化规律，画出了河图洛书。可以说，河图洛书已经捕捉到了天象运行变化无常之中的规律现象。尽管不够全面，甚至说也不够精确，但是基本规律找到了，把天象活动的日常状态和变化异常的规律画了出来。这就是人类最早的文化成果。

需要补充说明的是，积累这些天象变化无常的资料，不是几百年，不是几千年，而是人类上万年的观察和记忆，对比和分析，怀疑和肯定，否定和发现，不知道多少个回合之后，上古先人才尝试着小心翼翼地画出了河图洛书。

这就是支撑和结构《周易》的第一个坐标，也是诞生《周易》的基础。这和河图洛书绝对是一种传承关系。没有这个基础，《周易》就是无本之木的空中楼阁。

第二个坐标就是人类自身的生活经验。这才是《周易》的伟大之处。

当初画八卦的初衷，一定是想到了河图洛书的缺陷。因为河图洛书仅仅是从天象变化之中画出来，对于指导平民生活的具体实践，远远不够，显得高远和虚空，甚至有一点空洞，俗话讲还不是很接地气。为了更加贴近平民百姓的生活实际，能够为所有人所用，最初尝试着画出八卦图的古人，终于想到了人类自身的生活经验。

古人把这些宝贵的生活经验积累起来，通过回忆和整理，集中起来，又进行无数次的分类，进行几十年几百年几千年的综合和分析，终于发现了其中的生活经验有不断的重复性和轮回性，就在这个时候，先人的灵感来了，继而找到了生活经验的规律，起码是找到了疑似规律性的生活经验，不断重复、不断返回和重现的光芒。

于是，最初画出八卦的先人，大胆地开始试探着把天象活动的规律现象作为经线，把人类生活经验中找到的规律现象作为纬线，尝试着交织起来。再经过失败、失败再次失败的探索，坚持、坚持一再坚持的努力，到最后画出了八卦图。

这只是一个猜想。达摩觉得自己的思考成果并不完善，但是起码思考的方向是明确的，甚至是正确的。

让达摩更为惊讶的是，中国人对待《周易》的态度。用天象变化的规律做经线，用人类的生活经验变化规律做纬线，织出了八卦图，织出了六十四卦图，织出了三百八十四爻图。这已经非常伟大了。但是，如何使用《周易》，他看到中国人提出了人法地、地法天、天法道、道法自然的观念。这是一个崭新的又是宏观的观念。

人法地、地法天、天法道、道法自然，这只是一个顺时针的循环。这个循环是一个被动接受的过程。竟然还有另外一个逆时针的循环，这个逆时针的循环才真正是石破天惊。人法地，人是地的人。如果是人了解和把握了地的变化规律，地也可以法人。这时候人就变化成了地的地。那么人法天，人就是天的人。如果是人了解和把握了天象变化的规律，并且能够把握和转换，天也可以法人。这时候人就变化成了天的天。

这个观念太大胆了。中国人真是敢想，又不无道理。这就为人们提供主动接受过程的同时，又提供了如何运用《周易》主动驾驭的另一种态度和选择。如果打卦出来的卦象和卦理，不如人意呢？既然人们已经提前知道了可能性的结果，为什么不能够调整客观条件，改变这个卦象和卦理？

菩提达摩觉得，正是在这里走到了中国经典文化的核心和高峰。

但是，达摩在这里也很担心，宇宙之中，万物生命之间的关系是和谐相处的，现在把天地人突出出来，突出在其他生命之上，这种野蛮的突出和省略会出现什么样的后果呢？人对天对地先知先觉之后，也只能为了更加和谐才能够调整客观条件，决不能够在调整客观条件之时产生敌对关系。如果产生敌对关系，受到惩罚的只能是人自身，不可能是天，也不可能是地。达摩觉得中国人在这里走到了极端，这种极端的思维是发现和创造，同时也非常危险。万一有个别人贸然想到了人定要胜地，人定要胜天，那就是自取灭亡。

达摩想到这里，感觉已经走过了中国经典文化的一个段落。只是觉得中国的经典文化里，关于天象的学问太过丰富和复杂，太像一个富矿，需要慢慢开采。在以后的日月里，还要精心钻研，仔细琢磨。他已经敏感地觉察到，这将给他带来难以估量的帮助和营养。

这时候太阳正在走过头顶，达摩看看天空，阳光正在喧闹着嵩山。他忽然听到了山坡上的动静，送饭的小和尚走了上来，后边还跟着姬佛光。姬佛光手掂一个小布包，边走边举起来向达摩祖师示意。

达摩还不想吃饭，就让小和尚先走，明天来送饭时再带上今天的碗筷。姬佛光掂着布包说："南朝捎过来的，可能是茶叶。"

达摩接过布包，打开一看，果然是茶叶，凑近鼻子闻闻，是熟悉的味道。这是广州捎来的茶叶。

姬佛光说："这么远，还有人给老师捎茶叶。这是谁呀？"

达摩难得开一回玩笑："说起来，如果按中国老百姓的理解，应该是我的半个老婆。——作孽，这么说，罪过罪过。"

姬佛光说："老婆就老婆了，怎么还是半个？"

达摩说："她要嫁给我，给我生孩子。我不同意，拒绝了。这不就是半个老婆吗？这么远，还真是给我捎来了茶叶，这个傻姑娘。"

姬佛光好奇："怎么回事？这么传奇？"

达摩说："还真是传奇。船到广州靠岸，我在她家借宿。她父亲赵大爷教会了我喝茶。这个姑娘叫赵阿珠，一声不吭，跟着我暗暗先跟到了寺院，后来暗中跟着我到了金陵。我离开南朝时候，她一直送我到长江边。我是好说歹说，才把她劝回去了。"

姬佛光大为感动："天下痴情女子，都是菩萨。"

达摩感叹："为她祝福吧。她确实是我的菩萨。"

姬佛光看看山洞里边的书籍摆放，就问："老师，《周易》看过了吗？看你这精神状态，一身轻松，一定是看完了。"

达摩说："只能够叫走马观花。懂是不敢说懂，看是看过几遍了。这接下来，应该看老子、孔子和庄子了。老子和孔子的书比较全。有空你再为我买一些庄子的书。"

姬佛光说："我记下了，下次一定带来。老师，你是不是想给我讲一讲《周易》？我喜欢听你讲。你总有新观点和新见解。"

达摩摆摆手说："一知半解，怎么讲？你又精通《周易》，要讲也是你给我讲。我看这些中国的经典文化，也只是过过眼。真正要潜心研究，没有十年八年，走不出来。你说吧，想说什么事情？"

姬佛光笑了："啥也瞒不过老师。今天是想告诉你，少林寺住持慧光法师，忽然辞职不干起身走了。他回永宁寺当差去了。"

达摩问："当什么差？怎么还当差？"

姬佛光说："他曾经拜菩提流支为师，师父召他回去，安排了新的差事。”

达摩无语，抬头去看洞外的山峰，阳光下的山峰错落有致，清晰可见……

姬佛光说：“老师，我看慧光法师辞职走人这事，和投毒害你的事情有关联。”

达摩点点头，表示同意姬佛光的分析，补充说：“但是，慧光法师是厚道人，胆小怕事，可以理解。”

姬佛光说：“这少林寺一百来号僧人，虽然不是有名的寺院，但也不能没有住持啊。”

达摩说：“该走的会走，该来的会来。这不是你我关心的事情。说吧，还有什么事情，一起说。”

姬佛光说：“也不知道说出来合适不。广州茶叶，是宝志法师捎来的。他想来见你。我还没有想好，也未经你同意，就没敢带他来。”

达摩说：“都是出家人，见了又如何，不见又如何？他要想来，你哪天带他来吧。该来的总要来的。”

这时候，一只大鹏鸟忽然从眼前掠过，叫过两声，然后射向天空……

二　皇帝的礼物

北魏的孝明帝在位期间生逢乱世，好像并没有什么丰功伟绩。但是，不妨碍他是一个很有趣的皇帝。自小生活在皇家，饱读诗书学习朝政，也有许多无聊的时候。年轻时微服出访，在木匠铺子里看见木匠做活，觉得无比新奇，从此就喜欢上了木工，后来就悄悄让人在花房旁边建了一间木工房。从此孝明帝闲来无事，就更衣换装溜进这里，摆弄手锯和刨子。越摆弄越上瘾，逐渐就形成了一个爱好。后来招进来一个小木匠，当他的徒弟，给他打下手。这小木匠从来不明白要做什么或者是不做什么，完全仅凭师傅交代。反正工钱不少，让他心满意足。他从来没有想到，他的木匠大师傅是皇帝。

几年前，孝明帝为太后做了一柄拐杖。他溜出宫，先带着小木匠去木材市场选料，挑选了来自南朝的珍奇木料金丝楠木，回来以后精心打磨，在拐杖底部做了一圈铜箍，在拐杖头部写意性地刻上了龙头，还在龙头上镶嵌了宝石。太后生日这天，孝明帝亲自送给了太后。太后握在手里喜不自禁，当孝明帝附耳小声说“儿子亲手做的”，太后听后一把抓住孝明帝的手，抚摸着孝明帝手掌上的粗皮糙肉，竟然感动得哇一下哭了出来……

几个月前，孝明帝又一次更衣换装，带着小木匠来到木材市场。开始，他也不太明白自己要选什么料，连准备做什么也没有想好，只是想来木材市场闲逛。他答应送给菩提达摩祖师一件礼物，基本思路还是拐杖。因为听说菩提达摩祖师年事已高，又住在嵩山深处的山洞里，送一根拐杖比较合适。但是，菩提达摩祖师和太后不同，太后是自己的母亲，送一根拐杖是以表孝心，菩提达摩祖师为世外高人，前来中国传教，和太后的身份不同，就不能够送同样的拐杖。到底送什么样的拐杖，孝明帝并没有想好。

孝明帝带着小木匠，混在木材市场里走来走去，最后看中了一棵极不起眼的枣木杆子。这本是被人家遗弃的一棵小枣树，树并不粗，手腕粗细，根部岔出两根老根杈，长短和模样活像羊角。是这根部的羊角杈打动了孝明帝，顺手买了回来。孝明帝安排小木匠先在水里边泡了七天，又在太阳下边晒了七天。泡透晒透，木材才不会变形。这天孝明帝亲自来到木工房间，用刨花点火，进行了烤制。用火烤透，这才能去掉木材的野性，调动出来木材的硬度和韧性。

到了取材取势的时候，孝明帝怎么也舍不得锯短。索性就留下来，足足一人多高。小木匠为枣树去皮，孝明帝亲自用小花刨取直去弯去粗，一边用手把握寻找手感，一边又刮又刨，一直干到浑身大汗，这才停下来。临走前他交代小木匠不要乱动，这个活儿他要亲自做。

就这样做做停停，停停做做，一直做了一个来月，拐杖终于做成了。孝明帝不断把拐杖掂在手里把玩，甚至还扛在肩上来回摇摆，或者用手用力挥动，越看越喜欢。真乃是造型奇特，自然天成。

小木匠觉得纳闷，就说："师傅，你这是做什么呀？看着是好看，没有用处。用作拐杖显得高，也显得稍稍粗了一些。做扁担显得圆，杖头还长了一个羊角杈。这算什么呀？"

孝明帝笑笑说："小子，没有见过吧？这不是拐杖，也不是扁担，这是什么？这是神器。"

小木匠问："师傅，什么是神器？"

孝明帝一怔，忽然想起来佛教法师们挂在嘴边的坐禅，来了灵感，冲口而出："你记着，这个叫禅杖。"

小木匠点头说："师傅，叫禅杖。我记下了。"

孝明帝交代："我走之后，你只干一件事，就是用刨花打光，一直打，一定要打磨光滑。千万不要乱磕乱碰。过几天有人来取。"

几天以后，这柄禅杖就出现在了孝明帝的书房。

这天孝明帝正在书房翻书，御史走进来说："禀皇上，三个月时间已经到了。"

孝明帝问："投毒谋害达摩祖师，已经发生几次了？"

御史回答："明面上发生过两次，暗地里也有发生。"

孝明帝问："这明里暗里如何讲？"

御史说："皇上，达摩祖师如果发现食物有毒，从来不声张，就会挖个坑埋起来。仍然有鸟儿闻着味道扒开吃的，据说不断有人发现死鸟。这就说明暗地里也有。"

孝明帝笑笑说："神仙们也会打架，还没完没了。"

御史说："听不懂，请皇上明示。"

孝明帝说："我让你听懂了吗？山有多高？水有多深？"

御史高高兴兴说："皇上，这一下听懂了。"

孝明帝说："这一下才是不懂装懂。"

御史连忙说："皇上明示，臣下愚钝。"

孝明帝说："谁敢说你愚钝，那就是有眼无珠。你的不懂装懂我还是能够听出来，也能够看出来。你有时候懂装不懂，我就听不出来，也看不出来。"

御史吓得连忙下跪，说："皇上恕罪。"

孝明帝说："起来吧，给你开个玩笑，不必当真。你们当差的也不容易，有时候装傻充愣，也可以理解。"

御史仍然胆战心惊："皇上明察秋毫，臣下有罪。"

孝明帝说："我说你有罪了吗？这有罪无罪得让我说。听我交代，你明天去嵩山少林寺，找到达摩祖师，完成两件事情。这第一件，是送礼物。我说过送给达摩祖师礼物，由你送去吧。"

孝明帝说完，用手指指靠在书柜这边的禅杖。御史走过去，拿起禅杖，握在手里，手感十分光滑，马上说："我再去找块黄缎子包起来，见了达摩祖师再打开。"

孝明帝点头夸他："你不傻嘛。还有你把这个字条也折起来带给达摩祖师。不许看字条上的内容。"

御史收起字条说："我保证不看内容。一并交给达摩祖师。"

孝明帝说："知道这是什么礼物吗？"

御史看看说："皇上，这是拐杖。"

孝明帝拿眼瞪他说："拐杖有这么高吗？你见过这么高的拐杖吗？"

御史老实说："没有见过。请皇上明示。"

孝明帝说："记牢了，这是禅杖。我起的名字。达摩祖师住在山里，山路不好走，可以当拐杖。出门挑东西，也可以当扁担。最是要紧的，住在山洞里不安全，听说他还不让安装洞门，禅杖还可以防身。"

御史连忙说："皇上，我记牢了，这是禅杖。"

孝明帝继续交代："还有第二件事情，也要你去办。你可以传我的口谕。这不是圣旨。皇上很少对寺院下圣旨。你去和达摩祖师商量——商量，你会吗？你会和人商量吗？"

御史说："我会。皇上，我会商量。"

孝明帝说："你就说皇上提议，由达摩祖师出任少林寺住持。"

御史问："皇上，这合适吗？"

孝明帝说："有什么不合适？你还学会质疑了。你就说说有什么不合适？"

御史说："少林寺又不是皇家寺院，名气也不算大。这合适吗？"

孝明帝说："你是真笨，还是假笨？皇上一提议，皇家一供养，这少林寺不就成为皇家寺院了吗？你知道达摩祖师来头有多大吗？佛教第二十八祖。这是活着的释迦牟尼佛啊！他从梁朝一苇渡江而来，皇上连召两次，两次拒绝进宫。他说话合情合理，又不明言对抗。一不要金银，二不要财宝，三不要名誉，心里边全是众生。这才是真佛。我听说达摩祖师一直在研读我们的经典文化，态度谦和，胸襟海纳百川。这才是高人和大师。"

御史低头说："皇上，我没有想得这么深远。"

孝明帝又说："达摩祖师为什么会研读我们的经典文化？他和所有来传教的印度僧人全不一样。这些僧人不分青红皂白，走到哪儿就高台教化，无非是说我有真理在手，我才是佛。而达摩祖师不张扬、不开口，先学习你们的经典文化。这些时候我在想，他在找什么呢？我想通了。达摩祖师在找中国到底需要什么样的佛教，佛教会给中国带来什么。找到以后干什么？还是要说法讲经。在那个山洞里边讲吗？在对谁讲？对那些山里边的石头讲吗？神仙需要道场。你明白了吗？"

御史坚持说："反正哪儿的寺院，也比不上咱永宁寺。"

孝明帝笑了："完了，完了，你是真笨，白白跟了我这么多年。永宁寺的排场，完全是为了太后高兴。永宁寺距离皇宫近，太后烧香礼佛方便。永宁寺有什么？除了一排排房子和塔，还有什么？我敢断言，少林寺从此名扬千古。明白了吗？我们现在做的事情，利国利民利后人，是大事情。”

御史吃惊，张望着孝明帝说：“皇上，我胆小，您别吓我。”

孝明帝开心地笑笑说：“看来你是真笨。你自己也要名扬天下的。这一下知道如何去办事情了吧？”

御史快乐地点点头说：“这下子我知道了。如果达摩祖师答应下来，我就直接带上达摩祖师到少林寺，向少林寺僧人当众宣布，皇上提议达摩祖师就任少林寺住持；再宣布少林寺从此由皇家供养；再宣布少林寺从此成为皇家寺院。皇上，是这样吗？”

孝明帝也乐了：“看起来你还没有笨到家。去吧。”

第二天一大早，御史带着人就出发了。御史在皇宫、在皇上面前是奴才，是孙子，离开皇宫来到外边大街上，就成了大臣就成了爷。前边是彩旗，后边跟着的是锣鼓，御史捧着黄缎子包起来的禅杖，走在中间，后边是随从。人虽然并不很多，倒也隆重和排场。

一干人步行走出洛阳大街，停了锣鼓，向着嵩山少林寺走去。当过村过店时，再把锣鼓敲起来。这样走走停停，走过几十里路，先来到了少林寺。少林寺山门外边有一个小广场，队伍就停在了小广场上，敲起了锣鼓。少林寺的僧人们拥出来，围观他们。他们并不停留，直接又起身走向后山，爬上了五乳峰，直奔达摩祖师居住的山洞。人们并不明白要发生什么事情，周边村庄的老百姓，还有一部分少林寺僧人，就远远跟在后边继续围观。彩旗飘扬，锣鼓喧天，搅动了整个嵩山的平静。

达摩这时正在山洞里接待客人。姬佛光把宝志法师带到了嵩山。宝志法师专门说明情况，自己自告奋勇，受梁朝皇帝委托，来请达摩祖师重新过江，回到南朝去。但是，宝志法师说这只是一个借口，主要是宝志法师自己想来面见达摩祖师。

达摩说："其实我的目的地一直就是洛阳。梁朝只是路过。现在已经安定下来，我在这里很好，请捎话给梁朝皇上，谢谢挂念。"

宝志法师连忙说："我把法师原话捎回去，皇上一定高兴。我想见达摩祖师，主要是崇拜。此次我已到广州，专门抄回了《二入四行论》。拜读后，仍然有话要问。"

达摩说："请讲。出家之人，没有客套。"

就在这时突然传来了锣鼓喧天声，接着就看到一干人敲锣打鼓挥动彩旗，向山洞走来。达摩站起身，往洞口处迎接。宝志法师生怕失去机会，连忙问道："众生真有佛性？"

达摩边往外走边说："众生是佛，我们只是过客。"

宝志法师紧追着问："敢问法师，我心即佛？"

达摩已经不再看宝志法师，边走边说："我心即佛。心外无佛。佛外无心。"

宝志法师不禁热泪盈眶："谢过祖师，谢过祖师。"

山洞外虽然有一小块平地，因为太小，很快就被来人挤满了。锣鼓声停下来，达摩大声喊叫："别挤别挤，山道危险，注意安全。"

人群安静下来，御史大人双手捧着禅杖，走到达摩面前，一层层揭开黄缎子，然后说："这是禅杖。皇上送给菩提达摩祖师的礼物。"

达摩把禅杖接在手里，先抚摸杖身，又把禅杖竖起来握在手中，显然非常喜欢，连连说："谢谢皇上。礼物很好。"

御史大人又呈上一张字条，交给达摩。菩提达摩把禅杖顺手递给姬佛光，展开字条来看，上面只写了一行字：“亲手所做，望你喜欢。”达摩这才明白禅杖为孝明帝亲手制作，心里一热，还是被皇上感动了。收好字条，重新向姬佛光要过禅杖，重新又看，上手又摸，忍不住点头说：“谢谢皇上。告诉皇上，就说我喜欢，我喜欢。”

人群马上安静下来。御史大人开始大声说：“皇上提议，请菩提达摩祖师就任少林寺住持。皇上还说了，这是商量，不是圣旨，请菩提达摩祖师答应。”

所有围观看热闹的人，这才明白事情的真相。先是少林寺的僧人，纷纷叫喊：“答应答应！”所有人也跟着起哄，一起来喊：“答应答应！答应答应！”

达摩好像也不感到意外，他没有开口说话，只是向着御史大人点头答应下来。

御史显然兴奋起来，这么顺利完成了皇上交办的事情，心情大好，转身就扯着嗓门大声喊起来：“请让道——请菩提达摩祖师起驾少林寺——”

彩旗引路，锣鼓喧天，一干人拥着菩提达摩下山。菩提达摩就拄着禅杖，走在御史身后边。人群挤破了山道……

只有宝志法师留在洞口，呆呆看着发生的这一切……

早早就有人跑回了少林寺，少林寺所有僧人迎出山门，齐刷刷站在山门外边的小广场上，欢迎新上任的住持菩提达摩祖师。

御史看着场面合适，当机决定，不再进入少林寺，就站在山门外边的高台阶上，他伸手压住众人的喧哗，高声说道：“皇上口谕——从即日起，达摩祖师就任少林寺住持。礼成——”

少林寺僧众，一片欢腾……

御史大人接着又喊道："皇上口谕——少林寺今后由皇家供养，少林寺从此成为皇家寺院——"

从此，少林寺的影响传播开来……

由北魏皇帝孝明帝亲自提议，菩提达摩祖师就任少林寺住持；皇帝送给了达摩祖师禅杖；少林寺从此成为皇家寺院。这消息迅速传遍洛阳，传遍北朝和南朝，炸落一地眼球。人们开始期待，达摩祖师开坛讲经，由达摩祖师刮起来佛教的旋风。

出乎所有人意料的是，达摩祖师仍然继续打坐在山洞里边，并没有任何风吹草动，迟迟没有开坛讲经。人们期待的一切并没有发生……

短暂的喧哗和热闹很快归于平静。菩提达摩虽然出任了少林寺住持，他本人却没有下山。那天御史走后，他只在少林寺待到了天黑，便拄着禅杖返回了山洞。菩提达摩和少林寺僧众公开见面的时候，只是拿出了《二入四行论》，让僧人抄录和阅读，连公开的宣讲也没有。只是公开宣布了一件事情，邀请姬佛光加入少林寺，成为少林寺僧人，然后指定姬佛光打理少林寺所有事务，代替住持全面处理寺院业务。姬佛光虽然感到意外，却仍然非常激动。这是菩提达摩在高看他。他当即表态，一定认真负责，为少林寺僧众服务。

天将落黑时分，达摩拄着禅杖就要走了，这才开口说："大家都是僧人，没有高低贵贱之分。作为住持，我以后主要给你们安排功课。这第一个功课，在你们说法念经之余，你们该念什么经还念什么经，我不太关心这个。每一个僧人，用大致一个月时间，与人之外的任何生命，动物植物都可以，石头和河水也行，只要是你自己喜欢的，建立一种亲密联系。一个月后，我会来检查。”

说完，达摩拄着禅杖走出寺院，返回后山……

这算什么功课？

这功课让我们怎么修行？

少林寺僧人炸开了锅。姬佛光送别达摩祖师回来，就被众僧团团围起来，大家七嘴八舌质问他，一时难以收场。姬佛光伸手按下僧人的喧哗，从容站出来说：“不懂了吧？那就听我说。”

众僧开始围着姬佛光，越围越多。姬佛光说：“说实话，事先我也不知道达摩祖师会指定这个功课。明说吧，我也不知道达摩祖师会让我来管理寺院。你们爱信不信，我这是实话实说。出家人不打诳语，祖师走后，我才来想这功课的深意。现在我这样想，宇宙之内，天地万物都有生命，彼此之间相互联系，谁也离不开谁。我们人类只关心我们自己的生活和生命，是不是太自私了？这样发展下去，我们就会越走越偏，越走越窄，走进死胡同。现在让我们重新和别的生命建立起亲密关系，重新理解和探索这个天地、这个宇宙。我这么想，你们说有没有道理？”

姬佛光这么一说，镇住了少林寺的僧众。人们很快安静下来，重新来思考这个功课。尽管从来没有这么修行过，过去只是烧香磕头念经诵佛。这个功课使人感到特别新奇。只是人们一时不知道从何入手，不明白具体要如何执行。

姬佛光说：“这要按照祖师的要求去做。如果想通了，其实很容易，主要是上心。比如说你去栽棵树，你得培土和浇水吧？然后你天天去看变化，什么时候长出来新叶子了，长在什么位置，是圆的还是长的，这不就联系起来了吗？再比如说你特别爱看蚂蚁上树，那你就去看蚂蚁上树。这蚂蚁为什么要上树？上树以后干什么？蚂蚁捕捉到树虫了，它要下树送回蚂蚁窝。它为什么不一口吃掉？为什么要往家里送？其实这并不难，主要是上心。能不能有新的发现和理解，那就是缘分了。就我的估计，祖师指定这个功课，只是一个基础，先把我们引导到修行的正道上。是不是这个理?”

姬佛光一席话，开导和启发了大家。一下子打开了大家的思路。众僧不再纠缠，一个个散去，纷纷开始行动起来……

第二天，送饭的小和尚就把少林寺僧众的反应，以及姬佛光的话，向达摩祖师做了汇报。达摩祖师对姬佛光刮目相看。送饭的小和尚几乎每天都有话说，达摩祖师只是听听，并没有格外关注。他正在读老子，老子的《道德经》把他吓着了，惊天动地又平淡如水，深深吸引着他……

一个多月过去了。这天达摩拄着禅杖走下山来，走进了少林寺。几乎在他走进少林寺开始，就不断有碰到的僧人向他汇报自己的功课。谁看见他，谁都主动向他长说短说自己的感受和体会。达摩拄着禅杖，走走停停，一直在听人们对他说。他一句话不说，只是在听在点头。不知道从何时起，僧众好像已经忘记了他这个住持、他这个祖师的身份，只把他当师父当长者一样。一直等到达摩走进大殿里坐下来，众僧纷纷围上他。

姬佛光端着茶水走过来，人们这才四下散开。达摩接过茶碗，并没有喝，顺手又放在了案角。这时候僧众已经齐刷刷打坐在达摩面前，期待着他讲话。达摩居高临下开始打量这群僧人，他看得很仔细，几乎看过了每一个僧人。大殿里悄然无声，寂静得出奇。达摩缓缓开口说：“我看到了，我也听到了。你们都做了认真的功课。我这个人一向简单，这就算是检查了。”

这时候达摩站起来，离开座椅，要过来一个垫子，打坐在僧人面前说道：“我还是习惯于打坐，坐在椅子上不舒服。现在请大家把腿盘起来，认真打坐好。我要指定第二个功课。今天，我教大家如何呼吸。”

姬佛光本来站着，随时听候吩咐，这时候也拿过一个垫子，开始打坐……

达摩双手合十，开始讲：“比如就说一棵树吧，阳光照在树叶上边，轻风吹在树叶上边，树叶就把收到的阳光和轻风通过叶脉和树脉，一直传送到树根这里。树根收到阳光和轻风，开始消化，然后又把土地里边的水分和养分，通过树脉和叶脉，再送回到树枝和树叶。这就构成了一个回路，这么一来一往，就是树木的呼吸。然后通过无穷无尽的循环，开始生长。这就从小树长成大树，从大树长成老树。人的呼吸和树木一样，只要是生命，大致都这么呼吸。”

达摩讲到这里，有意停顿一下，让大家回味和消化……

达摩接着讲：“我们佛家为什么要打坐？其实打坐只是禅坐和禅定的一个基础动作，说白了真正的基础功夫是呼吸。从专注自己的呼吸开始，只有专注自己的呼吸，才可以躲开那些尘念，使我们聚精会神起来。然后需要进入长时间的练习，才能够进入内省沉思和冥想。今天只练习呼吸，从基础开始，不要急进。”

达摩双手合十，微微闭上双眼，像是在喃喃自语，话音却异常清晰，传导进每一个人的耳鼓。达摩徐徐开讲：“我们呼——呼出去的是什么呢？它是埋在我们心里的欲望、烦恼和执着。我们吸——吸进来的是什么呢？它就是外部世界传送给我们的养分、力量和灵气。总之，我们呼出去的是垃圾，吸进来的是营养。这就是呼吸的初级阶段。随着修为的不断提高，以后会有不断的变化。我们今天先不关心以后，只关心当下。因为只有迈过当下，我们才能够进入未来。”

少顷，达摩站起来：“现在都学会了。这就是呼吸。我接着要交代具体的功课。大家最好不要一起练习，我们的僧人太多，容易互相干扰。三两个一组也好，最好是一个人选一个地方，寺院内外都可以。最好是寺院外边，大树下、小河边、树林里、竹林里，一定要僻静。这呼吸的初级阶段要练习到什么程度呢？听好了，也记牢了，要练习到忘却，忘吃忘喝忘尿忘拉，还要忘记蚊虫叮咬，要练习到忘却白天和黑夜。一句话，要练习到忘却时间。先这么练习，练习它几个月、半年、一年的，我会经常来看效果。然后，我们再接着指定下边的功课。”

达摩说完，就拄着禅杖走出了大殿。姬佛光连忙追了出来：“老师，您还不能走。”

达摩停下来说：“还有什么事情？”

姬佛光说：“时间不长，一会儿就好。您先回到大殿里喝碗茶，我来安排。”

达摩说：“安排什么？你先说清楚。”

姬佛光这才说：“您看您已经是少林寺住持，我们这一百来号僧徒都成了您的弟子。僧徒们普遍有这个心意，想补办一个拜师仪式。其实就是您坐那里，让弟子们给您磕个头，喊您一声师父。”

达摩一下子认真起来，着急地摆手拒绝，马上说：“这个不行，马虎不得。”

姬佛光感到奇怪：“为什么不行？”

达摩开始解释：“我是少林寺住持不假，你们也只是少林寺的僧人，怎么就变成了我的弟子？这不是在印度。来到中国以后，我对师承看得很重。请你们理解。法师经常说法讲经，听众怎么能够一下子变成弟子？这个真不行。我们之间只是僧人与僧人的关系，并不是师承关系。”

姬佛光傻眼了。没有想到达摩把师徒关系看得这么重，他马上说：“这都怪我。我也想和大家一起磕个头，叫您一声师父。现在我明白了。老师您该走就走，我去向大家解释。”

达摩说：“姬佛光，你这一点好，实话实说。拜师的事情到此为止，以后不许再提。拜师是缘分，缘分到了，是很自然的事情。我走了，你去安排事务吧。你还得忙，你要记着，练功的练功，值勤的值勤，要调节好。你自己也要调节起来，又要练功，又要处理事务，还真是辛苦你了。”

第二天，送饭的小和尚就把寺院里边的情况向达摩祖师汇报。小和尚说：“练功的练功，值勤的值勤，井井有条。”

达摩听他这么一说，内心也很喜悦，表面上什么话也没有说。不过他也没有多余的精力，他正在集中精力读《道德经》。

又过了几天，小和尚来送饭时，捎给达摩祖师一个布包，解开一看，是布鞋和袜子。小和尚说：“姬佛光师父有交代，天气越来越冷，您整天赤脚穿草鞋，害怕冻着祖师。”

达摩认真穿上袜子和布鞋，大小很合适。站起来走几步，达摩笑了：“我已经享不起这个福了。习惯了穿草鞋，走出王宫以后，我就再没有穿过布鞋。你看，我穿上布鞋，都不会走路了。”

小和尚说："习惯就好了。"

达摩脱下布鞋，又穿上草鞋，然后说："还是这样子舒服，也接地气。袜子可以留下来，布鞋你带回去。我还是喜欢穿草鞋。"

小和尚说："我知道哪条沟里有蓑衣草，我去给祖师割一些，留着您慢慢打草鞋。"

达摩说："这个好，先谢谢你。"

过了几天，小和尚真的割了一大捆蓑衣草，送到了山洞。小和尚走后，达摩看着这一大捆蓑衣草出神，回忆起当年父王教他打草鞋的时光，忍不住抽出一大把蓑衣草，打起草鞋来。洞外的山风吹来吹去，蓑衣草在达摩手里上下翻飞，他在思念父王……

下雪了。

嵩山银装素裹，一片冰封。

菩提达摩抬眼望去，雪山连着雪山，大雪覆盖了整个世界。菩提达摩第一次看到中国的大雪，将世俗和烦恼掩埋得如此干净。

姬佛光专程爬上五乳峰，送来了木炭，他要为达摩祖师的山洞生火。北风呼号，天寒地冻，山洞又没有洞门，冷得很。他担心达摩祖师受冻。

达摩拦住他说："生火取暖就不用了。木炭可以留下来，我用来煮茶。我喜欢这大雪，这是大自然的恩赐，我能够适应。"

一直到来年春暖花开，姬佛光来向达摩汇报："呼吸的功课进行得非常顺利。大部分僧人学会了打坐。一动不动，不吃不喝，打坐的时间越来越长了。"

达摩问："到底能够打坐多长时间，有没有详细统计过？"

姬佛光说："当然有。打坐超过二十天的有十二个；超过十五天的有十五个；超过十天的多，有三十一个；剩下的僧人还有超过七天的；有一些僧人，也就是三两天的，也有。”

达摩问：“你自己呢？”

姬佛光说：“我有一次超过了十五天。”

达摩点点头说：“很好。比我想象的还要好。你现在计算一下，超过七天以上的到底有多少。”

姬佛光低头心算一下说：“超过七天的有七十二个。不包括我自己。”

达摩笑起来：“七十二个，这个数字好。”

姬佛光说：“还有一个情况，部分僧人经常去周边村子里，帮助穷人家干活。当然，只是干活，不吃喝人家的，也不拿人家的东西。”

达摩说：“这个好，主动去关心帮助别人，这就是心系众生。”

姬佛光说：“还有一个情况，发展了许多俗家弟子。这些人不出家，在家修行。人越来越多，快无法管理了。”

达摩说：“什么叫无法管理？谁发展的就是谁的弟子嘛。要按照辈分，编入少林寺名册，使大家有一个荣誉感和归宿感。心里边有佛，何必分出家在家？选派一些有文化、有修为的僧人，拿着《二入四行论》，可以去村子里说法讲经。我们修行的目的是什么？就是要超度众生。姬佛光，你做大事了。”

听到达摩祖师表扬，姬佛光说：“我也是揣摩祖师心意，摸着石头过河。本来我还担心，咱少林寺这么发展，与别的寺院格格不入了。老师这么一肯定，我心里边踏实了。”

达摩强调说：“我们不管别的寺院。心系众生，这是我们少林寺的灵魂。你回去安排僧人到村子里普查一下，在这春荒时分，周边村子里有没有揭不开锅的，不能够让人饿死。送一些粮食过去，救济乡亲们。这比什么都要紧。”

姬佛光说：“老师放话，我去安排。”

达摩说：“我不放话，你也应该安排。咱们出家人，皇家供养，这不是饭碗，这是义务和责任。具体帮助老百姓的生活困难，这就是心系众生。什么是心系众生？不是说空话，要实打实帮助百姓，落到实处，这才是修行。僧人的心要和众生相连，要和别的生命相连。这是基础，这也是根本。”

姬佛光点头：“我一定牢记老师教诲。只是这功课如何进行？”

达摩说：“找一个合适的时间，你把这七十二个僧人集中起来，我来指定下一步功课。”

姬佛光又问：“老师还需要买什么书？”

达摩说：“暂时不用了。我已经读过老子、孔子和庄子，我正在思考中国经典文化的传承和区别，或者叫发展更加贴切。中国的经典文化源远流长，正好为印度的佛教提供了时机和基础，中国是需要佛教的。我对于这一点坚信不疑。同时，你可能没有想到，我觉得印度也更加需要中国的经典文化。我一定要把这些经典文化带回去，这也是我的使命。”

三　三玄出坐忘

如果按照年代计算，中国的老子、孔子和释迦牟尼是同时代人。在这个时代里，全世界各个民族相继涌现出一批圣人和文化经典。按史书记载，老子比孔子年长十岁，老子当过西周国家图书馆的馆长。既然当过国家图书馆馆长，就有理由猜测老子曾经读过《周易》的前两易——《连山》和《归藏》，当然应该更加熟读周文王注解的《周易》。

老子传承于《周易》，这个无须质疑。老子学说的方方面面，都和《周易》有着千丝万缕的联系。菩提达摩大胆地认为，老子的《道德经》实际上就是《周易》的读书笔记。

由于周朝的都城在洛阳，老子就长时间生活在洛阳。老子在当时已经是名满天下的大学问家，但是并没有他四处讲学传道、广招弟子的任何证据和传说。从性格上推测，老子有点独往独来，并不善于交际，是一个深居简出的人。虽然孔子通常是述而不作，他的著作大都由弟子们整理而出，却已经在社会上广泛流行，并且广招弟子，已经是一个大学问家。连孔子这样的大家，也要入周问礼，来拜见老子，可见他们两个人的辈分关系。

孔子第一次入周问礼拜见了老子，然后感叹老子“神龙见首不见尾”，高深莫测。于是，孔子再次入周问礼，拜见老子，就成为中国文化历史上的典型事件和传说。

老子是在孔子第二次入周问礼以后，才突然决定马上离开都城洛阳，向西转移准备隐世的。传说中的一些细节，格外引人玩味。老子向门人交代后事之后，马上起程急匆匆就离开洛阳，一路向西。这就为后人留下许多悬疑。为什么孔子第二次入周问礼以后，老子就离开都城，向西转移？老子为什么要向西，而不是向东、向南或者是向北？有一个事实是，孔子弟子三千，广布天下。但是，只要出了函谷关，往西边走，就没有了孔子的弟子。这就给我们留下了许多的疑问，供后世人猜测……

于是，老子骑着青牛，来到了函谷关口。守卫函谷关的关令尹喜自然认得老子，并且认定老子这么匆匆西移肯定要隐入山林，说什么也不放老子出关，明确提出要求，老子如果出关，必须留下墨宝。老子看着尹喜心切，无可奈何，这才在函谷关写下了《道德经》。谁也没有料到，由于关令尹喜的坚持，老子为我们写下了传世之作，从此名垂千古。

老子写下了《道德经》之后，尹喜放老子出关。老子西移秦岭，从此再无消息。有人说，老子曾经在终南山一带活动，却并没有任何证据。于是有人就说老子一直活在终南山里，长生不老。还有人说老子骑着青牛出了函谷关以后，一路向西，后来升天做了神仙，专门为天上的玉皇大帝炼丹，被后世人尊称为太上老君。中国人的想象力和创造力很强，终于把老子造成了神仙。

菩提达摩初读《道德经》时，一上来这行字就把他弄蒙了。

“道可道，非常道；名可名，非常名。”

中文本来就简约，常常一字多义，这么一上来就一连串的重复，到底是什么意思？达摩仔细品味，三个“道”字排列组合在一起，三个“名”字也排列组合在一起。显然，这三个“道”字不是一个道的意思，也非两个道，道道不同，分明就是三个道。三个道三层意思。三个名也并不是一个名的意思，也非两个名，名名不同，分明就是三个名三层意思。很明显，第一个“道”字是开篇是源头，只有解开这个道，才能继续往下边阅读。那么这个道字在道什么呢？

什么才是道呢？

达摩纠结许久，这才想到了《周易》。《周易》就是讲道的，道是

《周易》的纲。《道德经》开篇就讲道，这个道和《周易》的道应该同为一个道。一个字表明了传承关系。《周易》主要用图，《道德经》则完全用文字，定然讲的是同一个道。

那么，什么才是这个道呢？

这个道字排列在首，在宇宙、在天地、在万物之首，先是有了这个道，才有了宇宙，才有了天地人，才有了万物，那么这个道到底指什么呢？

只能够是规律，只能够是宇宙，只能够是天地人变化的规律。

正是因为有了这一个变化的规律，这样的一个大道，这才变化出宇宙万物，这才变化出天地人。

如同找到钥匙打开了门，再往下读，就通达起来。

老子讲："无名天地之始，有名天地之母。"

这一个无名的无，显然从道里边引申出来，或者是道的补充表述？因为无中生有，有中生无。经此循环往复，这才产生了天地，这才产生了万物。无有就成了这里最为关键的词语。如同阴阳吗？似乎比阴阳更加虚空，概念范围更加远大和缥缈。

老子讲："此两者，同出而异名，同谓之玄。玄之又玄，众妙之门。"

达摩理解，无名为无，有名为有。那么无有之间就应该是玄，那么玄就是众妙之门？于是从这里梳理下来，这是从道开始，才引出了无有。众妙之门打开了，天地万物万种生命的产生，完全孕育生产在无有之间。

看到这里，达摩灵机一动，他联想到了释迦牟尼讲的空与色。再对比老子的无和有，突然打通了两者之间的联系。中国的老子讲"无名天地之始，有名天地之母"，印度的释迦牟尼讲："空不异色，色不异空。

空即是色，色即是空。”虽然语言表述略有差异，但是老子讲的“无”就是释迦牟尼讲的“空”，老子讲的“有”就是释迦牟尼讲的“色”。“无有”和“空色”之间是相通的。虽然不在一个国家，相隔千山万水，又不是一个语种，并且两个人没有任何联系，但在探索和认识这个世界真理的时候，心意相通。

想到这里，达摩很激动。他似乎觉得同时触摸到了两个民族、两个文明古国经典文化的脉搏，一起在跳动。接着往下读，果然容易起来。他先是通读了一遍，马上又通读第二遍、第三遍，后来竟然不知道读了多少遍。读到后来，他甚至能够一段一段背诵下来。但是，如果品味字里行间，又觉得深奥无比、妙趣横生。很长时间，他满脑子都是《道德经》，有一些经典句子，真正是刻在了心里。每每想起来，心里就发热。

老子讲：“无为，无不为。”

天哪，仅仅是五个字，讲透了人世间所有的学问。

达摩想到，这里的“无为”，并不是什么都不做、都不干，而是不要妄为。这里的“无不为”，也并不是什么都可以做，而是讲如果遵循规律变化，什么都可以做。

结合佛教的佛理，什么叫无为？那就是对自己的怨憎恨贪嗔痴，对自己的欲望、烦恼和执着，一切都不要做，一切都不要干。对谁无不为？对众生嘛。对于解除众生的苦难和烦恼，甚至于对众生的利益和希望，我们什么都可以做。为了超度众生，无所不做，这就是无不为。

老子讲：“上善若水。”

达摩觉得这句话，实际上对所有的僧人提出了要求，树立了标准和榜样。出家之人以善为本，这个本是什么？就如同水一样。不争名利没有怨恨，心如大海海纳百川，永远往低处走，让道给众生。浇灌滋润和养育所有的土地和生命，不求理解、不求回报地默默奉献，超度万物万种生命，洗涤清洁自己的灵魂。

水就是佛。

佛就是水。

老子讲："人法地，地法天，天法道，道法自然。"

讲了这么多，讲来讲去，又回到了规律。这个道法自然的自然，并不是指的客观的物质世界，是指自然而然。规律也要自然而然生成和运行，规律才有自己的生命，规律才能够进入永恒。

老子讲到这里，已经讲明了"道天地人"之间的关系。可以说整个《道德经》是由"道天地人"四大结构撑起来的，同时又说明了四大结构之间的关系，也要遵循各自的规律运行，才能和谐相处，相生相克，相得益彰，共同发展。

于是，连老子自身也深知自己的长短，虽然坐拥旷世奇才，也可以说无所不知，他却并没有或者并不看重亲自去具体实践，一生独往独来，神龙见首不见尾，到后来选择隐世而去无影无踪，消失于虚空……

达摩读过老子，原来准备接着读庄子。由于孔子在三玄之外，没有准备读孔子。后来顺手翻书，发现孔子和老子不同，而且差异很大，引起了达摩的兴趣。毕竟是中国的圣人，既然有特别之处，达摩就读起了孔子。

一经进入，达摩就发现，和老子不同，孔子特别注重社会实践。孔子带着弟子，周游列国十四年之久，一直在寻找做官的机会。这个人有趣，一直梦想亲自管理社会，实现治国安民的理想。可惜一生不如意，四处流浪和漂泊。也许这种流浪和漂泊，就是最好的社会实践？

初读孔子，达摩甚至不可理解，这样的人如何能够成长为圣人。随着阅读的深入，达摩看到了另一种人生。由于出身王族，达摩对于出身贫贱的人特别尊重。孔子出身比较贫贱，父亲死后，身为小妾的母亲被赶出了家门，母亲带着年幼的孔子开始了艰难困苦的生活。贫穷磨志，孔子少年时就打下了坚毅性格的基础。从小就立下志向，要经过奋斗改变自身的命运。一直到母亲去世，孔子娶妻生子，当上了管理仓库的小吏，孔子终于解决了自身的温饱问题。从这个时候开始，他才开始发奋读书，走上了一生的治学之路。

达摩边读边梳理，孔子的面貌逐渐清晰。尽管孔子才华横溢、声名鹊起，实际上一直到他精读《周易》，写出了注解《周易》的十大传之后，这才为人们广泛认知，他这才名扬天下。这之后他四处讲学，广收弟子，这才成长为圣人。

达摩祖师推测，孔子只是精读了《周易》，并没有读过《连山》和《归藏》。

通读孔子，达摩明显感受到，孔子的根也在《周易》。这一点和老子一样。孔子的所有学说也只是《周易》的读书心得。

从《周易》到老子，再到孔子，这就是中国经典文化的传承关系。

孔子是中国的圣人，为什么又不在三玄之内？对比之下，老子讲道，孔子讲礼，确实有着区别和差异。虽然孔子也讲“天地人三才”，实际上天地只是戴个帽子，孔子的所有关切，集中在对人本身的研究。

孔子讲：“克己复礼。”

孔子追求的是以礼治国，来源于周文王。孔子出道成名以后，经常说自己“梦见周公”。晚年时候还说年纪大了，梦不见周公了。这个周公就是周文王。两个人相隔近五百年，孔子却说经常梦见周公，可见孔子对于周文王的尊崇之情。实际上也给自己找了一个文化靠山。面对春秋的乱象，道德沦丧，物欲横流，争权夺利，你死我活，孔子觉得这全怪人们忘记和丢弃了周礼。只要恢复了周礼，就可以重新回到天下大治的安定社会。于是，他周游列国，到处推广自己的见解，最终形成了一整套的理论体系。

孔子倡导：“君君臣臣，父父子子。”这就为社会画出了等级，进而制定出了最基本的制度关系，使每一个人在社会中都有了自己的个体位置。国家像一台机器，每一个人都是一个零件甚至只是一颗螺丝钉，不能够错位，也不能够随便移动。

孔子讲：“仁义礼智信。”这就把孔子的理论完善起来，推向了高峰。人人从“仁义礼智信”出发，国家有严格的管理制度，人自身又有严明的道德约束。这就全部结构出了整个社会的制度网络，这就是孔子为我们描绘的理想社会形态。于是，孔子为如何管理人类社会，如何发展社会文明，做出了伟大的贡献。

孔子为皇权和王权的贵族阶级提供了如何执政掌权的钥匙。所以，历代的皇权和王权阶级尊他为帝师，为圣人。

孔子为普通百姓提供了怎么做人的道德准则，老百姓从此有了如何做人如何做事的标准，明明白白有了一份说明书。于是，老百姓尊他为圣人，给他烧香磕头，感恩不尽。

孔子的所有理论实实在在、明明白白，没有玄。所以，中国的士大夫就把他排除在了三玄之外。

达摩忽然想到一个有趣的假设，如果孔子真的当了国王，他会如何？

在孔子这一生中，也曾经有过一次短暂的做大官的经历。他在鲁国当过一段大司寇，相当于宰相。一人之下，万人之上，可以说大权在手。那时候鲁国上下一片混乱。主要原因是思想混乱。以孔子为首推广以礼治国，以大夫少正卯为首则站在孔子的对立面。两派相争，如同水火。并且少正卯也四处奔波广收弟子，甚至比孔子的影响力还大。孔子上任七天，就为少正卯找了五条罪状，完全以言论定罪，言论乱国，杀了少正卯。统一了思想，鲁国回归安定。

孔子杀少正卯，表明了孔子也是一个杀伐决断的男人。

孔子杀少正卯，以言能够定罪，以言定罪能够杀人，这就为中国历史上开了以言定罪的先河。后来到秦汉，酷刑泛滥，酷吏无数，老百姓怨声载道如陷牢狱。后人评说皇权和王权的时候，栽赃诬陷了孔子的儒教，事实也确实如此。但是，皇权和王权受孔子杀少正卯的影响，继承和发扬了孔子的杀伐决断之作风，孔子也并不冤枉。

孔子这一生中，还有过一次艳遇。在卫国遇到了美女南子，孔子确实动心了。两个人曾经约会相聚，这是事实。于是，是否可以这样推测起来，如果孔子真的当了国王，不仅在治国上杀伐决断，而且也会三宫六院七十二妃，广招美女无数。不过孔子肯定会先摆出道理，这是为了皇家而且为了国家为了人民的江山社稷。并不是因为爱色。因为孔子讲名正言顺。名不正则言不顺，言不顺则事不成。

还有一个传说，一日一个绿衣人来找孔子说理，被弟子子路拦在门外。来人就问子路：“你说也可以，我只问你一年有几季？”

子路说：“一年有四季。”

来人说：“你真是空口说瞎话，明明一年只有三季，你为什么要说四季？”

两个人争吵起来，越吵越激烈。这就惊动了孔子。孔子从院子里走出来，看看来人，开口就说：“我的学生不懂得道理，明明一年只有三季，为什么说四季？”

来人磕头就拜：“还是孔圣人明理。”

绿衣人走后，子路问孔子：“老师为什么要把一年四季说成三季？学生不明白。”

孔子笑了：“子路，你看看这绿衣人是谁？一个蚂蚱变的。蚂蚱没有见过冬天，他只见过三季。你和一个只知道三季的人争论什么呢？”

这虽然只是一个传说，却传达了孔子通透睿智的另一面。

无论孔子一生如何重视具体实践，他仍然是在通过社会实践寻找理论的人。秀才造反，三年不成。孔子注定做不了真的国王。孔子一生跑来跑去，说来说去，他只能够是一个帝师，只能够是一个圣人。

通读孔子，达摩觉得虽然儒教讲得很全面，可以说面面俱到，侧重点还在突出对人类行为的管理上边。佛教虽然也讲得很全面，也可以说面面俱到，但是侧重点不同，佛教关切的一直是人类的灵魂。

在中国的圣人里，达摩认为最为有趣、最为亲切的人还是庄子。阅读庄子，你能够笑起来。别说中国，就在全世界的圣人里，没有人能够像庄子这样，一生无拘无束放浪形骸，自由自在，生活得如此潇洒和浪漫。

庄子追随老子，自然是道家。年轻时候离家出走，进山修道。这一修就是十几年之久。虽然并没有书籍介绍庄子修行道家，有多么深厚的修为，通过想象可以猜测。这时候庄子修行回来，下山以后准备回家，家里还有妻子。就想先回家看看，自己离家出走这么多年，妻子如何生活。

路边有一座新坟，新坟旁边蹲着一个少妇，举着扇子使劲地扇着新坟。这一个举动由于离奇，吸引了庄子。这是在干什么呢？

庄子上前询问："这坟里埋着你什么人？"

少妇说："死的是我丈夫。"

庄子觉得十分诧异："那你为什么不是在哭？"

少妇说："我为什么要哭？他死也死了，我哭他干什么呢？"

庄子指着扇子问："你这是在扇什么呢？"

少妇说："你没有看见嘛，我扇坟哩。"

庄子越发觉得纳闷，就问："你为什么要扇坟？"

少妇说："我丈夫死前有交代，他死以后新坟的坟土干了以后，我才可以重新嫁人。这新坟这么大，土又这么湿，什么时候才能干透？"

庄子说："我明白了。你在这里扇风，是嫌这坟土干得太慢，你在扇着帮助它，快一些变干。"

少妇说："是呀，我再不帮助扇，这坟土猴年马月能干透呀？"

庄子看看，非常同情这个少妇，就说："你这么扇不行，你把扇子给我，我来帮助你扇。我比你会扇，保证一会儿就能够扇干新坟。"

于是，庄子拿过来扇子，运起来功夫，催动功力，对着新坟扇起来。果然，没扇多大一会儿，就把新坟扇干了。少妇千恩万谢，愉快地走了。

庄子也连忙说："走吧走吧，赶快嫁人去吧。"

少妇走后，庄子继续往家走。这时候就想，如果我死了，我的妻子是不是和这位少妇一样，急等着嫁人？

这天下的男人一个德行，希望自己三妻四妾，又希望妻子对自己忠贞不贰。庄子也一样，他也是个男人。

于是，庄子就拿定主意，回家以后先要测试妻子一下，看她对自己是不是忠贞。到家以后没有几天，庄子就装病死了。大概装病假死，对于一个修为深厚的道家真人非常容易。庄子妻子就对庄子死了深信不疑，哭了几下，就让人抬来棺材，先把庄子装进了棺材里边。

天黑以后，庄子躺在棺材里边，又突发奇想，这个时候来一个俊美的少年，我妻子会不会心动？丈夫没有下葬，就和新男人男欢女爱？于是，庄子又化身而出，变成一个俊美的少年，自称庄子门生，前来吊孝。这个少年对着庄子烧香磕头过后，就来安慰劝说庄子的妻子。

这个少年说："我的老师死就死了，师母这么年轻漂亮，日后如何生活？"

庄子妻子说："这是我命苦。谁还会可怜我？其实你老师出外修行，十几年没有回家。我就没有和他怎么生活过。我这命苦啊。"

这少年就说："看见师母如此年轻漂亮，怎么能够不让人心动？我就有心今后照看师母，不知道师母是不是情愿？"

庄子妻子内心欢喜，马上说："奴家真是感激不尽。"

庄子妻子说完，就主动扑向了少年的怀抱。这少年抱着庄子的妻子说："看出来你也喜欢我。我也喜欢你。只是不敢相瞒，学生一直有头疼病，老中医说要吃人的脑子才能够治好。你如果跟了我，我会拖累你啊。"

庄子的妻子说："这个好办。你老师刚死，我去拿来斧头，劈开你老师的脑袋瓜子，马上就能给你吃人的脑子。我一定要把你治好。”

庄子妻子说干就干，拿来斧头，掀开棺材的盖子，就要来砍庄子的脑袋瓜子。庄子这时候忽然伸出手来拦住了妻子，哈哈笑着坐了起来。庄子妻子吓得双手哆嗦，回头去看少年，少年早就不见了。

庄子说：“别找他了，那个少年也是我变的。”

庄子妻子一下子呆若木鸡……

庄子笑着说：“原来你比那扇坟的女人还着急啊。”

这就彻底拆穿了把戏，庄子的妻子自然觉得羞愧难当。她明白从今往后再也没脸见人了，因为实在是走投无路，当天夜里就上吊自尽了……

这一回是庄子活了，庄子的妻子死了，而且是真死了。

人们来看庄子，只见庄子没有悲伤，没有悼念之意，反而欢欣鼓舞，口中念念有词，鼓盆而歌：“死了好，死了好，死了不急着再嫁了。”

这两则传说，后人肯定有放大夸张之嫌，虽然说未必当真，却把庄子喜欢搞怪描绘得活灵活现……

达摩觉得传说的事实未必真实，但是以庄子的修为，扇坟的功力绝不是虚构的。假装害病假装死亡，又化身少年，这样的功夫并非传说。

庄子的主要著作是《齐物论》《大宗师》《逍遥游》等，风格和格调完全与孔子不同。庄子虽然师承老子，思绪和畅想却经常飘忽在天地之间，若有若无神出鬼没，极尽浪漫。起初，你很难把在生活中善于搞怪、喜欢捣乱、不循常理的人，与写出这么多经典著作的人联系在一起。但是，这就是庄子。

特别是达摩读到庄周梦蝶时，他完全被惊呆了。这个世界上竟然有如此的奇思妙想，人世间怎么会有这样美妙的文章。

庄子入睡以后，梦到自己变成了蝴蝶。醒来以后，庄子就问自己，是我变成了蝴蝶？还是蝴蝶在睡梦里变成了我？

是我生活在蝴蝶的梦里？还是蝴蝶生活在我的梦里？或者是我们同时生活在对方的梦里？

庄子坚持认为，生命不过是一口气，活也一口气，死也一口气。生死不过是气在转换，把一个生命变化成另一个生命，不应该大惊小怪。由于生命由气体转换而成，生生死死不过是转换来转换去，永无休止，一直在循环。因此，生也没有快乐，死也没有悲伤，纯属自然。

在中国的经典文化里，庄子第一个描绘到了人与其他生命之间的感知和联系。这就使人的生命重新回到万物万种的生命之中，不再孤独和盲目的自大，回归到道，回归到自然里边。

庄子在这里写出了一个关键词语：物化。

所谓物化，就是物的变化和转化。

庄子认为，不同生命之间是可以相互转化的。因为贯通天地之间的只有这一口气，万物万种生命都是这一口气的凝聚。既然都同是这一口气，为什么不能够相互转化呢？

并且为我们细分物化的三种形式，分别是：梦化、生化和死化。

梦化就是在睡梦中转化，就如同庄周梦蝶。人在睡梦中转化为另一种生命形式，庄周化为蝴蝶，或者是蝴蝶化为庄周。

生化就是人在活着的时候，和别的生物之间的相互转化。天下的生物都有生命，只要是生命就是一口气，气息相通，生命自然相通。于是生物与生物之间相互影响、相互转化，这是很自然的事情。比如吃东西，不就是把别的生物转化成了自己的一部分吗？很多现象虽然肉眼看不到，但并不是没有发生。

死化就是通过死亡进行转化，一个生命死亡了，这一口气就散了。但是，这一口气并没有消失，很快就和别的气体融合，转化成为另外一种生物和生命，重新活了过来。世间的生物就是这样，生生死死，轮回和循环。

为了永远不死？也为了长生不老？庄子为道家创造和发明了新的修行方法和模式：心斋和坐忘。

先说心斋。从字面上讲，心斋就是心的斋戒。

庄子这么讲："若一志，无听之以耳，而听之以心；无听之以心，而听之以气！听止于耳，心止于符。气也者，虚而待物者也。唯道集虚。虚者，心斋也。"

如果通俗来说，这是内视的一种循环。耳朵听心，心听于气，气通外界万物万种生命，甚至于可以简单来说就是不听不看不想，排除外来的一切干扰，使自己聚精会神起来。然后一切寄托于气，让气来与外界的万物万种生命发生关系。

庄子在这儿讲的虚，也就是清虚空明的一种境界。

这种内视向内循环的修炼方法，就如同佛教的禅坐，通过内省深思冥想，通过呼吸向外联系别的生物和生命。

再讲坐忘。坐忘的功夫在于向外，则由个我小我逐渐走向宇宙的大我和忘我。庄子讲"我丧我"。这就是坐忘达到了大通的境界。这时候无功无名无利无益，再也没有世俗之间的一切烦恼，彻底忘掉自我，只求天地与我共生共存。这种坐忘的修习方法，要求自觉自愿超功德、超道德，超越自己耳目心境的一切束缚，进入精神上的自由境界。

这种外视向外循环的修炼方法，就如同佛教的禅定，禅定以后忘我，以感知和外界万物万种生命发生的关系。

看到心斋和坐忘，菩提达摩祖师心里发热，他觉得他和庄子沟通了。

庄子并没有死，庄子此刻就来到了达摩的心里边。

菩提达摩从印度千山万水而来，为的就是看望庄子，他看到了。

菩提达摩看到了庄子的心。

庄子的心就在菩提达摩的胸间跳动。

无疑，心斋就是禅坐，坐忘就是禅定。

殊途同归，大道至简，佛教和道教是相通的……

达摩阅读中国的经典文化，从河图洛书到《周易》，从老子、孔子到庄子，他觉得走了很远很远的路，终于沿着“三玄”走到了“坐忘”。坐忘使达摩有一种回家的感觉，又激动又亲切又温暖。

达摩猜测，以庄子的天赋和修为，心斋和坐忘一定不会是庄子的彼岸。那么，庄子通过心斋和坐忘，走向了哪里？

达摩敢于肯定的是，庄子一定走回了宇宙和天地万物万种生命之中。

庄子是一个天象大家，又善于星象的观测和研究，他一定走得很远很远，在一个我们看不到的地方，早早升起来，进入太空变化成一颗星星？

天黑以后，达摩就站在山洞外的那块平地上，举目远望。他在夜观天象，他在寻找，希望找到那颗属于庄子的星星。

经过这么长时间的大量阅读，对于中国社会的具体观察，达摩觉得自己找到了，找到了中国需要什么样的佛教……

中国虽然有着自己独特又深厚的经典文化，由于皇权和王权长时期的把持和倡导，中国的经典文化早已异化为功利和实用，并且一直在贵族和精英阶层流转，顶多传播和普及到了中国士大夫阶层而逐渐一点点地忽略了众生。中国经典文化的传承和发展，也与众生渐行渐远。

语言文字本来应该是传播文化的工具，但由于它的可操控性、可误导性，语言文字本身也会异化为沟通与传播的障碍。

中国的老百姓许多是文盲，并不认识自己民族的文字，就是证明。

那么，不立文字，以心传心，就可以明心见性。

以智慧超度众生。

菩提达摩终于找到了，在中国传播佛教的方法和目的。

四　达摩的呼吸

永宁寺住持菩提流支来向御史大人报告，同是皇家寺院，永宁寺和少林寺应该相互加强联络。他已经主动派人两次前去少林寺，请达摩祖师前来永宁寺说法讲经。达摩祖师一直拒绝相见。主管事务的姬佛光态度冷淡。菩提流支最后说：“御史大人能不能亲自出面调停一下？恳请帮助。”

送走菩提流支，御史大人前思后想，拿不定主意。事关寺院，有关神仙无小事，他便亲自来向孝明帝报告。御史说：“皇上，你说我是出面还是不出面呢？”

孝明帝笑而不答。

御史说:“皇上,你别笑,你一笑我腿就软。”

孝明帝说:“你是怕什么呢?”

御史说:“自然是害怕做错了事情。”

孝明帝说:“我这会儿心闲。我让你关切一下少林寺,你先给我说说少林寺吧。”

御史说:“达摩祖师答应做了住持,马上就安排姬佛光主持和管理少林寺所有事务,他自己还是住在后山的山洞里不下来。皇宫每月拨给少林寺钱粮,少林寺也不拒绝,也不多要。姬佛光还说达摩祖师有交代,对于皇上恩宠,不拒绝,不依赖,不伸手。”

孝明帝点点头说:“有趣。不拒绝,不依赖,不伸手。往下说。”

御史说:“我发现少林寺不和其他寺院联络,包括南朝的寺院。多少家寺院来访,达摩祖师一概不见。但是,少林寺的和尚却经常和附近的村民们走动,给村民们看病拿药,帮助村民们干活,还招收了许多俗家弟子。少林寺现在里里外外算下来,只怕有五百人了。当然,大部分是俗家弟子,真正出家的和尚增加得不多。”

孝明帝只是听着,不再插话,两眼盯着御史,盯得御史心里发毛……

御史说:“皇上,我又说错了吗?你别这样看我。”

孝明帝说:“再往下说,他们还干了什么?”

御史说:“在读经,在练功。据说达摩祖师传授了心法,少林寺的和尚们除了读经,都在练功。就在寺院外边的山坡上、树林里、小河边,到处都是打坐的和尚。据说十天半月里,不吃不喝,一动不动,死人一样。”

孝明帝笑了：“这是坐禅。中国道家叫心斋和坐忘，和这个坐禅相通。坐禅好啊，这才是祖师嘛，这才是正经传法。”

御史说：“听说永宁寺的法师也会坐禅，不过非常神秘，没有人看到过。”

皇上说：“永宁寺能够坐禅的法师也就三两个，大部分还是烧香磕头吃斋念佛。少林寺这是人人坐禅，能一样吗？”

御史连忙说：“是不一样。”

孝明帝其实已经看过了《二入四行论》，曾经看得他心静如水，神清目明。孝明帝觉得《二入四行论》很纯粹，完全是一种信仰。如今少林寺的和尚人人坐禅，这就说明达摩祖师已经想好了，不和任何寺院以及宗派来往和纠缠，从少林寺开始正宗传法。

孝明帝想到这里，便对御史说：“来来，我也给你立一个规矩，今后我们对少林寺，不干扰，不评说，不找麻烦。”

御史连连点头：“谨记，谨记。”

见过皇上之后，御史大人再三思量，觉得皇上口谕非常宝贵，就提笔写了下来，算是一封便笺，派人送到了少林寺。

姬佛光看过皇上口谕，觉得非同寻常，皇上能够在百忙之中如此关心少林寺，实属罕见，应该马上向达摩祖师报告。于是，黄昏时候，姬佛光走出寺院，上了五乳峰，来到山洞。

达摩借着油灯看过皇上口谕，点点头说：“这个皇上有文化。”

姬佛光说：“据说皇上非常喜欢读书。”

达摩说：“上次你说，皇宫有人来抄录《二入四行论》，我就想到了，那是皇上要看的。不会有错。”

姬佛光又说：“京城也有谣言，说皇上喜欢干木匠活儿。”

达摩说：“喜欢做木匠怎么了？皇帝也是人，也有自己的爱好。当年我的父王爱打草鞋，只要闲下来，就在王宫里打草鞋。我这打草鞋的手艺，还是父王手把手教给我的。”

达摩说完，拿过禅杖走出山洞，习惯地抬头往天上看。头顶是一片澄净明亮的星空……

姬佛光跟随达摩走出山洞，站在祖师身边，他心里一阵发热。自从认识达摩祖师，姬佛光就算是抱住了佛脚，完全改变了他的生活。达摩祖师将一大把金叶子交给了他，委托他打理事务，又对他传授心法，教他练功；同时指定他管理少林寺事务，成为二当家，他确实是提茶壶当老板——一步登天。他对达摩祖师感恩戴德，实在是想拜他为师，成为达摩祖师的正宗传人。上次遭到拒绝以后，他才明白这老头又认真又固执。今天时机不错，只有他们两个人，他想再次提出来，可是话到嘴边却迟迟不敢开口。

达摩说：“姬佛光，还得谢谢你给我买这些书。读过庄子，我就完全明白了。”

姬佛光说：“老师这么快就读过了庄子？”

达摩说：“不算快吧，已啃了几个月，都是粗读。我一个印度人，不可能完全读懂。梳理一遍，明白传承关系就可以了。你看这都是你帮助我的，没有走弯路。说起来，你姬佛光也算我的半个老师。”

姬佛光连忙说：“不敢这么讲。说到老师，其实我今天上山来，一是给您看皇上的手谕，二是请您明天下山安排新的功课。还有一个私心，我确实有话要说。”

达摩说：“你讲，你讲。”

姬佛光说：“如果您觉得僧众太多，不太方便，我个人能不能先拜您为师？您别拦我，让我把话说完。一来确实是我的心愿，二来也为了少林寺的面子。我为少林寺处理事务，老师如果能够收我为徒，我在外边行走起来，不也名正言顺了？”

达摩一时沉默，望着夜雾里的远山……

姬佛光说：“我是晚辈，真是想给您磕这个头。不是假的。”

达摩眺望着夜空，缓缓说道：“我没有给你讲过，我在印度收过两个弟子，虽然根器都平平，却心系众生无私无畏。后来两个人来到中国，为我来传教打前站，结果客死他乡。我一直想念他们。”

姬佛光说：“我知道，南朝的宝志法师跟我说起过。”

达摩说：“姬佛光，你这点很好，很诚实。虽然这名正言顺确实是理由，可是我还没有想好。咱们还是换个话题吧，你看这接下来，我还应该再看什么书？”

姬佛光非常识趣，马上说：“老师一直挨着读圣贤，我没有机会建议，现在可以说了，如果你再读，我建议读读阴阳五行。”

达摩很敏感，立刻说：“阴阳知道，什么是五行？”

姬佛光说：“其实在中国文化里，阴阳五行如同灵魂。最早也算是从《周易》里化出来，后来就慢慢自成体系。具体说，在阴阳之间，生存着万种生命，把它们分为五大类，就是五行。”

达摩说：“走，咱们回到洞里说，这个五行有意思。”

姬佛光回到山洞里，拨亮油灯，在灯下扳着指头说：“金木水火土，这就是五行。”

达摩也扳着指头记下来，说：“金木水火土，这就是五行。”

姬佛光说：“在阴阳之间，存在着所有的生命和事物。金木水火土，就把它们完全包括在内又概括起来，分成了五大类。从天上讲，金木水火土，就是金星、木星、水星、火星、土星，再加上太阳和月亮，这七颗星星为七政七星。天空再大，星星再多，都由这七政七星来管理。从地上讲，金木水火土，也完全概括了世间万物。再从人的自身生命来讲，人的五脏，心肝脾肺肾，也对应金木水火土，相同的道理。连儒家都赶来凑热闹，把仁义礼智信也对应上了金木水火土。从阴阳五行里又分化出了中医，医生也按照这个道理为人治病。”

达摩来了兴趣和精神：“世间万物都是阴阳五行，处处都是金木水火土。”

姬佛光说：“是这样。但是，在金木水火土之间又相生相克，能够推演出一万种道理。反正在中国人这里，什么都跑不出阴阳五行。老师如果想读，我就再买这方面的书。”

达摩连声说：“要读要读。能够把天下万物细分成五类，太有意思了。还有，再买一些关于天象的书。在天象上我还要下功夫。”

姬佛光说：“老师放心，我会办理。我应该下山了，你明天还要安排功课，夜里也要休息好。”

达摩说：“好。明天不用接，我自己去。”

第二天上午，菩提达摩拄着禅杖，走进少林寺大殿时，七十二名僧人已经齐刷刷盘腿而坐，排列在达摩祖师面前。达摩把禅杖先靠在香案边上，伸手要过一个垫子，也打坐在僧众面前。他双手合十，先行发问：

“那个《二入四行论》，有谁能看懂？看懂的请举手。”

达摩用眼睛扫过众僧，发现没有超过一半人数。姬佛光觉得脸上无光，正想做解释，被达摩伸手拦住了。

达摩说：“不是你们不想看，主要是字认不全。是不是这个理儿?”

众僧哄一声笑起来。有人大胆说话：“生字太多，看不下来。”

达摩说：“不怪你们。寺院不是书院，文盲多，这非常正常。印度也一样，也有一部分僧人不识字。这不耽误练功，记住了心法，禅坐起来不是同样超过七天了吗？我今天为什么要说这个？我是想鼓励你们，不识字不是你们的错，也不要自卑，只要记住心法，用心练功，同样可以当大德高僧，将来涅槃以后同样成佛成神仙。”

达摩静观众僧的反应。由于受到安慰和鼓励，众僧情绪饱满和亢奋。达摩开始讲：“现在我们安排新的功课。我可以告诉你们，禅坐七天以上，基本上已经迈过了初级阶段。这个初级阶段主要是自省，或者叫内省，也可以叫沉思和冥想，通俗说就是检讨自己以前犯下的过错甚至是罪恶，忏悔自己，原谅别人。在练功过程中，只是注重自己的呼吸，基本上不看不听不想，以达到心地澄明。通俗说就是心里边干干净净，一尘不染。”

达摩在这里又停顿一下，观察众僧的反应。他刻意把话讲得很通俗，能够让大家听懂。讲中国话，还要讲得很直白，达摩确实需要努力。

达摩接着讲：“你们禅坐已经超过了七天，有的僧人时间更长。为什么就这么一动不动，不吃不喝，经过这么长时间的禅坐，出关以后觉得浑身轻松更有精神？如果是老百姓，饿也饿死了，渴也渴死了。为什么你们没有饿死，也没有渴死，反而比以前更有力量和精神？大家一定很纳闷，我来给你们讲讲这道理。你们平常吃的喝的是物质，是看得见摸得着的物质。但是，禅坐以后虽然没有吃喝物质，却通过呼吸，吸收了更加高级的营养。我管这个叫无物质。因为看不见摸不着，我就叫它无物质。最近读了你们中国的书，有一个圣人叫庄子，他管这个无物质叫气。叫气反而更加容易理解，也更加形象，你们就叫气也可以。叫什么不重要，懂得这个道理非常重要。”

七十二僧人瞪大着眼睛，听得很投入。

达摩继续讲：“庄子讲，人活一口气，人死也是一口气。只要是生命，它就是由气体组合而成。人也好，动物植物也好，月亮星星也好，都是一个道理。生命是什么？就是由气体转换组合而产生的。庄子讲得很贴切又很形象，这个大家一定要记牢。就在你们不吃不喝以后，通过呼吸，是你们身边的树林、河流和庄稼，甚至远在天边的星星，一直在为你们传送营养，传送无物质，传送气。是这些无物质，是这些气，一直在养着你们。所以，我一直讲我们心里要有众生，其他人是众生，其他生命物质也是众生。你自己心里有众生，众生心里就有你。众生就会帮助你，一直帮助你。我听说不少僧人，近来不断到附近的村子里帮助穷人干活，吸收了很多的俗家弟子。我听后很感动。这才是少林寺的僧人。心系众生，永远为众生服务，要成为少林寺的灵魂。”

达摩接着讲：“我们现在要安排新的功课。新的功课是什么？还是呼吸。大家要注意听讲，这一回我们呼出去的是什么？是我们自己对于其他生命的呼唤，是我们自己对于其他生命的关爱、力量和灵气，完全是我们自己向外界、向众生、向其他生命发出去的信号，发出去的能量。我们这一回吸进来的是什么呢？就是其他生命对于我们自己的关爱、力量和灵气。这完全是其他生命是众生回报给我们的信号，回报给我们的能量。”

达摩举起手挥动两下以示强调：“注意了，那么不同的是，在初级阶段里，我们是用鼻子用嘴在呼吸；接下来这个阶段要进行自然的切换，练习用心用脑用肚脐来呼吸。这个很重要，大家要牢记。千万不要着急，慢慢进行切换。这可是一个长期的练习过程，切换过来非常不容易。几个月可以，一年两年也可以，许多年也可以，心不能够急。用中国人的话讲，就是心急吃不了热豆腐。”

众僧一时感到新奇，有人马上开始比画，有人左顾右盼，不知从哪里做起。

达摩把一切看在眼里，接着讲：“我现在要教给大家入门的方法，请大家跟着我开始做。双手合十胸前，微微闭上双眼，如同做梦一般。这时候你自己紧闭双眼来看，来看什么呢？来看你平时最为熟悉的天地之间的万物生命。高山也行，河流也行，树木也行，动物也行，植物也行，什么都可以，只要是有生命的物质都可以。你想到就是看到。它们排着队一个个走过来了，走到了你的眼前来，然后呢又一个个走过去了。你会发现，总有一个生命体停留在你眼前不走了。这个停留在你眼前的生命个体，就是你找到的第一个生命对象。因为你一直在等它，它也一直在等你。你心里一直想着它，它心里也一直想着你。所以，它会停留在你眼前，它要和你深度交流，要和你深度结交。”

达摩稍停顿一下，又接着讲：“你们两个怎么深度交流、怎么深度结交呢？其实很简单，注意了，这里非常重要，就是你对着它发气，它对着你发气。你发给它能量，它发给你能量。你发给它灵气，它发给你灵气。相互付出，相互回报。这个气怎么发出去又怎么收回来，前边已经讲过了，就是通过你的呼吸。通过你用心用脑用肚脐的呼吸。有了第一个，就会有第二个、第三个、无数个……”

达摩微微一笑，接着讲：“随着练功时间长了，你自己结交的生命体越来越多，面积越来越大。它们一个个都给你发气发能量，你要完全接收过来，用心用脑用肚脐接收过来，越来越多，越来越多。那么问题来了，我们接收这么多气、这么多能量存放在哪里呢？就存放在心、在脑、在肚脐里。不要担心放不下，我们的心、脑和肚脐到底有多大？可以说，宇宙有多大，天地有多大，我们的心、脑和肚脐就有多大。这个不用怀疑，确实有这么大。”

达摩环视着众僧：“是不是吓着你们了？不要害怕，它就是这么大。那么，我们存放起来的能量有多大呢？你可以放开胆量去想，你想它有多大，你希望它有多大，它就有多大。将来有合适的机会，我会亲自示范给你们看。最后，我想问一句，我们存放这么多的能量干什么呢？”

众僧沉默下来……

忽然有人高喊一声：“为了众生！为了帮助众生！”

达摩不由得提高了音量：“讲得好！这就是我最想听的话。看起来我今天没有白讲。我们一直讲心系众生，拿什么去心系众生？就拿我们的智慧，我们的力量。”

安排了新的功课以后，菩提达摩就拄着禅杖回到了山洞。这一次回到山洞的时间很长，两年多时间他没有下山。后来，还是少林寺出了乱子，达摩祖师才下山，出现在众人面前。

距离少林寺十几公里，两座大山之间豁然开朗一般，展现出一片开阔地，在这片开阔地上坐落着登封县城。县城逢五、逢十为集市，四面八方的乡亲们来赶集，非常热闹。少林寺的伙房，每个集市都派人去采买日用品及蔬菜。这天赶集，几个和尚肩挑着担子，已完成任务，先行离开了集市，一个肩挑凉粉、豆腐的和尚因为碰见熟人多说了几句话，被落在后边，也就碰上了麻烦。

七八个地痞流氓，围着烧饼炉子，在欺负卖烧饼的老汉和他女儿。

先是这些地痞流氓吃了烧饼不给钱，老汉伸手要钱，挨了一个耳光。领头的叫马老三，开口就骂："你一个老干姜，也不打听打听，你三爷在这登封街上吃东西啥时候花过钱？谁敢跟老子要钱？"

卖烧饼的老汉可怜巴巴，低声嘟囔道："吃了烧饼不给钱，还伸手打人，这是哪儿的规矩？"

马老三说："老干姜，你三爷我就是规矩。"

正在一旁和面的女儿忍不住为爹帮腔："光天化日，还有没有王法？"

马老三说："我就是王法。怎么，想叫三爷摸摸你这两个奶子了？"

几个跟班起哄："看看是荷包蛋，还是白蒸馍……"

这时，路过的和尚看不下去了，把挑担一横，挡在了烧饼炉前。

这和尚上来先说软话："各位乡亲，抬头不见低头见，不要欺人太甚吧。"

一个地痞开口就骂："从哪儿跑出来一个秃驴？"

另一个说："集集见他们来买菜，少林寺的和尚。"

这和尚仍然赔着笑脸："是，我是少林寺的伙夫。你们都是年轻人，家家都有姐妹，不要调戏良家女子。"

马老三冷笑一说："你他妈秃驴，是皮子痒痒了？信不信，你三爷我连你这秃驴一起收拾。”

这和尚并不示弱：“我信。看起来你们今天是不依不饶了，那就在这儿画个道道，我蹲在这里，让你们打一顿，我决不还手。但是，你们放过这老汉和姑娘，行不行？”

一街两行，围观的人越来越多……

马老三说：“弟兄们，这秃驴想挨，咱们就成全他?!”

这和尚扭头对卖烧饼的老汉说：“大爷，看好了我的凉粉、豆腐。”

马老三冲上来甩手一个耳光，打在这和尚脸上，七八个地痞流氓围着和尚真的打起来。这和尚双手抱头，就往地上一蹲，面对着七八个人的又打又踢，一声不吭。

围观的人越来越多，有人就喊：“别打了，和尚快被你们打死了！”

地痞流氓围着这和尚打了一阵子，看起来打得也有点累，一个个停下了手脚。

这和尚蹲在地上，见没有人再打，就缓缓站起身来。他拍打拍打身上的脚印和灰尘，竟然没有一点伤痕。

这和尚开口说道：“打完了吧？打完了就付给大爷烧饼钱。”

地痞流氓围着和尚看，像没有听懂他的话，有点儿看呆了……

这和尚就往地上瞅，正好路边有半截老砖头，他快步走过去捡起来：“你们不会打。你们好好看着，我替你们打。”

只听和尚大喊一声，双手举起半截老砖头，砰一下砸在了自己的脑门上。脑袋没有伤着，半截老砖头却碎了……

这和尚说：“看见了吧？你们刚才打我，我说过不还手。我敢还手吗？我如果还手，你们还有命吗？今后再看见你们欺负乡亲，我就不客气了。”

围观的人群开始叫好。马老三指使手下人付了烧饼钱，赶紧灰溜溜蹿了。和尚挑着凉粉、豆腐担子在众人目光的簇拥下走出集市……

这件事情立马传遍了十里八乡，很快又传到京城洛阳。口口相传之间又被添油加醋，到后来传成了少林寺和尚挑着凉粉、豆腐，打了一条街。沉寂许久的少林寺，又引起了人们的关注，甚至御史大人也派人来询问。这四面八方的消息和传说，又传回到少林寺，引起了姬佛光的不安。佛家寺院本应该是吃斋念佛的地方，被人们说成了打抱不平的英雄好汉之地。是福？是祸？不可知。

达摩拄着禅杖，走下山来。姬佛光一路上不管说什么，达摩都笑而不语。

姬佛光说：“老师，你一直不说话，我心里没谱了。”

达摩说：“先到大殿再说吧。”

走进大殿，达摩祖师面对七十二个僧人，许久没有说话。他本来坐在椅子上，然后他有点突兀地站起来，当着大家的面，达摩突然发力腾空而起，跃得很高，整个身体就在空中打了一个颠倒，倒立在空中……

本来坐着的众僧，齐刷刷起身，仰头观看。只见达摩祖师用两根手指支撑在案角，收起一根手指，剩下一根手指支撑着倒立的躯体。众僧正在惊诧之时，又见达摩祖师在空中一个翻身，稳稳地落在了地上，身轻如燕。

达摩祖师是高龄老人，脸不红，气不喘。他伸手示意让大家坐下来，这才开口说：“这个身法可以叫二指禅，也可以叫一指禅。是两根手指或者是一根手指在支撑着我的身体吗？不是，是身体自己飘起来了。”

达摩走到香案前，伸手拈起来一张烧香用的黄表纸，转身对众僧说：“现在殿门开着，站在我这里，从殿门望出去，可以看到院里柏树下的大石头。你们看好了，我把这张纸掷出去，砍开那石头。”

达摩伸出手来，像是瞄了一下方向，只见他手腕一抖，用力把这张黄表纸掷了出去。这张黄表纸在空中展开如一片刀，只听砰的一声，真把那大石头砍开了……

达摩做完这一切，重新打坐在众僧面前。他轻描淡写地说：“这没有什么大惊小怪。可以说你们人人都能够做到。你们以前没有试过，是我没有告诉你们其中的心法。大家注意了，这不是我个人的力量，这就是众生的力量。这是一直存放在我们身体内的——众生的力量。”

大家鸦雀无声。

达摩说：“我们少林寺的伙房，就应该藏龙卧虎。一个小和尚用头碰碎了砖头，有什么奇怪的？并且事出有因，这不是出风头。这件事情以后不要再提了。我们的心不乱，这天下就不会乱。”

姬佛光马上点头：“我心不乱，天下不乱。我记下了。”

达摩祖师说：“这些年我在山上读书，一直在研究中国人的阴阳五行，还有天象学，还有中医学，一刻也没有忘了你们，这才两年多时间，还不到三年吧？时间确实还有点短。再说了，你们一个个偷着，或者是白天或者是黑夜，也没少往山上单独跑去找我。我知道这是想我了，其实我也想你们。我也知道你们之间经常讨论，就是通常所说的会经。会经这个叫法好。这些年我也没少给你们一个个的会经，谁问啥我都说。不过，我今天可以正式告诉你们，你们这七十二个僧人，除了因会经而开心智、长智慧之外，已经一个个身怀无穷无尽的力量。但是，由于性情不同，修为差异，将来的功法和身法肯定也不同。有的喜欢用手，有的喜欢用腿用脚，有的喜欢用脑袋……大家记住，别喜欢用嘴用屁股，样子太难看了。”

众僧哄一声笑起来……

达摩随着众人的笑也开口笑起来：“你们刚才也看到了，我用一张纸就砍开了大石头。所以说，用什么不重要。天下万物什么都可以用，一根草棍也能打死老虎。请姬佛光安排一下，从今天开始，把你们练功的心法、功法和身法，完全记录下来。有文化的自己写下来或者画下来，没有文化的请师兄弟代笔写下来或者画下来，整理存放起来，这就是少林寺的文化财富。不只是我说过的话，你们整理出来是经书，把你们的这些经验和体会积累起来，传给后世的弟子，这也是少林寺的经书。我敢说，这七十二部经书将来也会成为少林寺的传世经典。经书是怎么来的？就是这么来的。前辈僧人修行的经验和感知，就是后辈人的经书。”

姬佛光连连点头：“这是我的事情，我来安排。”

达摩祖师说：“最后，我要宣布一件事情。这件事情我一直在想，想了许多年。咱们少林寺和别的寺院从不来往，也没有加入佛教的任何门派。中国人讲究名正言顺，我为少林寺起了一个名号，就叫禅宗。如果给别人解释起来，也可以叫中国禅宗。从此以后，我们就是禅宗少林。”

从此以后，少林寺称为禅宗祖庭。

菩提达摩为中国禅宗的开山鼻祖。

五　丹田的证明

姬佛光新淘来的这些书，非常杂乱。许多书没有封皮，甚至还有几册半本书。菩提达摩明白这是姬佛光专门为他淘来的书，分外珍贵。他先进行通读，经常读得他头昏眼花。通读过后，他放下书本，静下心来开始回顾。这时候他打坐在山洞里，闭上眼睛仅凭回忆，按照自己的理解进行梳理。

菩提达摩发现，中国人永远牢记以人为本，讲什么都与人联系起来。

这些书籍不约而同都在讲，有两个宇宙，天上有一个大宇宙，人体内有一个小宇宙。两个宇宙虽然有大小之分，但运行的原理却一模一样，并且可以肯定地说，两个宇宙之间紧密相连，相互作用，相互影响。在“人大天”这三个字之间，就有了有趣的解释。

人字不出头仍然为人。这就是人的小宇宙。人字一出头就成了大字。人伟大起来，顶天立地，人就成了天。这天，就是大宇宙。

大部分有关天象的书，如果要讲大宇宙，全都先讲斗母星。斗母星像一个序言。这一个斗母星呈蛋圆形，又像一个口袋，留有长长的袋口。袋口细长，束缚起来又像通往斗母星内部的通道。有人就解释说，这一个细细长长的通道，就是女人的阴道。于是，又说整个斗母星如同女人的子宫。

斗母星又是中国道家崇拜的女神，也可以叫母亲星。

斗母星主管人类的生育和繁衍。于是，这斗母星就和女性紧密相连起来。中医讲这斗母星直接影响女性月经的发生，以及生育的周期。并且详细来讲，在女性来月经的前三天，斗母星就会对女人输送真气，使月经来潮。月经过后，又帮助女性受孕和生产。

在一本破旧的中医书里，把决定人生老病死的东西叫天癸，认为女性的周期永远为七，男性的周期永远为八。天癸是什么？就是一种水的形象，是指天上的星星输送给人的生命之水，并且无比神秘地说，每个人都有相对应的星星，人人各不相同。

迈过斗母星，这才开始讲银河系。中国古人认为，这银河系是人类的故乡，芸芸众生都从银河系而来。每一个生命如同离家出走的游子，每时每刻都在思念着自己的故乡。这呼吸和吐纳就是游子和故乡之间的联系方式。

在庞大的银河系里，生存着无数的星星。中国人将这些大面积闪闪发光的星星，划分成了三个部分，也可以叫三个星群，也可以叫三个天区。中国人完全地比画着人类的生活形态，来区分和演绎天上的星群。

这三大星群就叫三垣，具体叫紫微垣、太微垣和天市垣。

什么叫垣？垣本义指低矮的围墙。中国人把银河系里发着白光的雾状形象体，叫作垣，其实也是一个比喻。于是，这三个垣就如同围起来的三个村子，或者就叫三个城区。星星在自己的垣里活动和运转，相对来说就形成了结构的体系。

太微垣在宇宙太空的中心，有一点城市中心的味道。太微垣是三垣的上垣，位于紫微垣之下的东北方，北斗之南，共有二十个星座，正星七十八颗，增星一百颗。

天市垣如同天上的市场，热闹又繁忙。它是三垣的下垣，位于紫微垣之下的东南方向，共有十九个星座，正星八十七颗，增星一百七十三颗。

紫微垣是三垣的中垣，居于北天中央，也叫作紫微宫，完全比拟天上皇宫的意思。紫微垣以北极为中枢，东北两厢共有十五颗星来护卫。还有三十七个星座，正星一百六十三颗，增星一百八十一颗。

达摩觉得无论是否计算得精确，中国古人在夜观天象的时候，还能如此认真地计算和记载下来，几年几十年几百年几千年几万年甚至几十万年就这么年复一年日复一日地研究，由点到面、由浅及深地分析和观察，这种耐心，这种持之以恒的精神，让人吃惊也同时让人感动。

看起来，一个民族文化的诞生和建设，以及不断的发展，是一代又一代人用心血浇灌和凝聚起来的精华和结晶。

菩提达摩发现，在中国的天象学里，七政七星是一个比较突出的概念。

七政七星是太阳、月亮、木星、火星、土星、金星和水星。古人认为，这七政七星对人体生命的健康影响最大。实用主义哲学在这里又放射出了光芒。中国人拟人化比喻，这七政七星如同天空中的朝中大官和大臣，共同管理宇宙空间，同时又分别管理人的生命。

太阳分为三阳：太阳、阳明和少阳。太阳发出来的光和气最为强烈，次之为阳明，再次之为少阳。这三阳每天甚至每时每刻都在为人体输送阳气，归入人体的太阳穴、膀胱、小肠来接收。而且从时间上排列，也有区别和差异，仍然以午时最为强烈。因为这时候，我们相对来说距离太阳最近。

月亮发出来的真气为太阴之气。与之相对应的，次之为厥阴，再次之为少阴。月亮发出来的三阴之气，通常通过人的肝脏、脾脏和肺脏来接收。三阴一直为我们输送阴气，仍然以子夜最为强烈。因为这时候，相对来说我们距离月亮最近。

这就从阴阳里边，又化出了三阴和三阳。

木星为我们的肝胆输送真气和精气。

火星为我们的心脏输送真气和精气。

土星为我们的胃和脾输送真气和精气。

金星为我们的肺脏输送真气和精气。

水星为我们的肾脏输送真气和精气。

接着，这就扯出了五行。五行几乎无处不在。木对木，金对金，水对水等。天上的五行，又对应人体的五行。

关于五行，姬佛光上次只是对达摩随口说到，并没有深入。这以后达摩细读阴阳五行，才发现几乎是遍地开花，无处不五行。特别是相生相克的道理，让人信服。

其实阴阳五行，可以分为阴阳和五行两个概念，然而两者又相辅相成，五行必合阴阳，阴阳必兼五行。古人认为，天上五行，地上五行，人体五行，是相互串联互为影响的。

五行相生：金生水，水生木，木生火，火生土，土生金。

五行相克：火克金，金克木，木克土，土克水，水克火。

天干五行：甲乙同属木，甲为阳木，乙为阴木；丙丁同属火，丙为阳火，丁为阴火；戊己同属土，戊为阳土，己为阴土；庚辛同属金，庚为阳金，辛为阴金；壬癸同属水，壬为阳水，癸为阴水。

地支五行：寅卯属木，寅为阳木，卯为阴木；巳午属火，午为阳火，巳为阴火；申酉属金，申为阳金，酉为阴金；子亥属水，子为阳水，亥为阴水；辰戌丑未属土，辰戌为阳土，丑未为阴土。

纳音五行：甲子乙丑海中金，丙寅丁卯炉中火。戊辰己巳大林木，庚午辛未路旁土。壬申癸酉剑锋金，甲戌乙亥山头火。丙子丁丑涧下水，戊寅己卯城头土。庚辰辛巳白蜡金，壬午癸未杨柳木。甲申乙酉泉中水，丙戌丁亥屋上土。戊子己丑霹雳火，庚寅辛卯松柏木。壬辰癸巳长流水，甲午乙未砂中金。丙申丁酉山下火，戊戌己亥平地木。庚子辛丑壁上土，壬寅癸卯金箔金。甲辰乙巳佛灯火，丙午丁未大河水。戊申己酉大驿土，庚戌辛亥钗钏金。壬子癸丑桑柘木，甲寅乙卯大溪水。丙辰丁巳沙中土，戊午己未天上火。庚申辛酉石榴木，壬戌癸亥大海水。

看完这一切，达摩这才明白，阴阳虽然有三阴三阳之说，往具体处讲，毕竟是虚的，不容易理解和对照。于是，五行应运而生。五行实际上是阴阳的存在形式，由于有了五行，这阴阳才落到了实处，看得见摸得着的实处。

但是，五行之间的相生相克之理，以及五行对于万物生命的普遍对应，就为我们掌握理解所有的生命关系提供了一个坐标，甚至可以说提供了一种格式，或者叫工具。这就是中国文化对于解释天地人三者运行规律的一大创造。

菩提达摩明白，只有阅读一个民族的经典文化，才能找到这个民族的思维形式和过程，甚至是思维方法。找到了这个民族的思维的历史，才能找到这个民族的甚至是个人的性情。性情是一个人心灵的钥匙，也是一个民族的心灵的钥匙。

继而，菩提达摩发现了，在中国天象学甚至中医学里，二十八星宿也是一个重要的组成部分。中国古人把观察到的南中天的星星分为了二十八个星群。由此可见，中国人善于分类和切割，然后再进行认识、理解和研究。

这就是方法，研究天象的方法。

面对着满天的星星，不着急，不慌张，分成一块一块来梳理、来研究。

先是按照星星们分布的方位和顺序，分为东西南北四组。分别为东方七宿、南方七宿、西方七宿和北方七宿。每宿为一个星群，大小不等。比如昴宿竟然会有一千多颗星星组成。

这二十八宿的名称是：

东方苍龙七宿：角、亢、氐、房、心、尾、箕。

南方朱雀七宿：井、鬼、柳、星、张、翼、轸。

西方白虎七宿：奎、娄、胃、昴、毕、觜、参。

北方玄武七宿：斗、牛、女、虚、危、室、壁。

古人观察到，二十八宿是一个整体结构。如果运转起来，由于方位的关系，完全按照顺序并且进行逆时针运转。这与其他星群进行顺时针运转形成了对比和相辅相成的关系。这就为我们说明了，宇宙之间的星群是完全一体化进行运转的，互为关联。

当然，这二十八宿也有自己的运转规律和节奏。比如立冬一到，阴极阳生，北方七宿开始工作。中国人仍然把这种工作状态叫作旺相。旺相一词放在这里也非常形象和生动。当北方七宿旺相以后，西方七宿、南方七宿、东方七宿全都停止了旺相。这时候与人体相互对应的肾脏开始和北方七宿一起旺相，一个自然是发射，一个自然是接收。

中国古人在这里突然提出了四灵，使菩提达摩回忆起洛书。这四灵就是青龙、白虎、朱雀、玄武。由于北方的灵是玄武，在旺相时玄武如同精灵一样出现，与人体进行气交，为人体输送神秘的灵光。

由于天上的二十八宿是根据季节的不同轮流旺相，就自然形成了顺序。冬天三个月是北方七宿旺相，秋天三个月是西方七宿旺相，夏天三个月是南方七宿旺相，春天三个月是东方七宿旺相。而且这二十八宿又与人体的五脏共同旺相，直接产生了联系。春天是肝脏与东方七宿一起同步旺相，夏天是心脏与南方七宿一起同步旺相，秋天是肺脏与西方七宿一起同步旺相，冬天是肾脏与北方七宿一起同步旺相。而且专门说明，脾脏为土，土性为宽，一年四季都可以旺相。

这二十八宿神奇的地方，在于把二十八宿分为四组，对应春夏秋冬，并且按照计划和严密的顺序进行换岗，轮流旺相。而且这是上天安排的客观运转的状态，并不是人为的胡说八道。确实神奇。

不过，也可以尝试着这么理解，斗母星也好，三垣也好，二十八宿也好，在宇宙星空毕竟同属一个整体，有的顺时针运转，必然就有逆时针运转，还是整体在运转。所有星群都在共同遵循整体的运转规律，进行各自的运转。我们人类研究天象，为了方便观察和计算，才想起来把它们分解开，以便于认识和研究。

菩提达摩明白，佛教关心的是众生，研究众生，超度众生，是佛教的追求。从这个角度出发，研究和阅读中国经典文化中的天象学，阴阳五行学，甚至中医学，都对自己帮助很大，并且和佛教有太多的共同之处。佛教讲禅定，通过禅定感知众生，感知天地万物生命。这样，中国的天象学、阴阳五行学和中医学，好像为他提供了一张新的路线图。虽然无须认真遵循，但起码提供了一种参考的可能性。

通过大量阅读，菩提达摩对中国的中医学也产生了兴趣，这是一个意外的收获。中医学往往不拘泥于具体医学本身，无论是讲医理还是讲药理，处处都讲得很哲学……

中国的古人说，人的性命由两部分组成，性是元神，命是元气。

元神分管人的天性，主要由三魂、七魄、脾的神形和肝的神形组成。仅这些名称听起来就使人觉得神秘，甚至是觉得可怕。因为完全虚无，由无由空的物质来组成。

魂这种东西毕竟肉眼是看不到的，人和机器之间最大的区别，是人有灵魂。这个灵魂还可以分开来讲，灵相当于元神，魂就是我们要探讨的三魂了。

三魂，是指一个人有三个魂。

中医讲，肝藏魂。魂就藏在肝里，并且具有人的样子、神态和形象，却又是看不到摸不着的三种真气，只好叫三魂。一般来说三魂完全受元神的控制而运动。并且讲魂才是历劫轮回的种子，为人为鬼是他，为圣为贤是他，为善为恶也是他。身未生时他先来，气未绝时他先去。并且具体说当人破胞出生之时，哇的一声，这就是魂入窍了，小婴儿就活了。如果婴儿落地无声，就说明魂还没有入窍，虽然有元性，但不能算活。只有哇地一哭，魂入窍来，婴儿才全了性命。

这三魂，一曰胎光，为太清阳和之气，令人心生清静，绝秽乱之思想，为人延年益寿，主命；二曰爽灵，乃阴气变化而来，属于五行，使人机谋思虑，多生祸福灾害刑事，主财禄；三曰幽精，阴气之杂，属于地，使人好色嗜欲，秽乱贪睡，主灾害。三魂又称三命，胎光常居本属宫宿，爽灵居地府五岳，幽精居水府。这三魂中，爽灵和幽精二魂容易滋生机心与贪欲，令人劳神耗气，致使人精气枯竭。于是呢，这三魂中，胎光是最好的一个，爽灵和幽精惹是生非，尽打横炮。不过这三魂相互克制，各有各的功能，共生共灭。虽然如此善恶分明，但是谁也离不开谁，一损俱损，一荣俱荣。

达摩看到这里笑起来，这和佛家修行一个道理，同是一心，有善有恶，共存一体，永不分离。去恶行善说着容易，却要一生为之奋斗，丝毫不能够掉以轻心，一旦放松，前功尽弃。

这肺脏内藏有七魄。魄的形象不太好看，想象起来发黑，活像一个阴鬼，但却是力量的源泉。魄力，魄力，就分管着人的力量和生命力，当然也管理人的欲望。由于欲望不同，力量不同，形象也不同，七魄也各不相同。中国人管这七魄叫尸狗、伏矢、雀阴、臭肺、吞贼、非毒和除秽。

这七魄实际上还是我们这些冠冕堂皇的人，内心里隐藏着的险恶和邪恶之气。

邪恶最有力量，一旦爆发，危害无穷。只不过平常深藏在我们的内心，又是看不到摸不着的非物质，不容易发现。

也还有另外一种说法，如果元神中的胎光发旺，他就统率了七魄，他会严重影响和调动七魄，人就会爆发出惊天地泣鬼神的浩然正气，做出正乾坤立正义的豪横之举，这才叫真正的魄力！

中国人在意识深处，对于正邪和善恶太过纠缠，毕竟这三魂七魄之间相互联系相互作用，会发生许多意想不到的结果……

拐回来看，还是从生命原理上讲，魄是借着血气之灵而生。一般来说，人出生之后，七七四十九天，魄才能够长全。而人死以后，也需要七七四十九天，魄才能够灭亡。于是，世俗之人死后，中国人开始祭奠死者，最短的仪礼，也要经过一七、二七、三七、四七、五七、六七、七七，一定要过罢七七。因为这七七是和逝者的魂魄相关联的，在中国人眼里，一个人的真正死亡，是在逝者七七四十九天以后，这是人的魂魄消散的日子。七七四十九天以后，继魂散之后，魄也散尽了，一个人这才真正是死干净了。

于是，从肝藏魂、肺藏魄又推演开来，人的五脏其实是收藏珍贵财富的仓库。心藏神，肝藏魂，肺藏魄，脾藏意，肾藏精……

这就回到了前边讲过的性命。性是元神，命是元气。这就接着又回到了五行，认为这五脏里还收藏着五气，也就是人的元气。一是南方之气，二是北方之气，三是东方之气，四是西方之气，五是中央之气。这五气也是金木水火土之气，是人的真气和灵气。

达摩通过看中医书，有一个深切的感受，中医大都是从学问入手，先讲天象、讲五行，然后再仔细深入，如同剥洋葱，一层层展开。好像有一个分界线，只要开始讲五脏、讲脉络，这才真正进入了医学的具体内容。一旦进入脉络、进入对病理病象的分析，就钻进去出不来了。

于是，达摩便阅读出经验，反正又不学习中医为人切脉治病，只看到这里就打住，重新拐回来，回到学问，回到宏观，甚至一下子又回到天象学上来。达摩一直牢记自己阅读的目的，一个印度人，不可能完全读懂吃透中国所有的经典文化，只是为了梳理，从中寻找到和自己相对应的特别需要的精华部分。

回顾中国古人讲的天象、阴阳五行和中医，真正是相辅相成又相生相克，可以说个中滋味奇妙无穷。从斗母星到三垣，从三垣到七政七星，从七政七星到二十八宿，从阴阳五行到阴阳五行……这一切的一切，这天地万物生命相互影响、相互作用，生生不息，永无穷尽……

菩提达摩心里一动，忽然想起来刚刚翻过的半本老书，上边似有太极器官之说。什么是太极？怎么又是器官？刚才忽略了。菩提达摩动手又把这半本老书找出来，借着油灯来看。这半本老书里又写又画，是说人身上天生有许多接受外来生命发来的真气的器官，这些器官就叫太极器官，并且说人身上太极器官虽然很多，有三处格外突出。这三处都叫丹田。

丹田是什么？什么是丹田？

达摩认真来看，原来丹田如同仓库，专门接受外来生命发来的真气，用以储存。达摩有点激动……

中国古人说人体内有三个丹田：一个在心里，一个在脑里，一个在肚脐。

完全对上了。这就与佛教讲禅定后，去感知万物生命的信息和力量，然后把这些信息和力量存放在体内，道理完全一样。连这存放起来的具体地方，也完全相同。

达摩明白，这就是佐证，是中国经典文化对印度佛教文化的一种佐证。

达摩确实有点激动，从庄子那里找到心斋和坐忘以后，这是又一次找到了两种经典文化的相通之处。

虽然不同民族、不同语言，以及不同的思维方式，甚至没有任何的联系和沟通，但在对宇宙对万物生命的认识之中，在理解认识甚至处理方法上，却能够走到一起……

喝茶，喝茶！

不知道从什么时候开始，达摩已经养成了一种习惯，一兴奋起来就要喝茶。于是，他放下书本，点燃柴火，开始煮茶。

达摩喝的还是广州茶。这些年从来就没有间断，一直有人给他捎来广州的茶叶。只是捎来茶叶，从来没有信件，连一句话也没有捎来过。达摩慢慢理解了这位中国的女子，默默地爱一个人，只管付出，从来就不求回报。

这种爱也是一种修行。

其实人生的修行无处不在。

达摩喝过几碗茶，感觉心神舒坦。这时，他听到了山洞外山坡上的动静。仔细去听，是一个人的脚步声，由远而近，向着山洞移动。

过了一会儿，有人就跪在了山洞门口，说："请求拜见菩提达摩祖师。"

达摩说："来就来了，进来说话。"

来人走进山洞。在油灯的光晕里，达摩看到一个光头和尚，穿着灰色长袍，肩上挎着一个布兜。来人再次跪下说："谢过祖师。"

达摩摆摆手说："都是出家人，不必行礼。"

来人缓缓站起来说："其实我躲在这山里已经两天了。知道祖师不见客，这才硬闯过来，请祖师原谅。"

达摩问："在哪儿出家？"

来人说："从嵩山往西走三百里，陕州熊耳山下的定林寺。我是定林寺住持不空，受定林寺僧众委托，前来拜见祖师。"

达摩说："不空法师远道而来，有事就说，不要客气。"

不空说："定林寺是民间老百姓建造的寺院，我们没有靠山。我这个住持也是僧众推选出来的，也没有出处和依靠，连我这个法名也是自己起的，何时能空？只是一个追求，可能今生今世也达不到这种境界，干脆就叫不空。"

达摩说："法名很好，不说大话。"

不空说："我也曾经到洛阳各大寺院请法师来给我们说法讲经，没有人理睬。半年前派出弟子来到少林寺，抄录了《二入四行论》，如今已经是镇寺经卷。此行不空来请祖师前去说法讲经。我也知道祖师不可能去。如不能去，见见祖师，回去传达给僧众，也很满足。"

达摩说："你坐下吧。我记下了。从这里往西三百里，陕州熊耳山下定林寺。只是我这里只有水喝，没有饭吃。"

不空放下布兜说："没事，我带着干粮。"

达摩说："天晚了，你就住在这山洞里，明天再走。"

不空转身吹灭油灯时，看到有狼正在山洞外逡巡。不空有点紧张，伸手去指。

达摩说："别紧张，它们和我很熟。"

达摩准备休息，打坐在垫子上。不空也连忙盘起双腿，打坐在祖师身边。

达摩双手合十，正要闭眼，忽然说："不空法师，我答应你，只是时间不能够确定。我先答应你。"

不空意外惊喜，千恩万谢正要开口说话，看到达摩祖师已经入定，话到嘴边没敢开口。

夜色朦胧。不空抬眼望出洞外，那只狼也已经半躺半卧在洞外，也好像在禅坐。

山风吹过，远处有松林摇荡的沙沙声……

六　嵩山的雪

其实，菩提达摩在少林寺最多的是说法讲经，但是形式不同。他很少再像在印度那样开坛讲经照本宣科，往往是随时随地回答僧人们的提问。可以说有问必答，而且完全是口语化表述，浅显易懂。他自己逐渐也觉得是一种发现，甚至是一种发明创造。他发现虽然不经常开大课，但这种润物细无声的效果非常显著。少林寺的僧人慢慢就摸着了门道，谁如果在读经时有哪儿想不明白，就偷偷摸上山来，请达摩祖师解惑。达摩祖师也默认这种学习方法，谁来了就一起喝茶一起说话。也许因为他是一个老人，很喜欢和年轻人说话。久而久之，就形成了风气，实际上把山洞变成了小小的讲坛。另外，也可能受到达摩祖师的影响，僧人们自己也形成了相互讨论的习惯。三三两两，经常相互之间交换意见和感受。僧人们还发明了一个词语叫会经。经过多年的实践，这种灵活的会经说法的形式已经在少林寺形成了氛围，好像佛理佛经不再神秘，完全润泽在日常生活和日常话语之中。达摩祖师看到僧人们个个灵动起来、聪慧起来，真正是看在眼里喜在心头。

但是，这种喜人的状态只局限在少林寺内部。社会上的人们并不知情，大家也不感兴趣。只有达摩祖师示范功法的消息传到了社会上，就成了传说。什么二指禅呀，一指禅呀，甚至飞檐走壁、隔山打牛，那是越传越神奇。于是，少林寺的名望越来越大，皈依少林寺的僧人由一百多人，增加到二百多人。俗家弟子更多，已经发展到一千多人。少林寺的体积和面积迅速膨胀，增加了管理少林寺的难度和强度。

皇家供奉并没有增加，这就需要姬佛光精打细算。会哭的孩子有奶吃，由于姬佛光坚持不再向上伸手，皇宫就没有多拨钱粮。少林寺所有僧人，早已经过午不食，一天只吃一钵饭。也有俗家弟子不断接济，日子也还算过得下去。又要和僧人会经，又要自己练功，又要操劳寺务，姬佛光确实非常繁忙。

这天，皇宫来人带走了姬佛光。没有人大惊小怪，因为毕竟是皇家寺院，虽然没人多加干扰，但来人巡视，带人去询问，已经实属正常往来。所以，姬佛光就没有多想，跟随皇宫来人走进洛阳城。又进入皇宫，拐来拐去，来到一处别院。看着院落挺大，又不像宫殿，也不像偏殿，屋子里到处摆满了书柜，好像是一处书院。

御史大人等在这里，姬佛光见过，相互问好。然后，御史大人就向他介绍了一位陌生的客人。御史大人说："这位先生姓龙，是我的朋友。对你们少林寺非常关切，想和姬佛光师父叙谈叙谈。"

姬佛光看这位龙先生，穿戴平常，活像教书先生，却气宇轩昂，风度不凡。姬佛光知道他能够出现在皇宫里，自然不是寻常人，连忙双手合十胸前说："见过龙先生。"

大概姬佛光做梦也没有想到，这位龙先生就是当朝皇帝孝明帝。只是看到御史大人对这位龙先生毕恭毕敬，就想到也必然是显贵人物。姬佛光毕竟见多识广，倒也不卑不亢。

龙先生开口就问：“听说达摩祖师又写了一部《血脉论》，可有此事？”

姬佛光说：“我正在整理，还没有成书。”

龙先生问：“怎么是你在整理？”

姬佛光说：“《血脉论》这部经书，并不是达摩祖师专意写的，基本内容是他经常回答僧人们的提问。外界都觉得达摩祖师无比神秘，其实在少林寺的僧人们之间，他就是一位慈善的长者。大家有啥想不明白的，他是有问必答。通常是大家迷惑不解的，达摩祖师用一句话就点化了。妙语妙言，俯拾皆是。可以说整理成书完全是大家的意见，大家都觉得达摩祖师说过的话就是经言，若散落了就是损失，应该集中起来整理成一本书。所以说，这本书可谓僧人们与达摩祖师的对话录。我自己也觉得达摩祖师的许多话格外精辟，其他经书里没有过，就动意整理汇集起来。经过达摩祖师同意后，又给起了书名《血脉论》。语言简洁，篇幅不大，是一本小书。”

龙先生说：“我读过《二入四行论》，非常喜欢。能够提前给我们讲讲《血脉论》的内容吗？先透露一些精华。”

姬佛光说：“可以。这个不保密，书就是让人看的。我一直在整理。说是整理，也就是把达摩祖师说过的大白话转换成书面语。我基本上可以背诵下来。开篇就讲这三界混起，同归一心。前佛后佛，以心传心。不立文字。”

龙先生追问：“为什么不立文字？经书不就是文字吗？”

姬佛光看了一眼御史大人。御史大人给他悄悄使了一个眼色，让他说下去。这时候姬佛光开始猜想这位龙先生，到底是何方神圣，有这么大派头？御史大人竟然在一旁侍奉，姬佛光感觉诧异。

“说来话长。这不立文字非常重要，达摩祖师一再强调。”姬佛光认真地说，“我理解有几层意思。达摩祖师是印度人，来到我们中国传教，毕竟有语言上的障碍。虽然达摩祖师已经精通中文，两国语言之间翻来翻去，但也会出现词不达意。就佛教来说，两个国家区别很大。据达摩祖师介绍，印度虽然没有我们中国富裕，但是信教的文化人多，文盲较少。中国信教的人，文化人少，文盲比较多。以说法讲经这种方式传教，确实有许多语言上的障碍，通常是法师在台上讲经说法，台下听众许多人似懂非懂，一知半解，再加上烧香磕头，并不理解内容。别的不说，就这本《二入四行论》，有一大半僧人看不下来，生字太多。另外，听达摩祖师讲，他在印度就反对穷极佛理，在语言文字上绕来绕去，迟迟达不到本心。于是我个人理解，不立文字，主要是不依赖文字，而以心传心为主。”

龙先生频频点头：“达摩祖师这样做是对的。你也讲得很好。请接着讲内容。”

姬佛光说：“有些话可能说来不合适，达摩祖师通过大量阅读中国的经典文化，认真观察我们的社会形态，他认为中国的经典文化长期垄断在王权和士大夫阶层，忽略了众生。这是文化的不平等，对众生不公平。——我这么说合适吗？”

龙先生点头鼓励他说下去。姬佛光接着说：“他说咱们的寺院很多，说法讲经的人也多，但大多是装模作样、滥竽充数。他说如今讲个三五本经书就以为懂佛法者，完全是愚弄人。并说若不得自心，诵的一些闲文字，完全没有用处。达摩祖师讲这些话有点难听，却是实话。并且说念佛得因果，诵经得聪明，持戒得生灭，布施得福报，如果觅佛，终不得也。”

龙先生态度严峻起来，沉吟道：“其实很中肯也很贴切，话虽然难听，确实如此。你接着讲。这儿不见佛那儿不见佛，如何才能见佛?”

姬佛光说：“何处见佛？其实很简单，前佛后佛，只言其心。心即是佛，佛即是心。心外无佛，佛外无心。明心见性，即是佛也。”

龙先生忽然站起来说：“太好了。多么简单，多么直白，我听懂了。佛即是心，心即是佛。心外无佛，佛外无心。你要认真整理这本书，不要有任何遗漏。如果你整理出来后，一定要先送给我。”

姬佛光点头应允。就是在这时候，姬佛光忽然大胆猜测，龙先生可能就是当今皇上。他经常听人说皇上喜欢微服私访，也极有可能微服问学。只是他并没有真的见过皇上，他也不敢肯定。

这时候有人送茶过来，大家一起喝茶……

龙先生放下茶碗又问：“听说达摩祖师除了和你们讲经说法，还传给你们心法功法，你们少林寺的和尚一个个武功了不得。江湖上的传言活灵活现，那可是真的?”

姬佛光先放下茶碗，摇摇头说：“传言不真。我们少林寺僧人，主要是一起会经。”

龙先生问：“什么是会经?”

姬佛光说：“就是除了达摩祖师讲之外，大家经常一起讨论，相互帮助理解，这已经形成了风气。寺内并没有人专门练习武功。我们的心法和功法，和江湖上的武学武功不是一码事。”

御史大人说："我可是听说达摩祖师亲自示范，教你们武功。"

姬佛光说："那只是心法功法连带出来的力量，并不是武功。示范那天我就在跟前，出家人不打诳语。"

龙先生说："怎么示范？能不能讲给我们听听？"

姬佛光说："听听无妨，当然可以。因为少林寺僧众，特别是七十二僧练功多年，并不知道自己体内已经有众生的力量。祖师就示范给我们看，他倒立起来后，先用两根手指，后来只用一根手指，支撑在香案上。祖师随口说可以叫二指禅，也可以叫一指禅。"

龙先生点头说："这就是了。不得了，很不得了。"

姬佛光接着说："祖师又从香案上拿起一张黄表纸掷了出去。这张黄表纸飞出大殿门，门外大柏树下立着一块高石头，被这张飞出去的黄表纸拦腰砍断了。我当时就站在祖师身边，看得真切。总共也就示范了这两下子，然后对僧众说，你们身体内已经积蓄了无穷无尽的众生的力量。我们不仅要用智慧，也要用这力量帮助众生。"

御史大人说："看起来这传言也并非虚假。"

龙先生说："虽然都是功夫，意义却不同。"

姬佛光说："龙先生讲得好。我们的本意还是修行，心系众生。也只是心法功法，为我们带来了众生的力量。用我们的智慧和力量超度众生，是我们僧人最大的愿望。"

御史大人忽然问："也不论什么样的心法和功法，我只是想冒昧问一句，师父你也修行吗？"

姬佛光点点头说："那是自然。我是代理住持，自然要事事带头。"

御史大人看看龙先生，龙先生点点头。御史大人说："姬佛光师父，俗话说‘耳听为虚，眼见为实’。这里没有外人，你能不能就在这里，露一手给我们看看，也让我们开开眼界。”

姬佛光看看龙先生，龙先生点点头。姬佛光有一些为难，又不好拒绝。这时候他已基本上认定，龙先生就是皇上了，只好说：“我试试吧。”

御史大人马上说：“要不要给你腾开场子，挪挪地方？”

姬佛光摇摇头说：“那倒不用。”

姬佛光离开座椅，双手合十，就地盘腿而坐，微微闭上眼睛，像是在运功。少顷，姬佛光睁开眼睛，双眼如炬，突然伸开双臂，展开在空中，像伸开两只巨大的翅膀，腾空而起。这时候整个身体开始旋转，就这么旋转着飞速上升起来，终停留在了空中。稍作停留后，他慢慢飘着落在了地面上，然后双手合十说道：“见笑了。”

龙先生看得真切，连连点头赞许：“你这功法，虽然不是武功，却胜似武功。你们练习这些功法何用？”

姬佛光说：“自然是为了帮助众生。”

龙先生说：“如果遇到坏人欺侮众生呢？”

姬佛光说：“除恶安民，匡扶正义，是僧人的本分。僧人以善为本。恶非恶，善非善。恶人也有放下屠刀立地成佛的时候，拯救他们，也是我们的本分。”

龙先生忽然问：“如果国家有难呢？”

姬佛光想都没有想，脱口而出：“为国尽忠，更是僧人本分。”

龙先生连连点头表示赞许，不禁感叹道：“你们能够拜达摩祖师为师，这是你们前世修来的福分。”

姬佛光说：“我们到现在还不是达摩祖师的正式弟子。达摩祖师对拜师要求很严，不瞒你们，我已经恳求多次，都被他拒绝了。”

御史大人惊异：“还有这事？我认为你们都是弟子呢。”

姬佛光说：“也许以后是。”

龙先生笑了，忽然话题一转，问道：“皇上送给达摩祖师的礼物，你见过吗？”

姬佛光说：“这个经常见。如今达摩祖师走到哪里，都拄着禅杖，可以说是杖不离身，身不离杖。”

龙先生乐了：“这说明他喜欢。”

走出皇宫，送他出来的御史大人悄悄对姬佛光说：“其实龙先生就是皇上。不是有意瞒你，是皇上害怕你紧张。皇上亲自召见，这可是你天大的福分哪。”

姬佛光连忙双手合十胸前：“谢过皇上，谢过御史大人。”

回到少林寺，姬佛光的心绪还没有平复。毕竟是第一次见到皇上，难免心潮澎湃。回忆面见皇上的过程和细节，确认没有明显失误，这才逐渐安定下来。就想这皇上原来也是人，也有普通人亲切和有趣的一面。他马上想起达摩祖师的评价：这个皇上有文化。

第二天，下雪了。雪越下越大，漫天满地，覆盖了整个嵩山……

姬佛光开始惦记达摩祖师的身体，毕竟是高龄老人，这么寒冷的天气，仍然打坐在山洞里，让人心疼。

也许是这突如其来的大雪，给了姬佛光启示，姬佛光突然产生了一种强烈的愿望，就在这个大雪天，他要上山去拜达摩祖师为师。不能再拖下去了，他预感到达摩祖师会答应他。一定会！

就在天将落黑时分，姬佛光出发了。他踏着大雪，走出少林寺，上了后山，一步一步艰难地爬上了五乳峰。平时不觉得难走，如今雪大路滑，夜里爬起来分外吃力。他终于来到了山洞，就要走到山洞洞口时，心里一热，忽然想哭。不是委屈，是激动，不禁泪流满面。他停下脚步，伸手抹去眼泪。面对着漫天大雪，面对着山洞里的达摩祖师，他的双腿开始发软，索性就跪在了雪地里……

雪还在下……

不断有阵阵山风呼啸而来，卷着雪花，拍打在姬佛光身上。四外没有任何声响，只有漫天飞舞的雪花。从他双腿跪地的那一刻起，姬佛光内心起了变化，热乎乎火辣辣，像跪在了父母面前，有一种回归家园的感受。他开始意识到，他一直想跪，想跪在师父面前。好像这一跪一直在等待着他，等了很久很久……

没有点灯，也没有喝茶，达摩祖师打坐在山洞里……

达摩肯定早就感知到了山洞外是姬佛光，他甚至听到姬佛光的脚步声。

姬佛光一声不吭，跪在了山洞外的雪地里。

达摩继续打坐在山洞里……

雪还在下。姬佛光整整跪了一夜，一动不动，天亮时分已经变成了一个不辨眉眼的雪人……

就在天亮时分，跪在雪地里的姬佛光产生了一个疯狂的念想：一定要让达摩祖师看到我的心志。他缓缓举起右掌，然后运功到掌上，猛一发力，一掌斩断了自己的左臂。鲜血一时迸溅，染红了一片雪地，映红了一座嵩山……

姬佛光缓缓起身，右手提着左臂，踏着积雪走进了山洞。他把左臂横放在达摩祖师面前，扑通一声双膝跪地，给达摩祖师磕了一个头……

达摩睁开双眼，眼前的一幕令他心头一动。他一边起身为姬佛光点穴止血，一边扯破一件衣衫为姬佛光包扎伤口，然后才说：“今天师父收你为徒。”

姬佛光感动得泪流满面：“谢过师父。”

达摩并没有包扎伤口的经验，他们急需回到少林寺，让懂医的僧人来处理伤口。达摩拄着禅杖，带着姬佛光离开山洞，踏着积雪，走下山来。

姬佛光发现达摩祖师的草鞋上溅染了鲜血，不禁自责：“师父，忘了给你换一双草鞋，我……”

达摩看看自己的草鞋说：“不用换了。专心走路。”

姬佛光边走边解释：“请师父原谅。一日不拜您为师，我一直心里不安。”

达摩说：“这下心安了？心要自己来安的，所以我没有阻拦你。不是我不收你，我有自己的考量。弘法传教之路并不都是坦途。我前两个弟子都没了，我一直非常自责。自从我住进这山洞，八九年来，人家五次来下毒……”

姬佛光停下脚步说：“五次？我们只知道两次。”

达摩说：“边走边说吧。人家也很执着，你说说这不变样的下毒，真是不见才华。”

姬佛光说：“我没有想到有这么严重。”

达摩说：“都是分别心、争胜心、嫉妒心在作怪。不过他们终究会醒悟的，我对他们也很有信心。所以，我一直没有让你拜师，是担心连累你，也是在保护你。现在好了，你已经有了保护自己的能力，我也放心了。”

姬佛光说：“我没有师父想得深远。”

达摩说：“回到少林寺，你安心养伤，其他事务我来安排。”

姬佛光说：“师父，你不回山洞了？”

达摩笑了：“你还想让我住在山洞呀？在山洞里住了九年，不回山洞了。从今天开始，我回寺院住。在你养伤期间，师父来管理事务。”

看到达摩祖师带着失去左臂的姬佛光走回寺院，早有僧人迎上来，扶着姬佛光去处理伤口。达摩祖师拄着禅杖，来到大殿里，对着聚集而来的僧人们讲：“你们的师兄姬佛光，雪夜断臂求法。我已经答应他。他已经替你们磕过头，从今往后，你们都是我的弟子了。”

僧人们面露喜色，无比欢欣。

达摩祖师说：“在你们师兄养伤期间，我亲自来管理事务。现在先分派你们做两件事情，一拨人到后山山洞恭恭敬敬请回你们师兄的左臂。另一拨人，为你们师兄的这只左臂修一座塔，埋起来做个纪念。我已经看好了地方，就在寺院对面的半山坡上，有一处小平地。你们都出发吧。”

雪停了。日出光芒照耀着嵩山……

姬佛光开始养伤。按照达摩祖师交代，除了打坐，不准他做任何事情。每天轮班，由两个僧人侍奉，白天端茶倒水，夜里陪着他一起打坐。

达摩回到少林寺主持寺院事务，可以说事无巨细亲力亲为。作为中国禅宗的开山鼻祖，作为少林寺的住持，他觉得自己当然有责任有义务参加管理。他在姬佛光原先的管理模式上加以调整，把所有的僧人分成多个小组，每个小组选出一个僧人担任组长。有的组做功课，有的组分管杂役，有的组分管打扫寺院卫生，有的组分管寺院伙房。全部进行轮流循环，每七天换班。寺院僧众没有高低贵贱之分，轮到什么，就干什么。这么一调整，二百多人的寺院井井有条，层次分明，条理清楚。

轮到姬佛光吃惊了，没有想到祖师处理起具体事务来举重若轻，从大到小事无巨细，分工明确循环有序。姬佛光心里一动，他明白了，他发现整个寺院如同一个人的生命运行自如。这和修行是一个道理。什么是功法？什么是修行？说白了看破了，哪儿都是修行，哪儿都有功法……

达摩亲力亲为管理寺院事务，大致两个多月时间。这一天钟声响起来，按照达摩祖师的要求，各组僧人集中到了大殿。由于人多，殿内殿外挤满了脑袋。但是，一排排一行行，秩序井然。

达摩祖师拄着禅杖说道："按照你们中国人的习俗，既然我是中国禅宗的初祖，又是少林寺的住持，我就是你们师父，你们全是我的弟子了。"达摩祖师停顿一下说："其实出家人没有高低贵贱之分，但是辈分不能够乱。姬佛光记着，要造册登记，记录在案。大家听我说，姬佛光和七十二僧是一辈，下边辈分由你们自己排序。我们要做到传承有序。"

姬佛光点点头："师父放心，我来办理。"

达摩祖师忽然话头一转："现在请你们师兄姬佛光站到前边来。"

姬佛光不明白达摩祖师何意，连忙从前列中走出来，站在达摩祖师面前……

这时，达摩祖师从香案上托起来袈裟，亲自展开，对姬佛光说："请你穿上袈裟。”

姬佛光没有想到这个环节，迟疑着不敢上前。达摩祖师亲自走上前为他穿上袈裟，说道：“今天的法会，对我们禅宗非常重要。在场的僧众都是人证，这件袈裟就是法证。这件袈裟当初由释迦牟尼佛传下来，一代一代，已经传了二十八代。今天我传给弟子姬佛光，为他取法名慧可。慧可作为我的传人，立为禅宗二祖，并从今天起，正式担任少林寺住持。我的使命已经完成了。希望慧可带领你们，心系众生，造福众生，将禅宗发扬光大！”

少林寺的钟声响起来，钟声如禅，灵动着嵩山的一草一木，灵动着满世界的雪，灵动着冬天的阳光……

空相寺神话

第五章 chapter five

p299 ▸ p310

◎

一　周朝的石头

从洛阳往西两百多里，就是如今的三门峡市。三门峡过去叫陕州，在古代的陕县境内。据说陕州之西为陕西，这曾经是陕西省名字的由来。又据说，陕在远古时候不叫陕，而叫夹方。因为此地南有伏牛山，北有中条山，又有黄河从中间流过，显而易见，夹方的意思就是被两面的大山夹在中间。经过周朝奠基者周文王的动议，将夹方两个字合起来，创造了一个“陕”字。从此以后，这地方才叫陕州。

据历史记载，周文王不仅是一代君王，还是一位文化巨人，甚至可以说是中国传统经典文化的奠基人之一。不过后来团结天下诸侯灭掉商朝而一统天下的，是周文王的儿子周武王，是周武王正式建立了周代王朝。周武王死后，他的儿子周成王继位。但是，周成王还是一个几岁的孩子，还被抱在母亲的怀里，不可能管理朝政。但是天下需要治理，政权需要维护。于是，就由朝中开国大臣周公和召公合议，在周成王年幼之时，先将天下一分为二治理。“自陕而东者，周公主之；自陕而西者，召公主之”。这里的“陕”，即指陕州。

周公和召公二人商议，在陕州立了一块三米五高的巨石，作为分界标志。

这块周朝的石头，就是中国历史上的第一块界碑，通俗地称为“分陕石”。

据说由于周公和召公这两个人的性格和理念不同，东、西两处的管理也就分外不同。周公的管理比较严密，从中央到地方条理清楚，层层权限分明，整个社会安定而且有序，历史上传说“路不拾遗，夜不闭户”。召公在西边的管理却分外开放，几乎是无为而治。他自己一直坚持“宁劳一身，不劳百姓”，同样受到了百姓的爱戴。

这就是周朝历史上最为著名的“分陕而治”的佳话。

等到周成王长大成人之后，周公和召公将天下合起来，将权力交给了周成王。

就在陕州西边的熊耳山下，坐落着一处小小的寺院——定林寺，东汉末年，由当地老百姓出资建造。如果重新回到我们叙述的岁月，定林寺这时候由不空法师任住持，正等待着达摩祖师前来说法讲经……

二　只履西归

少林寺隆重举行法会的第二天，达摩祖师便不见了。

房门虚掩着，慧可指派侍奉祖师的僧人端水进门，发现各种书籍摆放整齐，人和禅杖却不见了。他马上在寺院寻找，又跑出寺院寻遍树林和河边，甚至跑到后山山洞看过，哪儿都没有踪影。僧人吓哭了，连忙来向慧可法师报告。慧可大惊，赶到达摩祖师住所，发现桌案上压着一张纸，上面写着一首诗偈："吾本来兹土，传法救迷情。一花开五叶，结果自然成。"

慧可认真收起这张纸条，意识到达摩祖师永远离开少林寺了。慧可思忖，师父如此高龄老人，他会到哪里去呢？不辞而别，这是他的风格。只是如果远行，他应该向弟子交代啊。

十天以后，有消息传来，达摩祖师并没有走远，西行三百多里，在陕州熊耳山定林寺，正在讲《血脉论》。慧可这才放心，立即带人赶到定林寺，达摩祖师却说："你回去吧，我在少林寺已经完成使命，我答应过这里的不空住持，要为他们说法讲经。"

慧可说："但听师父教诲，弟子会常来看望。"

达摩祖师说："出家人心无挂碍，你不必再来。我在这里度劫，时间也不会太久。"

度什么劫？在定林寺能度什么劫？

虽然慧可心里觉得不吉利，但又不敢多问，只好辞别，回到了少林寺。从此以后，定林寺牵住了他的心。他专门派人定期打探达摩祖师的消息，他心里一直隐隐不安。

定林寺本来属于民间寺院，默默无闻，由于达摩祖师前来说法讲经，变得空前热闹起来，近到洛阳和咸阳，远到南朝，各个寺院纷纷有僧人赶来，聆听达摩祖师说法讲经。

与在少林寺不同的是，达摩祖师只是在这里说法讲经，而且越讲越通俗易懂，并不单独向僧人们传授心法和功法。大致属于布施。每逢法会几乎是人山人海，连附近的老百姓也都赶来听经，讲到妙处，大家伙齐声叫好，热烈地欢呼雀跃。

达摩祖师在定林寺住了将近一年。这天上午，达摩祖师用过一钵斋饭后，感觉不适，马上叫来不空住持，先是说了一句没头没脑的话："该来的总会来的。我想成全他们。"

不空住持说："祖师明示，弟子听不懂。"

达摩祖师说："我在定林寺说法讲经是缘分。看起来我要在定林寺度劫。中国是我的第二故乡，我灭度之后，按中国人的习俗进行土葬，就埋在定林寺的塔林，不要铺张。我只带走禅杖和脚上的草鞋。因为这草鞋上沾染过慧可的血，我想做个念想。"

不空住持听得心惊胆战，还没来得及掉泪，达摩祖师双手合十，双眼紧闭，已经圆寂了。

如果按照佛家习俗，大德高僧圆寂后一般是火化，由于达摩祖师有遗嘱，定林寺就按照遗嘱办事，进行中国式的土葬。达摩祖师圆寂定林寺的消息马上传遍了天下，孝明帝亲自下旨，遵循遗嘱，进行厚葬。赶来送葬的人，有朝廷官员，有少林寺僧人，几乎各个寺院都来了僧人，还有当地的老百姓，人山人海，基本上等同于国葬。

消息传到了梁朝，梁朝皇帝亲自撰写了碑文，并且于菩提达摩当年一苇渡江的江边立了石碑，以示纪念……

就在达摩祖师安葬两年以后，出使西域的朝中大臣宋云回到洛阳，却带回来了惊天动地的消息——达摩祖师还活着……

宋云是敦煌人，两年多以前受孝明帝派遣，出使西域各国，主要使命是与外交流并且收集佛经梵本。他这次收获满满，带回了西域各国许多经文和商业信息，还有收获的一百七十多部佛经梵本。从西域归来，必须经过莽莽葱岭，他在葱岭的半山坡的山路上遇见了菩提达摩祖师。

宋云远远看到一位僧人，花白胡子，身材魁梧，拄着一柄禅杖，禅杖上挂着一只草鞋，从山下往山上走。宋云是从山上往山下走，两个人越走越近。因为宋云信佛，曾经两次陪同御史大人前往少林寺，见过达摩祖师本人，自然认得，不由得惊喜交集，马上大叫起来：“这不是达摩祖师吗?!”

达摩祖师听到有人喊他，慢慢走近说：“你是何人？你这是从哪儿来?”

宋云连忙说：“我是宋云。皇上派我出使西域，已经两年有余，我这是从西域回来了。祖师请看，我手下人背的都是佛经梵本。我以前陪同御史大人前去少林寺看过你，还是在你的山洞里。第二次你在煮茶，我还为祖师端过茶碗。”

达摩祖师说：“想起来了，我好像见过你。”

宋云指着禅杖说：“怎么祖师挑着一只草鞋?”

达摩祖师说："我挑的这只草鞋，上边沾染过我弟子的血，我舍不得扔，留下来是一个念想。"

宋云又问："祖师这是要往哪里去？"

达摩祖师说："我往西走。你快回去吧，皇帝已经驾崩。"

他们就此别过。达摩祖师走出两步后，又回头说："我这根禅杖还是皇帝亲手为我做的。"

宋云回到洛阳，先是知道孝明帝驾崩，接着又听说达摩祖师两年前圆寂，安葬在了定林寺。宋云一下蒙了。在家里待了几天，不知所措。如果据实奏报皇上，达摩祖师明明已死过两年，自己如果说达摩祖师还活着，这就是欺君之罪。可是自己明明见过达摩祖师，就在西域莽莽葱岭的半山坡上，而且手下人可以作证。如果不据实奏报，也是欺君之罪。到后来一想，反正是欺君之罪，还是实话实说吧。

孝庄帝听过奏报，龙颜大怒，判定宋云欺君之罪，把他押进大牢。

第二天，御史大人奏报："皇上，我已经审问过和宋云一起从西域返回的手下人，和宋云的奏报一模一样。"

孝庄帝说："串供之人，一起押入死牢。"

御史大人说："此案疑点太多。先帝为菩提达摩做过禅杖一事，几乎没有人知道。如果不是达摩亲口所说，宋云怎么会知道？达摩挑着的那只草鞋上有血迹，应该不假。当年慧可法师断臂求法，鲜血溅染在草鞋上，达摩下葬时就穿着这双草鞋。皇上，宋云一直是个忠臣，不太会说假话。说这个假话于他本人有什么益处呢？"

孝庄帝说："我明白了。开棺验尸，不就真相大白了？"

御史大人连忙说："皇上圣明。只是为了隆重，开棺验尸也需要仪式。”

孝庄帝说：“你这么一说，就越想越神奇，我要亲自去。另外请来少林寺慧可法师一起作证。”

开棺验尸那天，慧可法师陪同皇上来到定林寺。等掘开坟冢，揭开棺材盖一看，果然是一具空棺材，里面只有一只草鞋。慧可仔细看过，认定就是自己断臂求法那天，达摩祖师穿过的草鞋。因为草鞋上还有发黑的血迹……

孝庄帝并没有失望，反而大喜过望：“何其有幸，我们今天亲自见证，达摩祖师升天了。留下的这只草鞋，就当成达摩祖师的化身，重新进行国葬。这是达摩祖师给我们留下的精神财富。我们中国是达摩祖师的第二个故乡。”

定林寺也从此名扬天下。到了唐朝，定林寺改名为空相寺。后人谈起时，少林寺是禅宗的祖庭，空相寺就是禅宗的祖茔。

当然，让我们再回到北魏，至此，宋云欺君之案尘埃落定，也被从大牢里放出来，官复原职。

大约从此开始，关于菩提达摩的传说就越来越多，众说纷纭，云山雾罩……

先说达摩的死因，据多种传言，达摩死于中毒。自从达摩来到洛阳，一共中毒六次。前五次在少林寺的山洞里，尽将毒排出。第六次发生在定林寺，定林寺人多混乱，又没有人专门负责监管和保护，致使有人乘机再次投毒。

菩提达摩最后一次中毒以后，似乎也改变了想法。他曾经对不空住持说过：“该来的总会来的。我想成全他们。”这说明他已经拿定了主意，以自己的圆寂来警醒他人，使他人自醒自悟。再联系到达摩曾经对慧可交代“我要在这里度劫”，又对不空住持说过“我要在定林寺度劫”，似乎可以确定，达摩最后第六次被人毒害而亡。

有一些传说，将毒害达摩之人指向永宁寺住持菩提流支等人。说他们因为嫉妒而生杀心，一次次加以毒害，最终致使达摩身亡。但是，仔细阅读这些资料，发现大致完全是猜测，并无真凭实据。更没有找到作案细节，不可不信，也不可全信。

达摩自己呢，从第一次中毒开始，他早早就发现了敌人。可是他一直押藏在心里，没有对任何人讲起，并且一再坚持不让追查。他自己原本并不把这些当回事，只言无非是分别心、争胜心、嫉妒心所致，基本上轻描淡写。另外，达摩慈悲为怀，对敌人的自醒自悟很有信心。这就完全掩盖了案情的真相。达摩早已把生死置之度外，一直把这些看作小事，没有放在心上。于是，这死因终究从神秘回归神秘，悬疑在历史的尘埃之中。

再说关于“只履西归”的真和假。中国人古往今来，一直有神话和传说的习俗和能力。在菩提达摩之前之后，这种死后只留一只鞋或者一柄手杖之类的故事，已经出现过，全部传说得活灵活现。当然“只履西归”最为著名。于是，就有人怀疑达摩祖师的“只履西归”有仿造之嫌。或者说好听点有异曲同工之妙。反正是质疑“只履西归”的唯一性和真实性。

但是，定林寺确实有此建筑，并且有史料记载，建筑于东汉末年，由民间建造。后因达摩在此圆寂，只留下一只草鞋的化身，故更名为空相寺。并且空相寺至今仍然坐落在陕州熊耳山下，建筑仍然在，坟茔仍然在。

还有一种可能性，菩提达摩是否受到了中国文化的启发，从中国古人那里获得了灵感，由于喜欢这种形式，特别创造了“只履西归”呢？

另外，关于菩提达摩的年龄，也是一个谜团。多种文本都说菩提达摩前来中国传教时已经一百多岁，在少林寺的山洞里面壁九年，在定林寺说法讲经一年，“只履西归”时候大约已经一百五十岁。后世人从科学、从生理学、从生命逻辑上出发，认为这一百五十岁很不靠谱。或者说经不起推敲。由于时代久远，无法考证。但是，如果转换一个角度，甚至转换一个维度来看呢？用佛教对许多大德高僧的高寿记载比较，似乎也完全合乎情理。再联系到我们中国人的神话能力，也就无伪无真，似乎认真追究也毫无意义。

菩提达摩来中国之前，师父曾经对他说东土出了许多圣人，有经典文化可以学习。来到中国以后，他大量阅读了中国的经典文化，这才找到了传播佛教的方式方法，并且创造性地建立了中国的禅宗。他也曾经多次表示，要把中国的经典文化带回印度。并且他出发来中国时，他的侄子香至国国王大力支持，他也曾经对国王侄子承诺，一定赶回来。从几方面看，菩提达摩西归的目的地，应该是回到印度，甚至回到香至国。但是，印度的历史记载和传说，甚至是神话，并没有任何达摩祖师回到印度、回到香至国的信息。

这又是一个谜。

那么菩提达摩“只履西归”，翻越莽莽葱岭，西归到哪儿去了呢？

如果以我们俗人的心理在这里猜想，永远是迷茫。

如果转换一种思维，进入佛教的维度呢？

菩提达摩既然已经修身成佛，真如法身自然不生不灭，进入了永恒，升入西天成佛成仙了吗？

菩提达摩一直喜欢庄子，他一定找到了庄子，就心斋和坐忘，就禅定和感知，就心系众生，两人进行切磋和研讨……

于是，我们就可以在夜观天象时，在天上的星群里寻找，肯定能够找到属于菩提达摩的星星。

我们能够永远看到他。

他也永远在注视、在关爱着我们。

后记

虚构的空间

动意写这本小书，在三十多年前的夏天。那时候我刚刚调到省里当专业作家，也就三十多岁，正是心浮气躁的年纪。算青年作家。适逢郑州市评选历史上十大著名人物，在省内选聘几位专家评委来评议，有我一个。我有点受宠若惊。因为另外几位评委是来自河南大学、郑州大学和省社科院的著名教授和资深研究员，就我一个作家。这算打酱油的？而且评委们普遍都很年长，就我一个年轻人。混在他们中间，就像跳来跳去的一个顽童，相当不谐调。住进嵩山宾馆以后，我就想大概因为郑州市的个别领导同志和我相熟，算私人朋友，让我来玩儿的吧。于是在饭桌上我就连忙让座倒酒，害怕人家嫌弃，就装傻，自卑得像一个服务生。

完全没有想到的是，进入工作程序以后，老专家老教授们对我也很客气和尊重，让我慢慢心安起来。我们最初的任务先是个人提名，然后再进行讨论和评议，最后选出十个候选人，上交市委、市政府的领导审定。郑州历史上的名人实在是太多了，从黄帝到杜甫，等等，范围很广。每个人的提名还需要说出扎实的理由，就如同提出论点还要说出论据一样。我当时准备提名两个人，一个是达摩，一个是郭守敬。开会发言时，由于年轻，我当然自觉挨到最后。没有想到的是，我的提名让大家感到了意外。几乎没有人呼应我，大家都面无表情等着让我说出充分的理由。那时候我就像一个小学生面对一群老师。我心里开始小兴奋，一个青年作家混在一群老专家老教授中间，对于历史文化基本上又是个外行，多少有点搅局和捣乱的意味。

我开始认真说出我的理由。达摩在河南境内的嵩山上生活了将近十年，由此创建了中国佛教的禅宗文化，从此禅宗文化开始广泛而深入影响到国内及国外。如今禅宗祖庭嵩山少林寺早已名扬全世界，这就是达摩在历史上的文化贡献。达摩虽然出生在印度，来自印度，却是在郑州完成了他的文化贡献。他也早就应该是我们郑州人。古时候如果也发绿卡，早就发给了他。如果评选达摩为郑州的历史文化名人，很自然地就展示了我们郑州人的文化胸怀，也是郑州将来成长为国际化大都市的一个文化姿态。元代人郭守敬在郑州的登封建造了中国最古老的天文台，经过历时几年的认真测量和大量的计算，终于创造出了《授时历》。这在全人类历史文化上开了先河，为我们人类能够开始掌握时间、合理运用时间建立了科学的模式，对于中国的历史文化甚至世界历史文化的贡献都是巨大的。郭守敬本来就是中国人，虽然出生在河北省的邢台，但他是在郑州的登封完成了《授时历》，有现在仍然存在的观星台为证。他更应该是我们郑州的历史文化名人。

迟迟没有人呼应我。别人发言以后通常是大家积极而热烈的讨论，我发言以后是大家长长的沉默。我像一个做错事的孩子怯怯地看着大家。来自社科院的老专家栾星好像为了安慰我，对我笑笑说，你就应该这么说，青年作家嘛，想说什么就说什么。来自河南大学的朱教授也说，到底是年轻人，思想很敏锐。别的人也只是对我笑笑，不再说话。显然我提出的候选人和说的话不合时宜，大家的态度也只是对我的一种宽容。这让我有一点难堪，至今印象深刻。

意外的是，会议结束来到饭桌上，大家倒开始热烈鼓励我，纷纷夸奖我的发言有意思。栾星老师甚至私下小声对我说，你让我刮目相看，看起来你并没有浪得虚名。朱教授也慢吞吞地说，你也没有说错啥，不过其实我们只是来评议评议，最后评上谁那是上边领导的事情。于是，我敏锐发现了学术界也有江湖，只是更加讲究分寸感。

最后评议结果出来了，我提名的两个人果然都没有入选。我丝毫不意外，已经平静接受了。那是在改革开放之初，我的提名就不可能被评上。但是，会议的主持人还是把我的提名和理由汇报上去了。有一次和市里个别领导——算私人朋友——聚会，也就是私下吃饭，他和我碰杯时冷不丁地说，你可真敢想敢说，马上又说，你就应该这么提名，这才是你。我连忙说，对不起，我是不是有点搅局？他回我，你不来搅局你来干什么？下次有活动还请你来，就请你来搅局。

我有点头大。这时候我才意识到省城的江湖大，水也更深。

从那以后，达摩和郭守敬就种在我心里了。我就动意有一天把他们写出来，也算一个作家的责任心。却迟迟没有动笔，但一直养在心里。到了2008年北京要开奥运会，《北京晚报》开专栏，请全国各地的文化名人写自己居住的历史名城，邀请我来写郑州，我就写了《郑州的时间和爱情》。由于是晚报，有篇幅的约束，不可能太长，但是我满怀着激情写出了郭守敬对中国历史文化的巨大贡献。也由于篇幅太短，实在是留下了许多的遗憾。什么时候想起来，就觉得对不起郭守敬。也许将来——如果我还有将来的话——我会把郭守敬也写成一本书。

也是从那时候开始，我就格外关心起达摩。只要碰上达摩的书，我必看，还找来香港拍的电影，虽然水平一般，我也从头坚持看到尾。因为我女儿多年在海外留学，精通英语，在她的帮助之下，又搜索英文版的关于达摩的资料。虽然我看不懂英文原版书，但女儿看过后会给我提供一些相关资料。可以说看了个天昏地暗。经过这些年断断续续的阅读，通过对历史真相的猜想甚至演绎，一个达摩的文学形象在我心里日渐成长起来。自然就有许多虚构的成分。可是从来就没有写作的冲动。我一直在等。我非常明白把握驾驭达摩这样的文化巨人，非常艰难和冒险。我一直在等待我内心的冲动和盲目的自信心。一直到了 2021 年的春天，也有许多年不写作的原因，我的内心开始膨胀。因为想到我将近七十岁了，再不动笔，可能以后就没有了写作的力量。于是，我做了三年的写作计划，准备用三年时间写达摩。

最重要的是我做出了大胆的决定，为了减轻压力，这次写作不再追求写成多么高的水平，不再和别人的作品比，也不再和自己以前的作品比，甚至也不再追求完成后的出版。这就自我主动大大降低了写作标准。别人都是取法乎上，我是取法乎下。只要写得愉快，写出来给自己或者朋友们看看就好。这么一想，就轻易抹去了以往无处不在的读者缥缈的审视目光，浑身轻松地进入了写作状态。我把达摩写在纸上，依然是传统的写作方式。

我对自己说权当写着玩儿，玩儿着写。就当人家在打麻将和下棋。反正已经退休了，虽然没有钱，但有的是时间。

我发现人老了，这才觉得活着的时间其实很长。

但毕竟我是一个急性子，一辈子养成的工作习惯，干起事情来很专心。我这人一身毛病，我一直讨厌自己。也只有这一个优点，做事还算认真。结果一不小心不到半年时间，竟然写完了。那时候正逢郑州大雨，据说是夏朝以来最大的雨。空前灾难性的漫天大雨。到处是风。我的心里却空了。独自一个人在书房泪流满面，不明白是伤心还是高兴。我小心地把书稿捆起来，不敢再看。

大约休息了三个月后，心情慢慢平复下来。我开始把纸上的字一个个敲进电脑里。敲字的同时，开始阅读。我毕竟是一个小说家，虽然水平不高，在文学江湖上多少还有点欺世盗名？但是我对小说的文体还比较熟悉，只能够把达摩写成小说。只是到底写得如何，心里没谱。通读以后心里更加没谱了。我知道作家常常自己欺骗自己的严重性。这就想到了请人来看。还是得请人来看。一晚上想了三十六条计，清早起来还是卖豆腐。这就是一个作家的毛病，甚至是恶俗。到底还是想请人看。这时候问题来了，由于多年不再写作，和刊物、出版社的编辑们失去联系，再说当年和我合作的编辑们大都已退休了，一时间竟然不知道请谁来看。

不知怎么想到了李洱。李洱如今是名满天下的大作家，在年纪上和我相比他还是一个年轻人。早年在省里一起相处的时候，他从来不低看我。当然如今相比，我已经是他的“闰土”了。但是闰土的想念和信任并没有错，我就把书稿发给了李洱。在李洱这里我不害怕丢人现眼。李洱如今远在北京工作，也应该是日理万机。他在电话里还装得很热情，这就给了我许多温暖。

意料之外的是，李洱看得非常认真。他现在也算中国作协的领导，大概意识到了他在代表中国作协关心下边的老作家。他还提出了许多宝贵意见。他是学院派作家的代表，我是土法上马匪气很重的民间作家。他甚至亲自动手，推敲、修改个别语句，使过于通俗的语言变得书面化，并且认真鼓励我应该正常出版。

这就是感情啊！一下子吹起了我虚荣心的猪尿泡。

应该说感激的话了。当然先要感激看过的这些书。因为关于达摩的历史真实资料并不很多，甚至可以说极少，许多的线索全部散落在别人的书中。如果没有大量阅读这些书籍，甚至不能串联起来达摩的人生过程。又不可能进行实地采访，再说我也没有这个采访的经济实力，只能够通过阅读。特别是许许多多专业性极强的经典语言和文化内容，还有一些历史过程和个别生活事实，只能够引用。一个过气的小说家，我又没有文化能力详细地注释这些准确的出处，只能在书后增加一个附录，把看过的这些书目列出来，一并表示感激和致敬。

你也可以这么认为，实际上我写这本书，只是阅读别人著作的读书笔记。写作的过程就是向前辈或者同时代学人们学习的过程。为了达摩，我愿意这么做。所以，我写的达摩和别人写的达摩或者研究的达摩没有任何可比性。我毕竟是一个小说家，一辈子了，只要一进入写作状态，兴奋点就自然而然回到寻找和占有虚构的空间。虚构的空间，这才是小说家的乐园。

这么一说，小说家的狐狸尾巴还是露出来了。我毕竟不是历史学家，更不是考古学家，我还是在写小说。如果你喜欢考证和讨论学问，我告诉你，这个世界上最不靠谱的就是小说家。小说家言，从来就没有人当真。我也明白有多少人写达摩，就会写出多少个不重样的达摩。我写的达摩也只能是这一个，而且肯定没有别人写得好。这个你不用怀疑。说到底，写作达摩，也只是完成我的一个心愿。

话说多了？

人老了确实话多。有时候能忍住，有时候也忍不住。

2021 年 7 月郑州大雨

2022 年 5 月定稿

附录

部分参考书目和资料

一、中文版参考书目和资料

《金刚经》《心经》，[唐] 玄奘译

《指月录》，[明] 瞿汝稽编撰，巴蜀书社

《高僧传》，[梁] 释慧皎著，陕西人民出版社

《圣僧的多元创造》，白照杰著，上海社会科学院出版社

《达摩大师传》，程世和著，商务印书馆

《思考中医》，刘力红著，广西师范大学出版社

《内证观察笔记》，无名氏著，广西师范大学出版社

《古今三门峡》，金光著，河南人民出版社

二、英文版参考书目和资料

《达摩文选：最早的禅宗记录》，杰弗里·L. 布劳顿著，伯克利大学出版社

《北派禅宗与早期禅宗的形成》，约翰·R. 麦克雷著，夏威夷大学出版社

《禅观：中国禅宗的际遇、转变与谱系》，约翰·R. 麦克雷著，加州大学出版社

《菩提达摩评传：从赛莱姆到少林的旅程》，阿查里亚·巴布·T. 拉古著，莫蒂拉尔巴纳西达斯出版社

《中国想象里的印度：神话、宗教与思想》，约翰·基施尼克、迈尔·沙哈尔主编，宾夕法尼亚大学出版社

《禅宗精神》，萨姆·凡·沙克著，耶鲁大学出版社